Rache für den Mörder

Horst Seidenfaden

RACHE FÜR DEN MÖRDER

Kriminalroman

B|S &
SIEBENHAAR VERLAG

Für Sabine.
Aus Freude und Dankbarkeit, dass es Wunder gibt.

1

Die Nacht war sternenklar. Selten für diese Stadt, deren Lage im Talkessel unweigerlich verbunden war mit eher diesigen, schwülen Wetterbedingungen. Unter ihm spiegelte sich das Mondlicht in den Wellen der Fulda, die die Brückenpfeiler der Autobahnbrücke der A 44 umspielten. Komisch, dachte er sich, er hatte den Fluss in einem ruhigeren Zustand erwartet. Wenn er morgens mit dem Rad unterwegs war und über die Drahtbrücke in die Stadt fuhr, dann bot sich ihm die Fulda mitunter mit einer spiegelglatten Oberfläche dar. Friedlich, schlafend. Komisch, dachte er erneut, dass ich in diesem Augenblick solche Gedanken habe. Es war 23 Uhr, ein wunderschöner Maiabend, hinter ihm brauste der Verkehr vorbei, trotz Tempobegrenzung auf der Brücke war der Lärm immens. Laut genug, um still aus dem Leben zu scheiden. Nein, Angst vor dem Sprung hatte er nicht. Angst hatte er vor dem nächsten Tag, der nächsten Woche, dem nächsten Monat. Er saß auf der untersten Strebe des Brückengeländers und ließ in Millisekundenschnelle die letzten Tage Revue passieren. Als die Betriebsprüfung begann, war er sehr ruhig geblieben, doch in den letzten Tagen hatte diese Frau, die die Bücher prüfte, immer hartnäckigere Fragen gestellt. Sie war ihm auf die Schliche gekommen. Spätestens morgen, am Freitag, würde sie bei der nächsten Besprechung das Gerüst zum Einsturz bringen. Nicht nur, dass er sich strafbar gemacht hatte. Sein Doppelleben, das er mit schwarzen Geldern finanziert hatte, die ihm sein Chef in den vergangenen Jahren für seine unsauberen Dienste gezahlt hatte, sein Doppelleben würde publik werden. Seine kleine Wohnung in der Innenstadt, sein gelegentlicher Kokainkonsum, die Damen, mit denen er die Abende in seinem Appartement verbracht hatte. Er würde seinen Kindern nicht mehr in die Augen schauen können, er würde gebrandmarkt durchs Leben gehen müssen. Er wollte das nicht, und eigentlich war der Sprung in die Fulda nichts anderes als die Tatsache, dass er sich schon längst für all das bestrafen wollte. Er konnte mit dem

Betrug nicht weiterleben – aber mit der Entdeckung des Betruges konnte er erst recht nicht mehr leben. Von Sven, seinem 18-jährigen Sohn, hatte er sich heute Morgen in Gedanken verabschiedet, der Junge war stark, er würde seinen Weg machen. Marianne, die 22-jährige Tochter, studierte in Gießen. Er hatte noch einmal ihr Porträtfoto gestreichelt, das auf dem Nachttisch seiner Frau stand. Helga, mit der er seit knapp 30 Jahren verheiratet war – sie war ihm egal.

»He, was machen Sie da? Wollen Sie sich umbringen?« Er drehte sich um. Ein Mann, dessen Auto mit eingeschalteter Warnblinkanlage auf der rechten Spur stand, kam auf ihn zu. Er trug eine dieser lächerlichen reflektierenden Westen. »Lassen Sie das, Mann. Das Leben ist zu wertvoll, um es wegzuwerfen, hören Sie?« Der Mann kam langsam näher.

Wegwerfen? Er lächelte. Damit hatte er vor etwa zehn Jahren begonnen. Du hast keine Ahnung, dachte er und sprang. Es fühlte sich so an, wie er es sich vorgestellt hatte. Der Körper gewann rasend schnell an Geschwindigkeit, wie beim Sprung vom Zehnmeterturm im Freibad am Auedamm. Er hielt die Augen geöffnet. Sein Körper schlug verdreht auf dem Wasser auf, die Oberfläche wirkte wie Beton, bevor andere Knochen barsten, zerbrach sein Genick. Peter Erdmann, der 52-jährige Prokurist der Baufirma Gottlöber und Sohn GmbH & Co. KG in Kassel, verschwand unter der Wasseroberfläche. Wegen des Lärms auf der Brücke hatte man noch nicht einmal das Platschen im Wasser gehört.

2

Anke Dankelmann kam für einen Morgen nach ihrer Doppelkopfrunde überraschend früh ins Büro. Es war wieder so einer dieser Doppelkopf-Abende gewesen. Eine laue Nacht im Biergarten von »Lohmanns«, alle Plätze besetzt, ein ungeheuerlicher Lärm – und sie in ihrem Element. Dieser eine Abend im Monat war ihr heilig. Die feste Runde mit diesen so unterschiedlichen Typen – und all

die Blicke vor allem der Männer an den anderen Tischen; es gab ja wohl auch kaum irgendwelche gemischten Kartenrunden. Männer spielten mit Männern und Frauen mit Frauen. Und dann sie mittendrin, trinkfest, gesellig, laut fluchend, wenn es nicht so lief. Und am Ende meist ganz vorn mit dabei. Spät war es geworden, doch sie hatte sich angewöhnt, wenn es ein Uhr vorbei war, besser nicht mehr auf die Uhr zu schauen. So umging sie den Psychofaktor beim Versacken: Wenn man vor dem Einschlafen noch auf die Uhr schaute und feststellte, dass gerade noch dreieinhalb Stunden Schlaf bevorstanden, dann war man gleich doppelt müde und morgens mit schlechtest möglichem Gewissen dreifach kaputt. So wusste sie nicht, wie lange sie geschlafen hatte, war normal müde und doch gut gelaunt. Man muss sich selbst austricksen können, dann klappt das auch mit den anderen, dachte sie, grüßte einen vorbeikommenden Beamten in Uniform und betrat ihr Büro im dritten Stock des Polizeipräsidiums im Grünen Weg, das sie sich mit ihrem Kollegen Bernd Stengel teilte.
Der war schon vor ihr am Schreibtisch gewesen, jedenfalls leuchtete der Bildschirm des PC bereits. Sie fuhr ihren Rechner hoch, schaute kurz auf ein paar Zettel im Eingangskästchen und widmete sich dann nach dem Login den Meldungen der Nacht. Bei solchen Sommernächten wusste man nie. Hilflose Personen, die abgefüllt bis unter die Haarspitzen in Parks herumlagen. Alkoholisierte Autofahrer und vor allem Ruhestörer. Gartenpartys, die zu lange dauerten und so weiter. Eine Streife hatte bei »Lohmanns« vorbeigeschaut – komisch, hatte sie gar nicht mitbekommen, musste später gewesen sein. Es war eine unruhige Nacht gewesen, ganz zum Schluss drei vermisste Personen und ein möglicher Selbstmordversuch. Ein vermisste Person war wieder aufgetaucht, war aus der Psychiatrie des Noll-Krankenhauses ausgebüxt, einfach so durch den Garten – und wurde morgens auf dem Königsplatz aufgegabelt, wo der Typ, ein 68-jähriger, im Schneidersitz auf den Straßenbahnschienen gehockt und lautstark Ringelnatz zitiert hatte. Die zweite Person war ein Schüler, der nachts doch noch nach Hause

gekommen war – hatte sich wegen eines blauen Briefes nicht heimgetraut. Der Dritte im Bunde war ein Mann, dessen Namen sie gut kannte: Ein 52-jähriger namens Peter Erdmann, Prokurist einer Baufirma in Kassel, Präsident des Tennisclubs Blau-Weiß, wo sie selbst einmal ein paar Jahre lang Mitglied gewesen war.
Anke Dankelmann legte die Stirn in Furchen. Erdmann war nun gar nicht der Typ, der einfach so grußlos verschwand. Hatte Familie, einen wichtigen Job in der Firma. Richtig, Gottlöber und Sohn – weite Teile des Hirns hatten den Abend zum Glück schadlos überstanden.
Die Tür flog auf, und Bernd Stengel platzte herein.
»Hi Anke, hast du die Vermisstenmeldungen schon gecheckt?«
Dankelmann nickte. »Was ist das denn hier mit Peter Erdmann?«
»Könnte sein, dass sich das dramatisch auflöst. Heute Nacht hat einer jemanden beobachtet, wie selbiger von der Bergshäuser Brücke gesprungen ist. Der Zeuge stand so unter Schock, dass wir ihn eben erst befragen konnten.« Stengel blickte auf die Uhr. »Immerhin schon neun Uhr. Das Ganze ist gegen 22.30 Uhr passiert. Wir haben leider keine anderen Zeugen.«
»Und? Was und wen hat der Herr Zeuge beobachtet?« Dankelmann wirkte genervt, manchmal ging ihr Stengel, der sonst einen festen Platz in ihrem Herzen hatte, mit seiner umständlichen, häufig gestelzten Redeweise mächtig auf den Nerv.
»Könnte von der Personenbeschreibung auf Erdmann zutreffen, im Augenblick ist eine Streife raus und kämmt das Gelände um die Brücke herum ab.«
»Habt ihr Kontakt mit Frau Erdmann gehabt?«
»Ja klar, die hat ihren Gatten ja als vermisst gemeldet.«
Als das Telefon klingelte, nahm Dankelmann ab. Es war die Streife auf der Brücke. Spuren hatte man nicht gefunden, sie wollten Verstärkung, um im weiteren Umfeld nach einem Fahrzeug zu suchen.
»Habt ihr denn Anhaltspunkte für das Auto?«
»Ja, Bernd hat uns die Nummer des Fahrzeugs dieses vermissten Petermann gegeben.«

»Peter Erdmann, aber geht auch so, « sagte Dankelmann. »Wir kommen auch mal raus.« Stengel nickte.
»Ich kenne den Erdmann, der springt nicht einfach so aus dem Leben. Das ist ein lebenslustiger Typ. Und wie diese Typen nun mal sind: Die lieben das Leben viel zu sehr um es zu beenden. Und sind auch zu feige dazu. Ist der Zeuge in der Lage, mit uns zur Brücke zu kommen?«
Stengel nickte. »Jetzt hat er sich gefangen und will uns unbedingt beweisen, dass er nicht geträumt hat. Ich hole ihn und komme dann runter, wir treffen uns vor dem Präsidium.«
Dankelmann nahm das Treppenhaus. Die Luft war besser als im Fahrstuhl, aber sie musste auch über Erdmann nachdenken. Wenn er es war, dann würde man die Leiche irgendwann in den nächsten Stunden irgendwo an einem Wehr oder am Fuldaufer finden und Gewissheit haben. Aber damit ging die Arbeit erst los. Denn von einem Abschiedsbrief war nicht die Rede gewesen, man würde routinemäßig das geschäftliche Umfeld abprüfen müssen.
Unten traf sie Stengel und den Zeugen, einen völlig übernächtigten Mittvierziger, der sich als Jost Jansen aus Emden vorstellte. Er war auf dem Weg nach Marburg gewesen, als er auf der Brücke eine Person jenseits des Geländers hatte hocken sehen. Er hatte angehalten, die Schutzweste angezogen – wie vorbildlich, dachte Dankelmann, da will sich einer umbringen und da zieht der deutsche Autofahrer doch erst einmal eine Weste an.
»Haben Sie auch ein Warndreieck aufgestellt?« meinte sie mit spöttischem Unterton, wohl wissend, dass dies eigentlich die richtige Vorgehensweise war.
»Ja, aber natürlich, Frau Kommissarin. Ich habe mich korrekt verhalten. Aber dann ist er einfach gesprungen.«
»Woher wissen Sie denn, dass es ein Mann war?«
»Lass gut sein, Anke, das hatten wir heute schon mehrmals. Wo steht dein Auto?«
Schweigend fuhren sie durch die Stadt zur Bergshäuser Brücke. Die rechte Fahrspur Richtung Westen war für die Einsatzfahr-

zeuge abgesperrt, sie parkten gleich am Anfang der Fahrbahnverengung. Die Besatzung einer Funkstreife war noch vor Ort – allerdings wirkte das Team etwas hilflos. Spuren waren nicht zu erwarten und auch der Aufschlagort im Wasser war natürlich nicht zu untersuchen. Die beiden Streifenbeamten schauten überrascht, dass gleich zwei Kommissare an der Brücke auftauchten. Unüblich für einen Selbstmord – Anke Dankelmann wusste das und lieferte gleich die Erklärung.
»Kann sein, dass das ein guter Bekannter von mir war, der da gestern Nacht gesprungen ist,« sagte sie, während sich die Polizisten kurz die Hand gaben. Der Zeuge wies auf die Stelle, wo seiner Ansicht nach der Selbstmörder abgesprungen war. Anke Dankelmann ging ein paar Meter weiter und schaute in die Tiefe. Die Fulda sah so schmal aus, als ob man sich bemühen müsse, sie beim Sprung auch zu treffen. Unvorstellbar, sich da hinunterzustürzen. Wie verzweifelt musste man sein ...
Ein paar Minuten später klingelte Stengels Handy. Die Polizei hatte den Wagen von Peter Erdmann gefunden. Auf dem Parkplatz der Raststätte Kassel. Immerhin etwa drei Kilometer entfernt. Wenn es Erdmann gewesen war, dann hatte er sich eine Zeitlang an der Autobahn entlang Richtung Brücke gekämpft. Dass das niemandem aufgefallen war. Sonst meldeten die Autofahrer jeden Unsinn auf der Autobahn als Verkehrsvergehen – und da legte einer einen Wandertag ein und konnte unerkannt auf die Brücke kraxeln. Wenn er es war... Anke Dankelmann hoffte auf eine andere Wendung, denn sie hatte den Mann gemocht. Ihr Polizistenhirn aber sagte ihr, dass die nächste Meldung der Leichenfund sein würde.
»Irgendein Brief im Auto?« raunte sie Stengel zu, der die Frage gleich weitergab.
Der schüttelte dann den Kopf und klappte sein Handy zu.
»Herr Jansen, die beiden Herren im Streifenwagen da vorn bringen sie zurück zum Präsidium, vielen Dank für Ihre Hilfe, meine Kollegin und ich müssen in eine andere Richtung.«

Als Jansen außer Hörweite war, sagte er: »Komm, lass uns die Ehefrau besuchen. Kennst du sie?«
»Ja. Irgendwie eine graue Maus. Nett, blutarm, diente Erdmann wohl nur zur Erhaltung der eigenen Art und als Haushaltshilfe. Sorry, klingt böse, war aber wohl so.«
Stengel schüttelte etwas verwirrt den Kopf und stieg in den Wagen.

3

Das Haus der Erdmanns stand in Kirchditmold am Rand einer netten Villengegend. Guter Blick zum Herkules, dem Wahrzeichen Kassels, in dieser Siedlung gab es keine Billigbauweise, hier gab es sicher auch mehr Alarmanlagen als funktionierende Ehen, dachte sich Dankelmann. Am Juliusstein hieß die Straße und, wie so oft fragte sie sich, woher wohl der Straßenname stammen möge. Wie jedes Mal nahm sie sich vor, im Regiowiki der HNA, der nordhessischen Regionalzeitung, nachzuschauen. Und wie jedes Mal würde sie das wieder vergessen.
War im Augenblick aber auch ohne Bedeutung. Das Haus lag am Ende der Straße, in einem leuchtenden Gelb verputzt und mit einer Garage, die durch Holzflügeltüren verschlossen wurde. Das sieht romantisch aus, dachte Anke Dankelmann, sehr geschmackvoll. Ein gepflegter Garten, sicher nicht das Ergebnis harter Freizeitarbeit des Ehemanns. Sie öffneten das Gartentor und gingen zur Tür. Anke Dankelmann war sich nicht mehr sicher, ob sie Helga Erdmann geduzt oder gesiezt hatte. Stengel klingelte, kurz darauf öffnete eine zierliche, verheult aussehende Frau die Tür.
»Hallo Anke«, sagte die Frau – und immerhin war mit der Begrüßung schon einmal eine Frage beantwortet.
»Hallo Helga, « erwiderte Anke Dankelmann, »das ist mein Kollege Bernd Stengel, du weißt ja, warum wir hier sind. Dürfen wir reinkommen?« Helga Erdmann nickte und ging voraus. Das Haus war picobello aufgeräumt, im Wohnzimmer lud eine riesige Leder-Sitzgruppe zum Ausruhen ein.

»Wollt ihr was trinken?« fragte Helga Erdmann. Die beiden Polizisten schüttelten den Kopf.
»Lass uns mal loslegen, Helga. Wann hast du Peter zum letzten Mal gesehen, und wann hast du das letzte Mal etwas von ihm gehört, habt ihr nochmal telefoniert?«
»Er ging gestern Morgen ganz normal aus dem Haus, er sagte noch, dass es abends später werden würde, weil er mit einem neuen Geschäftspartner essen gehen wollte. Das müsst ihr mal im Büro nachfragen, er war in dienstlichen Angelegenheiten immer ziemlich zugeknöpft. Telefoniert haben wir tagsüber so gut wie nie.«
»Frau Erdmann, haben Sie in den vergangenen Tagen oder Wochen irgendwelche Veränderungen bei Ihrem Mann bemerkt, wirkte er verschlossen oder deprimiert?« fragte Bernd Stengel.
»Nein, eigentlich nicht. Aber was soll denn diese Frage?«
»Helga, gestern Abend wurde auf der Bergshäuser Brücke ein Mann gesehen, der der Beschreibung nach Peter sein könnte. Er sprang in die Fulda und ist verschollen.«
Helga Erdmann schlug die Hände vors Gesicht.
»Peter ist eigentlich kein Typ, der sich umbringt. Das weißt du doch. Das ist ein Macher, immer in Bewegung. Und eigentlich lässt er doch seine Familie nicht im Stich, zumindest nicht seine Kinder.«
»Hast du hier irgend etwas von ihm gefunden, einen Umschlag, in dem ein Abschiedsbrief sein könnte, irgend etwas?«
»Nein, nichts. Ich werde nachher aber noch einmal suchen.« Helga Erdmann putzte sich die Nase.
»Wenn du eben gesagt hast, er würde zumindest die Kinder nicht im Stich lassen – dann heißt das ja, eure Beziehung war nicht mehr so das Wahre, oder?«
»Eigentlich eine Zweckgemeinschaft, das war mir schon lange bewusst. Aber so lief es vernünftig. Peter lebte sein Leben, ich meines, gestritten haben wir uns nicht, und die Kinder haben ein friedliches Zuhause gehabt. All die Jahre.«
»Wissen Sie denn, ob Ihr Mann, verzeihen Sie mir die Direktheit, irgendwelche Beziehungen neben seiner Ehe gehabt hat?«

»Das weiß ich nicht, es ist mir auch egal, solange ich davon nichts mitbekomme. Chancen hätte er gehabt, er war ja häufig unterwegs, blieb auch mal über Nacht. In welchen Hotels er abstieg, hat er mir nie gesagt.«
»Hmmm. Und das alles hat dich nie interessiert?«
»Ach Anke, irgendwann stehst du doch vor der Entscheidung, was du mit deiner Beziehung anfängst. Dann kannst du dich trennen – oder du musst dich arrangieren. Ich habe mich arrangiert. Ich bin in solchen Dingen sehr pragmatisch. Ich weiß, dass ich vermutlich bei seinen Geschäftsfreunden das Image einer grauen Maus habe – auch okay. Ich lebe hier mein Leben, ich liebe diesen Garten, habe meinen Freundeskreis, mir geht es eigentlich gut. Und dennoch: Wenn er sich jetzt wirklich umgebracht hat, dann haut mich das ziemlich um.« Helga Erdmann schluchzte auf.
»Noch ist das ja nicht sicher. Wir werden aber ziemlich viel überprüfen müssen. Bist du denn den Tag über im Haus?«
»Naja, ich werde mal einkaufen müssen, ich schreibe euch meine Handynummer auf, das habe ich dann dabei.«
Helga Erdmann ging aus dem Zimmer, die beiden Polizisten schauten sich schweigend an. Helga Erdmann hatte zwei Zettel – für jeden einen. Sie war eine logisch denkende Frau, keine Frage.
»Eins noch, wir werden jetzt in die Firma fahren, Peter hat doch sicher ein Vorzimmer, irgend jemanden, der sein Vertrauen genießt, oder?«
»Wendet euch an Frau Stichler, die ist seit hundert Jahren in der Firma und schon ewig Peters Sekretärin. Die weiß mehr über ihn als ich.« Helga Erdmann rang sich ein gequältes Lächeln ab und winkte den beiden zum Abschied zu.

4

Im Auto durchbrach Anke Dankelmann als erste das Schweigen.
»Ich habe mich arrangiert – wie das klingt, oder? Wenn man so eine Beziehung sieht, dann will man am liebsten ins Kloster, jeden

Morgen um fünf Uhr kalt duschen und sich die Gelüste aus dem Körper beten.«

»Ist aber nicht ungewöhnlich, glaube ich. Viele arrangieren sich wahrscheinlich, der einzige Unterschied ist, dass Helga Erdmann das alles kapiert hat und sich damit einverstanden erklärt. Die meisten Pärchen merken das wahrscheinlich gar nicht. Die leben nebeneinander her. Die Frage ist, wer ist besser dran?«

»Tja, werden wir wohl nicht beantworten können. Im Augenblick finde ich, ich bin am besten dran. Da ist niemand, der auf mich wartet – und es geht mir gut dabei.«

»Genau. Und in 35 Jahren, wenn du pensioniert bist, ziehst du ins Augustinum und spannst den demenzkranken Weibern ihre impotenten Männer aus, oder? Weil du die einzige bist, die beim langsamen Walzer einen Flachmann in der Tasche hat und den Jungs, ohne dass es der Zivi merkt, mal einen Schluck aus der Pulle gönnst.«

»Quatsch. Ich gebe doch nix von meinem Schnaps ab, spinnst du?«

5

Die Firma Gottlöber und Sohn hatte ursprünglich ihren Sitz in der Kasseler Nordstadt, war aber vor wenigen Jahren ins Industriegebiet Waldau umgezogen, weil die Expansion des Unternehmens in den alten Gebäuden nicht mehr aufzufangen war. In der Branche hatte man das Wachstum der Firma immer argwöhnisch beäugt. In Zeiten der dauerhaften Baukrise schlossen allerorten Firmen, wurden Arbeiter entlassen – und Gottlöber und Sohn expandierte kontinuierlich.

Der Inhaber des Unternehmens, Walter Maurer, gehörte dem Präsidium der IHK an, betätigte sich als Sponsor für verschiedene Sportvereine und galt der Öffentlichkeit als Vorzeige-Geschäftsmann in einer maroden Branche. Anke Dankelmann war dem Mann, der mittlerweile Mitte sechzig war, mehrfach begegnet. Bei Bauunternehmen erwartete man immer hemdsärmelige Typen an der Spitze, die im Zweifel den nächsten Industrieschornstein mit eigenen Händen niederreißen konnten. Nicht so Walter Maurer. Ein schlanker, blasser Typ mit hervorragenden Manieren, der gern ins Theater ging und mittlerweile seinen Sohn ins Unternehmen einarbeitete.

Es war Freitag, auch bei Gottlöber und Sohn würden die Büros um 13 Uhr schließen, Anke Dankelmann schaute auf die Uhr: 12.30 Uhr, höchste Eisenbahn. Sie meldeten sich beim Empfang und wurden von Lina Stichler abgeholt, einer grauhaarigen, leicht pummeligen Frau mit lustigem Gesichtsausdruck. Lina Stichler wollte sie in ein Konferenzzimmer bitten, doch die Beamten bestanden darauf, sich Peter Erdmanns Arbeitszimmer anzuschauen. Stichler führte sie in den großen Raum, der schnörkellos eingerichtet war. Ein kleiner Schreibtisch, PC, an der Wand ein Fernseher, ein Tisch mit sechs Stühlen für Besprechungen.

»Darf ich Sie einen Moment alleinlassen, ich muss mich vor Büroschluss noch kurz um unsere Betriebsprüferin kümmern, die wollte eigentlich heute eine Abschlussbesprechung machen, aber das wird ohne Herrn Erdmann ja wohl nicht gehen.«

»Natürlich, aber« Anke Dankelmann kam ein Gedanke, »könnten wir mit der Betriebsprüferin nachher auch ein Wort wechseln, bitten Sie die Dame doch einfach, noch einen Moment zu bleiben. Und ist Herr Maurer heute in der Firma?«

»Okay, ich frage die Dame. Herr Maurer ist eigentlich in unserer Tochterfirma in Stuttgart, hat sich aber, als er vom Verschwinden Erdmanns erfuhr, sofort in den Zug gesetzt. Er müsste innerhalb der nächsten Stunde eintreffen.« Lina Stichler schloss die Tür.

Und Anke Dankelmann öffnete sie wieder, sie wollte den Blick ins Vorzimmer haben. Der Schreibtisch Peter Erdmanns war komplett aufgeräumt, eigentlich leer – das würde sie niemals hinbekommen, dachte sich die Kommissarin. Sie blickte Bernd Stengel an und zuckte die Schultern.

»Das mit der Betriebsprüferin ist nur so ein Versuch, außerdem haben wir ja ohnehin noch keine Anhaltspunkte. Wir müssen mal die

Bankverbindungen checken, vielleicht bitten wir die Kollegen im Präsidium um Unterstützung..«
Bernd Stengel nickte, zückte das Handy und rief das Kommissariat im Präsidium an.
Als Lina Stichler wieder erschien, war sie in Begleitung einer attraktiven, braungebrannten dunkelhaarigen Frau.
»Das ist Frau Osterloh, die Betriebsprüferin, sie ist gleich mitgekommen, als ich von ihrer Bitte erzählte.« Sie gaben sich die Hand, da klingelte Dankelmanns Handy.
»Sorry, das sind die Kollegen«, sagte sie, als sie auf dem Display die Nummer von Ralf Mengel, einem Kollegen aus dem K 11, erkannte. Sie meldete sich und schwieg, sagte »Okay, wir kommen«, und klappte das Handy zu.
»Es gibt einen Fund in der Fulda«, sagte sie zu Bernd Stengel.
»Frau Osterloh, wir müssen dringend heute noch mit Ihnen sprechen, mit Ihnen auch, Frau Stichler, kommen Sie doch bitte gegen 15 Uhr ins Kommissariat. Ich weiß, Sie haben Feierabend, aber wir müssen darauf bestehen«, sagte Stengel und gab den beiden Frauen seine Visitenkarte. Er wusste, was der Fund in der Fulda bedeutete, sie mussten jetzt sofort da hin.
Den beiden Frauen war klar, dass das Ganze weniger als Bitte, denn als Anweisung zu verstehen war. Sie wussten nichts von dem Sprung in die Fulda, konnten demzufolge auch keine Verbindung zwischen dem Fund im Fluss und Peter Erdmann herstellen. Dankelmann und Stengel ließen die beiden ratlos und angespannt zurück.

6

»Wo müssen wir hin?« fragte Dankelmann, als sie auf den Beifahrersitz plumpste.
»Klasse Inszenierung. Ein Toter, der in den Vertäuungen der Ausflugsdampfer an der Schlagd hängengeblieben ist. Und das mitten im Sommer: Riesenauflauf da unten.« Stengel holte das Blaulicht hervor, klemmte es aufs Dach, und mit Martinshorn und hoher

Geschwindigkeit brausten sie durchs Industriegebiet, die Nürnberger Straße entlang, kämpften sich durch den Kreisverkehr am Platz der Deutschen Einheit, fuhren auf den Straßenbahnschienen am Stau am Altmarkt vorbei, bogen ab in den Steinweg und fuhren hinter der Brüderkirche runter zur Schlagd. Stengel schaltete Blaulicht und Martinshorn aus. Als sie ausstiegen, wurde gerade eine geschlossene Zinkwanne, in der der Tote lag, in Richtung Leichenwagen transportiert. In der Gerichtsmedizin würde der Doc bereits warten, doch Anke Dankelmann wollte sich noch vor Ort Gewissheit verschaffen. Als die Wanne im Auto verstaut war, bat sie darum, den Deckel noch einmal abzunehmen. Innen lag ein Mann mit verrenkten Gliedmaßen, aufgedunsen vom Wasser, die Kleidung war zwar nass, schien aber edle Ware zu sein. Und es gab keinen Zweifel: Die Wasserleiche war Peter Erdmann. Sie nickte, atmete tief durch, schüttelte innerlich das Grauen von ihrer Haut und ging runter ans Ufer, wo Stengel bereits im Gespräch mit anderen Kollegen war.

»Schaut euch das mal an«, sagte Albert Menzel, ein Kollege vom K 11, der auf das Display seines Fotoapparates zeigte. »Den hat vom Ufer gar keiner gesehen, der Wirt vom Biergarten oben auf dem Rondell hat angerufen. Und das hat er von oben gesehen.« Sie schauten auf das Display. Hinter einigen Tauen, mit denen die Schiffe am Ufer festgemacht, aber mit denen sie auch untereinander verbunden waren, schaute ein Arm vom Ellenbogen bis zu den Fingerspitzen aus dem Wasser. Mittelfinger und Zeigefinger waren gespreizt, der Rest zur Faust geschlossen.

»Sieht so aus als würde er zwei Bier bestellen,« sagte Menzel und grinste. »Hätte sogar üppig Trinkgeld geben können, der hatte allen Ernstes über 1000 Euro im Portemonnaie.«

»Und, hast du ihn erkannt?« Fragend blickte Bernd Stengel seine Kollegin an.

»Ja, das ist zweifellos Peter Erdmann.«

»Hätte ich dir auch sagen können, er hatte ja einen Ausweis dabei«, sagte Albert Menzel und packte den Fotoapparat wieder ein.

»Genau. Und irgendwann liegst du tot auf einer Parkbank und jeder denkt, du bist James Bond, nur weil du eine Scheckkarte auf diesen Namen dabei hast. Ich kenne Erdmann und weiß wie er aussieht. Oder besser: wie er aussah.«

»Ja ja, is ja gut, du bist die Beste«, Menzel trollte sich, Stengel telefonierte mit dem Präsidium.

»Sag mal, Bernd«, sagte Anke Dankelmann, »so pietätlos das klingt: Ich muss jetzt was essen. Lass uns rüber in die Markthalle. Heute ist Freitag, da gibt es Speckkuchen.«

Stengel verzog das Gesicht, nickte aber. Er kannte die Vorliebe seiner Kollegin für deftige nordhessische Spezialitäten, und Speckkuchen war so eine. Ab und an langte er auch einmal bei so etwas zu – aber dass man nach dem Anblick einer Wasserleiche überhaupt noch Appetit haben konnte, verwunderte ihn schon. Und dann noch Speckkuchen...

Im Tiefgeschoss der Markthalle wurde Anke Dankelmann fündig. Die Bäckerei Silber hatte die Sorte Speckkuchen, die sie am liebsten mochte: krosser Speck, deftiger Lauch, matschiger Teig und ein harter Boden – sie machte sich heißhungrig über ein Randstück her. Bernd Stengel hatte sich ein Wurstbrötchen geholt, gemeinsam saßen sie auf einer Bank im Freien und ließen sich die Sonne auf die Nase scheinen.

»Irgendwie habe ich das Gefühl, dass wir da noch heute anfangen, unter einer glänzenden Oberfläche auf jede Menge Unrat zu stoßen. So einer bringt sich doch nicht um, weil er gerade einen Krebsbefund bekommen hat oder weil ihm die Freundin weggelaufen ist. Was meinst du?« Stengel wischte sich mit einer Serviette die Mundwinkel ab, nahm das Papier von Anke Dankelmanns Speckkuchen und warf beides in den Papierkorb neben der Bank.

»Mir ist auch nicht wohl dabei. Irgendwie weiß ich auch gar nicht, wo wir anfangen könnten. Bin mal gespannt, was die Betriebsprüferin uns zu erzählen hat. Ach du liebe Zeit, komm, wir müssen los, es ist schon 13.45 Uhr, wir müssen noch zu Helga Erdmann und die Mädels kommen ja auch gleich ins Präsidium.«

7

Sie hassten beide diese Besuche. Mit einem dicken Kloß im Hals und im Bauch und im Kopf stand man vor der Tür, blickte in ängstlich-erwartungsvolle Augen und sah dann die stärksten Menschen mitunter förmlich zusammenbrechen, wenn sie von der Todesnachricht erfuhren. Am schlimmsten war es, wenn Kinder betroffen waren. Anke Dankelmann erinnerte sich immer wieder an einen Fall: Eine Familie hatte schon zwei Kinder durch einen Verkehrsunfall verloren, das dritte Kind, ein 13-jähriges Mädchen, war dann von einem Lkw-Fahrer missbraucht und erwürgt worden. Als man die Leiche gefunden hatte, hatten sie die Eltern abgeholt. Diese Szenen würde sie ihr Lebtag nicht vergessen, nach Dienstende hatte sie selbst stundenlang geheult wie ein Schlosshund. Ihr damaliger Freund hatte derweil ein Fußballspiel im Fernsehen geschaut – und durfte am nächsten Morgen die Koffer packen.

Nun standen sie wieder vor dem gelben Haus, Helga Erdmann arbeitete im Garten.

»Na, habt ihr was Neues?« fragte sie mit bangem Blick, als sie die beiden Polizisten am Gartentor sah.

Anke Dankelmann nickte und schwieg. Die Nachbarn mussten nun wirklich nicht direkt alles mitbekommen.

Helga Erdmann schlug sich entsetzt die Hände vor den Mund, sie ahnte, was jetzt kommen würde. Doch die Frau des Bauprokuristen blieb erstaunlich gefasst. »Ich habe eigentlich den ganzen Vormittag nach eurem Besuch mit so was gerechnet. Im Augenblick fühle ich mich einfach unglaublich leer. Sven müsste gleich nach Hause kommen, das macht mir am meisten Sorgen, wie ich es ihm sage. Marianne ist auch schon auf dem Weg nach Kassel. Aber heute Nacht oder morgen, irgendwann wird es mich wie einen Hammerschlag treffen. Wann kann er denn beerdigt werden?«

Die beiden Polizisten wussten, dass solche Anfälle von absolut rationaler Reaktion normal waren. Stengel war auch schon mal in einer solchen Situation gefragt worden, ob er denn Verwendung für die Sachen des Toten habe, er müsse doch dieselbe Konfektionsgröße haben.

»Ruf mich an, wenn dir danach ist. Wenn du Fragen hast, oder auch, wenn du einfach nur quatschen willst, okay?« Anke Dankelmann nahm Helga Erdmann in den Arm, die schluchzte kurz auf und nickte.

»Ganz bestimmt«, wimmerte sie und versuchte ein Lächeln.

Die beiden Kommissare waren froh, als sie ins Auto stiegen und wegfahren konnten.

8

Auf der Fahrt informierte Anke Dankelmann Pit Vogel, den Polizeipressesprecher und ließ sich dann zum Geschäftszimmer des K 11 durchstellen. Richard Plassek, der mittlerweile zum Chef des Kommissariats befördert worden war, hielt sich gerade da auf, und Anke Dankelmann konnte ihn über alles informieren.

»Wie sieht es eigentlich am Wochenende aus?« fragte er.

»Bernd und ich haben eh Dienst, passt also wieder einmal. Schaun mer mal, wie weit wir heute kommen. Willst du nachher bei den beiden Damen mal reinschauen?«

»Nein, macht mal alleine. Kommt hinterher kurz vorbei. Ich gebe einen Kaffee aus, den habt ihr euch verdient.«

Im Präsidium warteten schon die beiden Frauen. Das Gespräch mit Lina Stichler verlief weitgehend enttäuschend. Sie war zwar die nächste Mitarbeiterin von Peter Erdmann gewesen, hatte sich aber nie weitergehende Gedanken um dessen Tun gemacht. Wenn er auf Dienstreise ging, dann war er halt auf Dienstreise. Wenn er mittags einen Termin irgendwo hatte, dann hatte er halt einen Termin irgendwo. Merkwürdigerweise hatte es angeblich auch kaum Gespräche über Privates gegeben. »Da war er immer sehr zugeknöpft«, hatte Lina Stichler gesagt. Ja, die Frau Erdmann kenne sie auch, aber die beiden Frauen mochten sich wohl nicht. Und mit wem er gestern Abend zum Essen verabredet war, wusste sie auch nicht. Sie hatte keinen Termin im Kalender stehen. Am Ende des Gesprächs war den beiden Polizisten klar, dass man mit Lina Stichler noch einmal reden musste, wenn man mehr Fakten hatte und sie deshalb anders unter Druck setzen konnte.

Als Carolina Osterloh hereinschwebte und Bernd Stengel ihr eifrigst einen Stuhl zurechtrückte, bemerkte Anke Dankelmann so etwas wie ein leichtes Eifersuchtsgefühl. Die Dame war nicht nur attraktiv, sie war eine echte Hammer-Erscheinung. Kaum anzunehmen, dass sie das nicht wusste und diese Tatsache nicht gelegentlich zielstrebig einsetzte.

»Zunächst einmal eines vorweg Frau Osterloh«, begann Bernd Stengel die Unterredung. »Wir haben Herrn Erdmann vorhin tot aus der Fulda gefischt. Er ist gestern von der Bergshäuser Brücke gesprungen, hat also Selbstmord begangen. Dafür gibt es auch einen Zeugen. Was das Motiv betrifft, tappen wir völlig im Dunkeln. Deswegen bitte ich Sie um die größtmögliche Unterstützung, okay?«

Carolina Osterloh war blass geworden bei dieser Mitteilung, ihr Teint war nicht mehr ganz so makellos braun wie vorher. Sie nickte.

»Seit wann sind Sie mit der Betriebsprüfung bei Gottlöber und Sohn beschäftigt?«

»Schon seit ein paar Wochen. Das Unternehmen hat ja mächtig expandiert, hat eine Reihe von Tochterfirmen und innerhalb dieses Geflechtes muss man schon mal ein bisschen mehr Zeit investieren, um die Bücher auch quer zu prüfen. Ich mache das ja auch nicht allein, mein Kollege Walter Schmitt hat geholfen, nur heute zur Abschlussbesprechung, zu der es ja nicht mehr gekommen ist, war ich allein im Unternehmen.«

»Hatten Sie denn in den vergangenen Tagen Kontakt mit Peter Erdmann?«

»Ja. Ich hatte ihn gestern morgen noch gebeten, sich für die heutige Abschlussbesprechung mehr Zeit zu nehmen als gewöhnlich.«

»Warum das?«

»Uns sind einige Dinge aufgefallen, die wir hinterfragen müssen.« Dankelmann und Stengel schauten sich an.
»Aha. Und um was geht es im Einzelnen?« fragte Anke Dankelmann.
»Jetzt bin ich ein bisschen in der Bredouille. Sie wissen schon, wegen Steuergeheimnis und so. Ich hätte da gern schon die Rückendeckung meiner Behörde.«
»Wie wäre es, wenn Sie uns die Stichworte lieferten und wir das dann gleich mit Ihrer Behörde regelten?« sagte Stengel.
»Wenn ich das mache, bin ich meinen Job los. Sie kennen die Regelungen des Paragrafen 30 der Abgabenordnung. Da muss schon ein schweres Vergehen vorliegen – und das ist ein Selbstmord allerdings nicht, oder?«
»Zumindest nicht strafrechtlich, sicher«, sagte Anke Dankelmann. »Ich kann Sie verstehen, aber können Sie uns wenigstens etwas über Ihre Eindrücke von Peter Erdmann in den Gesprächen mit Ihnen sagen?«
Osterloh nickte. »Klar, das geht, glaube ich. In den Gesprächen, wenn wir zu bestimmten Dingen nachfragten, da wirkte er, ja, irgendwie unsicher, später immer unruhiger, als sei er nervös, als würde ihn etwas beängstigen.«
»Ist das, was sie gefunden haben, so gravierend, dass man sich deswegen umbringen würde?« fragte Stengel.
»Das ist, mit Verlaub, eine dämliche Frage. Wie soll ich denn wissen, wie labil der Herr Erdmann war? Bisher haben wir ja außerdem nur an der Oberfläche gekratzt – ich weiß ja nicht, was da alles kommt. Kann ja auch sein, dass sich alles in Wohlgefallen auflöst.«
Anke Dankelmann, die hinter Osterloh stand, grinste Stengel an. Toughes Mädel, keine Frage. Und Bernd Stengel hatte gleich zwei Gründe, leicht zu erröten. Sie nahmen die Kontaktdaten von Carolina Osterloh auf und verabschiedeten sie ins Wochenende.

9

»Bernie, Bernie, alter Schwerenöter, Carolina-Baby ist dein Typ, oder? Soll ich dir ein wenig die Nase pudern, der Herr sind leicht errötet ...« Anke Dankelmann kicherte.
»Ist doch eine gut aussehende Frau, oder? Außerdem weißt du, dass ich schüchtern bin. du bist gemein.«
»Ruf lieber mal den Doc an, ob er schon was rausgefunden hat. Ich versuche mal, diesen Maurer zu erwischen.«
Der Befund von Dr. Hartmut Pianka ließ noch eine Weile auf sich warten. Sie nutzten die Zeit, um Plassek zu informieren. Pivi Vogel schaute herein und notierte sich ebenfalls alle Fakten. Die Presse berichtete zwar nicht über Selbstmorde – aber möglicherweise gab es doch einige Anfragen. Werner Maurer war am Telefon nicht zu erreichen. Daheim war er nicht, seine Sekretärin hatte keine Nachricht. Aber eigentlich hätte er längst aus Stuttgart zurück sein müssen.
Es war 19.30 Uhr, als sie sich mit Pianka im Konferenzraum trafen. Der Doc sah müde aus und begann zähflüssig und umständlich wie immer.
»Die Leiche ist männlich, etwa 50 Jahre alt, und ...«
»Doc, wir wissen, wer es ist, also wissen wir auch, wie alt er ist. Den Teil können wir abkürzen.« Anke Dankelmann wurde ungeduldig. Wie jedes Mal, wenn der dürre Mediziner referierte.
»Okay, okay, okay. Also, Telegrammstil: Tod durch Genickbruch, wahrscheinlich beim Aufprall aufs Wasser, er war sofort tot. Kein Wasser in der Lunge. Mehrere Rippenbrüche, Frakturen in der rechten Hand, in beiden Oberschenkeln. Hämatome am ganzen Körper. Die letzte Mahlzeit hat er ganz kurz vor seinem Tod gehabt. Sieht nach Steak, Ofenkartoffel, Creme aus – möglicherweise ein Steakhouse. 0,9 Promille im Blut – den Führerschein wäre er also auch losgewesen. Einige Hautabschürfungen – aber post mortem, vermutlich durch die Taue an der Schlagd. Ich gehe davon aus, dass die Blutergüsse vom Aufprall auf dem Wasser stammen, sieht

jedenfalls nicht danach aus, dass es andere Quellen gibt. Und: Soweit ich das beurteilen kann, war er organisch gesund.«
Kurze Zeit später machten sie Feierabend. In der Hoffnung, dass dieses wunderbare Maiwetter keine Gewaltverbrechen mit sich bringen würde.

10

In ihrer Wohnung im Kirchweg stellte sich Anke Dankelmann unter eine lauwarme Dusche, machte sich einen Käseteller, schaltete den Fernseher ein und zappte sich durchs Programm. Müde war sie, gönnte sich ein Feierabendbier aus der Dose und war bettreif, als das Telefon klingelte. Es war Helga Erdmann.
»Ist eigentlich komisch, oder? Da haben wir wer weiß wie lange keinen Kontakt und dann fällt mir hier die Decke auf den Kopf, die Wände werden immer enger und die Erinnerungen schnüren mir die Luft ab – und da bist du die einzige Person, mit der ich reden will. Ist doch putzig, oder?« Helga Erdmanns Stimme wirkte traurig, aber fest.
»Ja und nein, Helga. Vielleicht brauchst du nur jemanden, der mit dir gemeinsam auf Motivsuche geht. Denn warum sich Peter umgebracht hat, das weißt du genauso wenig wie ich. Und wenn du jetzt mit Verwandten reden würdest, käme mit Blick darauf ja nicht viel raus, oder?«
»Da hast du recht. Ich finde keinen Grund für diesen Selbstmord. Man lässt doch seine Kinder, zumindest die, nicht im Stich.«
»Lass uns doch mal ganz polizeilich an die Sache rangehen. Wenn du den Peter von heute, Quatsch, den Peter, wie du ihn jetzt erlebt hast, mit dem vergleichst, wie er vor ein paar Jahren war – gibt es da Unterschiede?«
Langes Schweigen.
»Das ist eine schwierige Frage, ich weiß«, durchbrach Anke Dankelmann die Stille. »Ich mache es mal konkreter: Hat sich sein Leben geändert, neue Hobbys, Autos, Klamotten, hat er angefangen

zu rauchen, zu trinken, ging er plötzlich in die Kirche – oder gab es eine andere Frau?«

»Diese letzte Frage habe ich mir schon oft gestellt. Wahrscheinlich wird er da irgendwas gehabt haben, aber sicher nichts Ernstes, das wäre mir wohl aufgefallen. Ich meine, wir sind ja seit Jahren nur noch eine Zweckgemeinschaft, wenn du verstehst.«

»Sex war also nicht der Zweck eurer Zweckgemeinschaft?«

»Na, du kannst ja direkt sein. Aber du hast Recht. Naja und sonst … Keine Zigaretten, immer ein leichtes Quantum Alkohol, viel Arbeit – zumindest war er viel weg. Und das ist ein Unterschied: Früher war er nie so häufig dienstlich unterwegs. Und zunehmend im Ausland. Ich musste ihm immer den Adapter für Steckdosen mitgeben, deshalb weiß ich das.«

»Wohin denn im Ausland?«

»Häufig mal nach Russland oder in die Ukraine oder so, Gottlöbers haben da eine Tochterfirma, die hat er mitbetreut.«

»Und vom Lebensstil her?«

»Du kennst doch Peter. Der brauchte keine Rolex.«

»Hast du denn Zugriff auf eure Konten?«

»Zumindest auf die, die ich kenne, ja. Aber vielleicht ist da ja noch mehr, das muss ich nächste Woche mal regeln. Kann ich mich denn jetzt um einen Beisetzungstermin kümmern?«

»Aus unserer Sicht geht das in Ordnung. Sag mir aber bitte Bescheid, ich würde gern kommen.«

Kurze Zeit später beendeten sie das Gespräch und verabredeten, in Kontakt zu bleiben. Irgendwie stimmte die Harmonie zwischen ihnen, wunderte sich die Polizistin. War ihr früher nie aufgefallen. Bevor sie ins Bett ging, ärgerte sich Anke Dankelmann noch einmal nachhaltig, dass man an die Fakten der Betriebsprüfung nicht heran kam. Es war ein komischer Selbstmord. Ein psychisch offenbar vollkommen stabiler Mensch sprang von einer Brücke in den Tod. Und doch wusste sie: Es gab ein Motiv. Und sie wusste auch: Rätselraten ohne irgendwelche Hinweise war nutzlos.

11

Am Morgen hatte sie keine Lust darauf, sich Frühstück zuzubereiten. Sie trank einen Kaffee in der Bäckerei gegenüber der Straßenbahnhaltestelle Kirchweg, aß einen Croissant und war um kurz nach neun Uhr im Büro.

»Irgendeine Meldung von Maurer?« fragte sie Bernd Stengel, der als passionierter Frühaufsteher jeden Morgen so unverschämt munter wirkte, dass man als Morgenmuffel angesichts dieses blühenden Lebens noch mürrischer werden musste.

»No, niente. Seine Familie ist überhaupt nicht beunruhigt, er wollte eh erst heute Abend wiederkommen, sagt seine Frau.«

»Handy?«

»Ich hab die Mailbox vollgequatscht. Nichts.«

»Na super. Dann wenden wir uns mal den Betrunkenen der Nacht zu. Zu denen sollst du ja diesmal nicht gehört haben, oder?« fragte Anke Dankelmann.

»Nein. Mich haben sie schon nach dem dritten Bier aus dem Big Spender geworfen, weil ich nicht zahlen konnte. Da bin ich lieber heim.«

»Wusste ich doch, dass du da Stammgast bist. Aber ausgerechnet der Big Ständer?«

Stengel brach in schallendes Gelächter aus. »Wo hast du denn das her? Hab ich ja noch nie gehört. Big Ständer ... Also, Anke ...«

Der Big Spender war ein Nightclub unweit der Autobahn in Niederzwehren, einem Stadtteil von Kassel. Und ein Etablissement, in dem Stengel sicher auch mit drei Promille nicht einkehren würde. Sie selbst war schon mal da gewesen. Mit einem früheren Verehrer. Und war hochkantig rausgeflogen. Der Verehrer war dringeblieben. Und wurde so zum Ex-Verehrer. Manche Dinge regeln sich eben einfach von selbst.

Das Klingeln des Telefons beendete Anke Dankelmanns Zeitungslektüre. Sie sah routinemäßig auf die Uhr: 10.12 Uhr. Auf dem Display erkannte sie die Nummer: der Beamte vom Dienst.

»Hallo Anke, ich hab da, glaube ich, was für euch. Wir haben einen Toten, sitzt im Auto, Kennzeichen KS-WM 100, zugelassen auf Werner Maurer.«
»Wo steht das Auto?« Anke Dankelmann war aufgesprungen.
»Am Wasserbehälter oben am Jungfernkopf. Die Streife ist raus, die sollen euch gleich anrufen, wenn sie mehr wissen.«
Sie hastete aus dem Zimmer, auf der Suche nach Bernd Stengel. Der saß gemütlich im Geschäftszimmer des K 11 und hielt bei einer Tasse Kaffee ein Schwätzchen mit Iris Blaul, einer neuen Kollegin von der Spurensicherung.
»Ich muss eurem Tete-à-tete ein Ende bereiten, wir haben eine Leiche, eventuell Werner Maurer. Iris, machst du dich startklar und kommst so schnell wie möglich nach?«
Sie erklärte der Kollegin den Weg zum Wasserbehälter am Jungfernkopf und lief dann mit Stengel zum Fuhrpark.

12

Auf halbem Weg zum Jungfernkopf klingelte Dankelmanns Handy. Die Streifenbeamten meinten, der Tote müsse Maurer sein, er habe einen Personalausweis dabei und der sei auf diesen Namen ausgestellt, das Bild zeige eindeutig die Leiche.
»Okay, holt bitte Verstärkung und riegelt das Gelände ab, wir sind in drei Minuten da, nein in acht, Bernd fährt ja.«
Der warf ihr einen grimmigen Blick zu.
»Mannomann, wir haben einen Toten und du kalauerst hier rum. Manchmal frage ich mich ... Ist auch egal. Also los, was sagen die Jungs?«
»Laut Pass und Passfoto ist es Maurer, er wurde stranguliert, mit einem dicken Draht. Der liegt wohl auch noch im Auto. Da können wir wohl annehmen, dass es kein Selbstmord war. Das bringt uns einen Schritt weiter und du kannst dich final an die Osterloh ranschmeißen?«
»Wieso das denn?«

»Naja, jetzt haben wir ja unser kapitales Verbrechen. Jetzt muss sie mit den Fakten rüberkommen. Am besten machst du zügig einen Termin, ihr habt doch sicher die Telefonnummern ausgetauscht?«
»Die hast du auch, wenn ich dich erinnern darf. Aber wollen wir uns nicht erst einmal unseren Baulöwen anschauen? Dort vorne müsste es sein.«
Sie waren die Obervellmarer Straße Richtung Vellmar gefahren. Oben auf dem Berg zur rechten Hand war der Wasserbehälter. Man hatte einen wunderschönen Blick auf die im Kessel liegende Stadt, kein Wunder, dass dies eine bevorzugte Wohngegend war. Sie bogen nach rechts ab und sahen das Polizeiaufgebot, den Wagen und ein paar Schaulustige, die gerade von zwei Beamten auf die andere Straßenseite gedrängt wurden. »Wir müssen die Straße vorübergehend dichtmachen, das hat ja so überhaupt keinen Sinn«, sagte Stengel, parkte ein Stück weiter auf einem Feldweg, der eigentlichen Zufahrt zum Wasserbehälter. Stengel wies die Beamten an, die Straße zu sperren, Dankelmann ging zum Wagen, einem silbermetallicfarbenen Jaguar. Auf dem Fahrersitz saß ein Mann, sein gesamter Körper wirkte verspannt und eigenartig nach hinten gedehnt. Um seinen Hals lag noch die Drahtschlinge, die Augen waren weit geöffnet und blickten starr nach oben. Werner Maurer war vom Tod überrascht worden, keine Frage. Und er hatte gelitten in seinen letzten Augenblicken. Aus dem Hals war jede Menge Blut ausgetreten, es sah aus wie eine Schlachtung.
»Es packt einen auch nach den vielen Jahren im Dienst immer wieder, dieses Scheißgefühl, wenn man einen Ermordeten sieht, geht es dir auch so?« Stengel stand hinter ihr, Anke Dankelmann nickte leicht. Sie konnten zunächst wenig machen, mussten der Spurensicherung den gesamten Tatort überlassen. Sie nahmen das Areal in Augenschein: Maurer war im Auto von hinten getötet worden, er hatte sich heftig gewehrt, hatte wohl versucht, um sich zu treten, jedenfalls hing ein Bein im Beifahrerfußraum. Aber wenn er von hinten getötet wurde, dachte Dankelmann, dann musste Maurer jemandem erlaubt haben, sich hinter ihn zu setzen. Dann musste

er ihn gekannt und Vertrauen zu dieser Person gehabt haben. Aber das war nur eine Interpretation. Genauso gut konnten mehrere im Auto gesessen haben, die den Mord praktisch gemeinschaftlich begangen hatten. Iris Blaul war mit ihrem Team längst eingetroffen und machte sich an die Arbeit. Dankelmann und Stengel konnten den nächsten Besuch vorbereiten, bei dem sie eine traurige Nachricht zu überbringen hatten. »Wer hat denn eigentlich den Maurer gefunden?« Stengel wandte sich an die Streifenbeamten, die als erste am Fundort eingetroffen waren.

»Sitzt bei uns im Auto. Der war mit dem Fahrrad unterwegs, war ins Tegut zum Einkaufen gefahren und hatte sich da schon gewundert, warum da ein Auto an dieser Stelle stand und einer drin saß, der schlief. Auf dem Rückweg hat er dann nachgeschaut und die 110 angerufen. Jetzt ist er ziemlich durch den Wind.«

Stengel und Dankelmann gingen zum Streifenwagen und stellten sich vor. Oliver Bierschenk hieß der Mann, er wohnte gleich am Ortseingang nach Vellmar. Er schilderte das Ganze noch detailreicher, als es der Polizist eben in seiner Zusammenfassung getan hatte. Aber die Fakten erschienen von wenig Belang. Seit wann das Auto da gestanden hatte, ob man jemanden aussteigen gesehen hatte – all diese Dinge würden erst nach mühseliger Recherche zu rekonstruieren sein.

»Hallo, ihr zwei, gebt mir doch mal ein paar Fakten, falls die Kollegen von den Medien was mitbekommen.« Pit Vogel, den alle nur Pivi nannten, war in seinem Job ein echtes As. Er konnte gut mit den Medienvertretern, hatte das Vertrauen seiner festen Ansprechpartner und konnte sich umgekehrt auch auf sie verlassen. Und er wollte seine Arbeit gern authentisch machen – was bedeutete, dass er bei den großen Fällen auch vor Ort auftauchte, um »die Aura des Ortes zu atmen«, wie er nie müde wurde zu beteuern.

Am Fundort konnten die beiden Kommissare nicht mehr viel ausrichten, für 16 Uhr verabredete sich die Mordkommission, die jetzt zusammengestellt wurde, für das erste gemeinsame Meeting.

13

Dankelmann und Stengel übernahmen den Besuch bei Familie Maurer. Die hatten ein Anwesen im Sandbuschweg am Rand des Stadtteils Brasselsberg. Anke Dankelmann würde nie so richtig verstehen können, warum man ausgerechnet dort so gern wohnte. Ein Stadtteil an einem Osthang des Habichtswaldes, hier hatte man nur morgens oder, wenn man Glück mit der Lage der Immobilie hatte, auch tagsüber Sonne. Ansonsten war es eine düstere Ecke von Kassel. Aber hochbegehrt bei den betuchten Bürgern.
Maurers hatten offenbar Glück mit ihrer Immobilie. Ein weitläufiges Anwesen mit schönem Blick auf die Dönche, einem riesigen Naturschutzgebiet mitten in der Stadt. Ein großer Garagentrakt und die Auffahrt war ein Weg aus weißem Kies, wie im Film. Als sie sich über die Gegensprechanlage meldeten und vorstellten, glitt das Eingangstor beinahe geräuschlos auf. Sie hielten direkt vor dem Hauseingang, der über eine kurze Treppe, die links und rechts von hockenden Steinlöwen eingerahmt war, zu erreichen war. Über Geschmack ließe sich trefflich streiten und Anke Dankelmann fand die Löwen ziemlich affig.
Inge Maurer war wesentlich jünger als ihr Mann. Sie war seine zweite Ehefrau, das wussten sie aus den vorhandenen Daten, die erste Frau Maurer war an Krebs gestorben. Markus, der 27-jährige Sohn aus der ersten Ehe, war mittlerweile in der Firma beschäftigt, aus der zweiten Ehe hatte Maurer einen weiteren Sohn, Stefan, der mittlerweile 17 Jahre alt war.
Anke Dankelmann war sicher, dass Inge Maurer noch keine 40 Jahre zählte und da Werner Maurer kurz vor seinem 70. Geburtstag gestorben war, konnte man den Altersunterschied bei diesem Paar getrost ungewöhnlich nennen.
Das Wohnzimmer, in das sie gebeten wurden, hatte die Größe einer mittleren Schulsporthalle, mehrere Sitzgruppen aus opulentem Mobiliar boten die Möglichkeit, mindestens 30 Personen gleichzeitig Platz zu bieten.

»Ich habe irgendwie das dumpfe Gefühl, dass ihr Besuch nichts Gutes zu bedeuten hat«, begann Inge Maurer das Gespräch, ohne den beiden Polizisten etwas zu trinken anzubieten. Sie hatte ihre schlanke Figur in hautenge schwarze Jeans und eine ebenfalls sehr enge weiße Bluse gezwängt, die blonden Haare waren zu einem Pferdeschwanz gebunden, sie trug keinen Schmuck.
»Frau Maurer, wir haben ihren Mann gefunden, er ist tot. Nach derzeitigem Kenntnisstand wurde er ermordet.« Anke Dankelmanns Einfühlungsvermögen in solche Situationen hatte stets etwas Holzfällerhaftes, aber gab es überhaupt eine richtige Methode, einer Familie eine Todesnachricht zu überbringen?
Inge Maurer stand auf, schaute aus dem riesigen Panoramafenster über die Stadt und sagte: »Scheiße!« Mehr nicht.
Nach einer Weile gemeinsamen Schweigens drehte sich Inge Maurer um, die Augen hatten sich mit Tränen gefüllt, und sie nestelte ein Taschentuch aus dem Ärmel der Bluse. »Wissen Sie, mein Mann war das größte Arschloch, das auf diesem Planeten herumlief, und dennoch haut einen so eine Nachricht einfach um. Das ist doch verrückt, oder?«
Die beiden Polizisten schauten sich erstaunt an.
»Ja ja, schauen Sie nur. Das ist hier der goldene Käfig für die Familie. Aber eigentlich war mir das von Anfang an klar, als wir geheiratet haben. Er brauchte eine Vorzeigemaus, und die war ich. Und eine andere Rolle hatte ich auch nie. Ich hab die Jungs großgezogen und ihnen das ideale Familienleben vorgespielt. Und sie, so weit es ging, vor ihrem Vater geschützt. Walter ist ein Choleriker, ein Rechthaber, ein Patriarch im miesesten Sinn. Und wissen Sie, was das Verrückte ist? Beide Söhne himmeln ihn an. Das hat dieser erzieherische Komplettversager gar nicht verdient. Ach Mann, ich quassele jetzt derartig unsortiert, Sie wollen sicher ganz andere Dinge wissen, oder?«
»Ist schon okay, Frau Maurer. Sie müssen ja mit der Nachricht erst einmal fertigwerden und Ihren Söhnen das Ganze ja auch beibringen. Wir würden uns gern heute oder morgen in Ruhe mit Ihnen

unterhalten, im Augenblick tappen wir ja noch im Dunkeln. Dennoch müssen wir, um die letzten Stunden Ihres Mannes rekonstruieren zu können, ein paar Fragen sofort loswerden.«
Anke Dankelmann blickte Maurers Witwe fragend an.
»Wie ist er denn eigentlich umgebracht worden und von wem?«
»Er wurde mit einer Drahtschlinge erdrosselt. Vermutlich in seinem Auto. Der Täter ist unbekannt.«
»Und wo? In Stuttgart?«
»Nein«, sagte Anke Dankelmann. »Hier in Kassel. Sie gingen also davon aus, dass er erst morgen zurückkommen würde?«
»Ja. Er war mit dem Zug unterwegs.«
»Und wie kam er dann an sein Auto?«
»Er parkte immer auf dem Parkplatz am Bernadotte-Platz, manchmal auch direkt am Bahnhof. Ich hätte ihn auch hingefahren, oder er hätte sich ein Taxi nehmen können – aber er wollte mit dem Auto unabhängig sein. Er war halt ein Dickkopf – zurückhaltend formuliert.«
»Noch mal, Frau Maurer: sie wähnten ihn also noch in Stuttgart? Hat er sich denn mal gemeldet?«
»Der? Hat höchstens mal mit Markus oder Stefan telefoniert. Oder mit seiner Firma, mit Peter Erdmann – Mensch, der ist ja auch tot, wer kümmert sich denn jetzt um alles?«
»Gute Frage. Gibt es denn so etwas wie ein Testament?«
»Ich glaube ja. Das können wir sicher bei seinem Anwalt erfahren. Der hat auch den Ehevertrag gemacht. Dr. Jens Klutsch, Sie wissen schon ...«
»Ja, wir kennen Herrn Dr. Klutsch. Keine Pleite in Kassel und der westlichen Hemisphäre, wo er nicht den Insolvenzverwalter machen würde. Angeblich lässt er sich, sobald ein Laden in Schwierigkeiten gerät, beim Amtsgericht schon mal vormerken. Haben Sie so etwas wie eine Privatnummer von ihm oder eine Handynummer – am Wochenende dürfte der Herr eher beim Golfen anzutreffen sein als in seiner Kanzlei.« Inge Maurer nickte, ging kurz raus und kam mit einem Zettel zurück. »Hier, beide Nummern.

Dr. Klutsch hat auch viele juristische Sachen mit seiner Kanzlei für die Firma gemacht, falls Sie da Informationen brauchen. Wie geht es denn jetzt mit dem Verhör weiter?«

»Das ist kein Verhör, Frau Maurer. Eine ordentliche Vernehmung machen wir noch im Präsidium. Sie müssen ohnehin Ihren Mann identifizieren. Trauen Sie sich das zu?«

Inge Maurer atmete durch. »Naja, das wird schon gehen. Immerhin wird er mich diesmal nicht beleidigen und nicht das letzte Wort haben.«

Sie vereinbarten einen Termin am Sonntagvormittag. »Wo sind eigentlich die Kinder?« »Markus ist Klamotten kaufen mit seiner Freundin, Stefan spielt unten in Nordshausen Fußball. Ich hole ihn nachher ab. Ich muss mal sehen, wie ich das hinkriege.«

14

Auf der Rückfahrt ins Präsidium versuchten sie, ihre Gedanken zu ordnen.

»Wer sagt uns denn, dass die schöne Frau Maurer nicht selbst den Henker gespielt hat?« Stengel hatten die wüsten Offenbarungen aus dem Familienleben der Maurers nachhaltig irritiert.

»Alles ist möglich, Bernd. Aber dann hätte sie wissen müssen, dass er früher nach Kassel zurückgekehrt ist.«

»Hätte sie sich ja denken können, nachdem Erdmann sich selbst subtrahiert hat.«

»Auch wahr. Wird also höchste Zeit, dass wir mal ein paar Fakten sammeln. Ab zur Sitzung. Und vorher noch ein wenig telefonieren.« Es war die Anfangszeit bei solchen Ermittlungen, wo die Recherchen in alle möglichen Himmelsrichtungen abliefen. Sechs Kollegen waren mittlerweile für die Mordkommission abgestellt worden, zwei vom Kommissariat für Wirtschaftsverbrechen, weil nach den Aussagen von Frau Osterloh für die nächste Vernehmung der Sachverstand der Experten gebraucht wurde. Stengel recherchierte das Hotel in Stuttgart, aus dem Maurer am Freitagnach-

mittag ziemlich überstürzt abgereist war und die beiden gebuchten Nächte mit bezahlt hatte. Ob er wiederkommen würde, wisse er nicht, hatte er der Dame an der Rezeption gesagt.
Der Mann hatte das richtige Gefühl für die Situation gehabt, meinte Anke Dankelmann und kassierte wieder so einen Liebes-Kind-wir-müssen-über-dein-Benehmen-reden-Blick von Papa Stengel. Maurer hatte eine Bahnnetzkarte, so dass er kein Ticket lösen musste. Es kamen drei Direktverbindungen von Stuttgart nach Kassel in Frage, wenn er abends noch Zeit mit irgend jemandem verbringen wollte.
Parallel zur Recherchearbeit vom Präsidium aus waren zwei Dutzend Polizeischüler aktiviert worden, die weitläufig die Nachbarschaft um das Wasserdepot abklapperten. Ziel: Man wollte in etwa herausfinden, seit wann der Jaguar da gestanden hatte. Allerdings würde da der Gerichtsmediziner weiterhelfen können, wenn man wusste, wann Maurer ermordet worden war, hatte man einen Anhaltspunkt, wie lange das Auto da gestanden hatte.
»Weißt du übrigens, was wir völlig aus den Augen verloren haben?« Anke Dankelmann knallte ihren Kugelschreiber auf den Schreibtisch. Stengel blickte erschrocken auf.
»Ne, was denn?«
»Der gute Peter Erdmann war ja offenbar an seinem Todesabend noch einmal essen. Zumindest hat der Doc etwas von der Möglichkeit eines Steakhouses gemurmelt. Wollen wir da nicht eventuell mal nachchecken, ob da was dran ist, vielleicht war der mit jemandem zusammen essen, der oder diejenige ist dem Wirt oder der Bedienung bekannt?«
»Gute Idee. Wieso kommt die von dir?«
Manchmal ärgerte sich Bernd Stengel über den Instinkt und die Art und Weise, wie seine Kollegin einen Bündel loser Fäden in der Hand hatte und dann plötzlich an irgendeinem zog, den längst keiner mehr im Auge hatte. Häufig hatte sie damit Erfolg. Worüber er sich freute, aber auch bedauerte, nicht selbst so ein Gespür zu haben.

»Ich frage mal den Kollegen Wenzel, der soll sich mit einem Bild von Erdmann auf die Socken machen, die Steakläden haben doch heute am Samstag alle auf.«

Wenige Minuten später war sie wieder da. »Der war alles andere als begeistert, hatte eigentlich heute Abend was vor. Tja, gehen Sie zur Polizei, dann hamse samstags niemals frei. Das hat er jetzt davon.«

»Vielleicht hatte er ein Lieblings-Steakhouse, kannst ja mal seine Frau anrufen und fragen. Wenn wir Glück haben, war er da. Und der junge Kollege hat doch noch frei.«

»Wir haben Glück, und nur er hat frei, was soll denn der Quatsch. Aber kein schlechter Gedanke, Watson!«

»Ich weiß nicht, ob es eine weibliche Form von Sherlock gibt, Fräulein Holmes.«

Anke Dankelmann grinste, rief Helga Erdmann an und sagte anschließend: »Er ging wohl immer ins Steakhouse Nais, am Wehlheider Platz, gleich bei mir um die Ecke. Das ist ja ein Ding, ich sage es dem Kollegen, dass er gleich als erstes dahin fährt. Hast du übrigens die Osterloh erreicht?«

»Nein. Hab ihr auf die Mailbox und den Anrufbeantworter daheim gesprochen, ich glaube eher, dass die einfach ein freies Wochenende haben wollte, im Zweifel schicken wir eine Streife hin und holen sie ab. Jetzt aber los in die Einsatzzentrale, es ist vier Uhr.«

15

Sie waren die letzten aus der Gruppe, die in dem mit High-Tech voll gestopften Raum eintrafen. Von hier aus war die Polizei in der Lage, rund um die Uhr auch die größten Operationen zu koordinieren, jeder hatte seinen festen Platz, natürlich mit PC und allen technischen Möglichkeiten, die für solche Einsatzgruppen notwendig waren. An den Wänden Bildschirme und jede Menge Tafeln, auf denen vom Täterprofil bis hin zu Aufgabenzuteilungen für die jeweiligen Einsatzkräfte alles detailliert festgehalten werden konnte. Neben Stengel und Dankelmann war Volker Wenzel da, den alle im K11 wegen seiner Initialen VW nur Käfer nannten, Dr. Pianka, die beiden Kollegen für Wirtschaftskriminalität, Hartmut Bender und Friedrich Hauer, Sabine Mockelmann vom K11 und ein Gesicht, das Dankelmann und Stengel nicht kannten. Der Mann stellte sich vor: Staatsanwalt Valentin Willimowski. Den Namen hatte Anke Dankelmann schon einmal gehört, aber den neuen Mann, ein ausgewiesener Experte für Wirtschaftsstraftaten bei der Staatsanwaltschaft Kassel, noch nie gesehen. Groß gewachsen, lässig-leger, aber geschmackvoll gekleidet, dunkelblonde, nach hinten gewellte halblange Haare, braune Augen und mit einer angenehmen Stimme ausgestattet. Wirkte durchtrainiert und blickte aus funkelnden Augen die Kommissarin an. »Und Sie sind sicher Anke Dankelmann? Schon viel von ihnen gehört«, fügte er hinzu, als Dankelmann nickte. Sie zuckte mit den Schultern, Richard Plassek, der Leiter der Mordkommission, war hereingekommen und legte sofort los.

»Wo ist die Spurensicherung?«

»Spurlos verschwunden«, sagte Dankelmann, Willimowski grinste, und Iris Blaul trat mit einem Entschuldigung-ich-kann-nichts-dafür-Blick in den Raum.

»Okay, Iris, schieß los, oder nein, lassen wir mal den Doktor als Erstes ran.« Dr. Hartmut Piankas Vorträge waren gefürchtet, sie enthielten endlose Details, und es dauerte und dauerte, bis er denn endlich zu seinen Schlussfolgerungen kam. So auch diesmal. Er referierte über den Gesundheitszustand seines »Patienten«, wobei am interessantesten wohl die Tatsache war, dass Maurers Leber in einem mehr als angegriffenen Zustand war. Er hatte zudem zum Zeitpunkt des Todes 2,1 Promille im Blut, war also völlig betrunken. »Haben Sie festgestellt, was er getrunken hat?«, fragte Bernd Stengel. »Sieht nach Whiskey aus, zumindest hat er kurz vor dem Tod noch einen gehörigen Schluck genommen.«

»Das könnte sehr gut passen«, unterbrach ihn Iris Blaul, »wir haben in dem Auto eine beinahe leere Flasche Glenfiddich gefunden.

Mit Fingerabdrücken von zwei Personen, aber machen Sie erst einmal weiter, Doktorchen.«
»Das mit dem Doktorchen lassen Sie mal schnell wieder bleiben, mir fallen im Gegenzug auch ein paar niedliche Namen für Sie ein«, schnaubte Pianka.
»War doch nicht so gemeint, Herr Doktor.« Iris Blaul verdrehte die Augen. An die Mechanismen hier im Präsidium musste sie sich erst noch gewöhnen, Anke Dankelmann nahm sich vor, die Neue mal zu einem Kaffee einzuladen.
»Also: Es gibt außer den Folgen der Strangulation keine Anzeichen von Gewalteinwirkung. Er hatte keine Chance, voll wie er war und ohne jede Möglichkeit, seinem Mörder, der hinter ihm saß, eins auf die Nase hauen zu können. Das Ganze ist ein sehr schmerzhafter Tod, weil diese Drahtschlinge ihm nicht nur die Luft genommen hat, sondern fast um den gesamten Hals in das Fleisch eingedrungen ist. Da war irgend jemand am Werk, dem eventuelle Spuren oder eine möglichst saubere Hinrichtung völlig egal waren.«
»Gibt es irgendwelche Gruppierungen, wo ein Mord mit Drahtschlinge häufiger vorkommt?«, wollte Dankelmann wissen.
»Das wurde im Dritten Reich gern durch die Gestapo so erledigt. Aber die dürfte hier nicht in Frage kommen, oder? Wir haben bei Gerichtsmediziner-Kongressen auch schon häufiger über den Tod durch Strangulieren mit einer Garotte gesprochen. Das ist so ähnlich wie bei Maurer, manche Gruppen der Russenmafia sind darauf spezialisiert. Ach so, der Todeszeitpunkt fehlt noch. Sorry, passiert mir immer wieder. Also: Er müsste irgendwann zwischen ein Uhr und zwei Uhr gestorben sein.«
Demzufolge würden wenige Nachbarn oder Anwohner unterwegs gewesen sein, die irgend etwas hätten beobachten können, dachte Anke Dankelmann. Und der Wagen stand so geschickt in der Einfahrt zum Wasserdepot, dass vorbeifahrende Autofahrer sicher auch nichts gesehen hatten. Es sei denn, der Mörder wäre beim Aussteigen oder beim Entfernen vom Auto gesehen worden. Die bisherigen Ergebnisse der Spurensicherung waren durchaus er-

mutigend. Die Fingerabdrücke an der Flasche stammten von Maurer, die anderen von einem Unbekannten, der noch nicht ermittlungstechnisch registriert worden war.
»Kann das nicht auch der Verkäufer sein?« fragte Dankelmann.
»Glaube ich nicht«, erwiderte die Neue, »dann wären es ein paar gewesen. Aber wir haben jede Menge von der anderen Person, auch am Deckel. Da wird einer mit gesoffen haben.«
Jede Menge Fingerabdrücke im Auto, von Maurer; eventuell von der Familie – die Abdrücke von Frau und Söhnen mussten noch genommen werden. Jede Menge Textilfasern, wobei man den auf dem Beifahrersitz und auf dem Sitz hinter dem Fahrer besondere Bedeutung beimaß.
»Was ist mit der Drahtschlinge?« wollte Plassek wissen.
»Meterware, kriegt man in jedem Heimwerkermarkt«, sagte Blaul.
Stengel holte sein Handy hervor, das leise vibrierte. Er schaute auf das Display, runzelte die Stirn und meldete sich leise.
»Eine Sekunde bitte«, sagte er leise und schaute in die Runde. »Das ist Frau Osterloh, ich gehe kurz raus.«
Währenddessen referierte Blaul über die Funde, jede Menge Textilfasern, somit vermutlich auch jede Menge DNA-fähigen Materials, an der Flasche sowieso, auch an der Drahtschlinge, aber das würde dauern. Man brauchte zudem Gegenproben, beispielsweise von der Familie, falls die im Wagen mal mitgefahren war.
Als Stengel zurückkam, schauten ihn alle erwartungsvoll an. »Die Osterloh ist in München, muss morgen früh bei der Taufe ihres Neffen Patin spielen, sie kommt anschließend sofort zurück. Wir sollen es derweil bei ihrem Kollegen versuchen, aber der ist irgendwie komplett abgetaucht, ich hab mal eine Zivilstreife zu seiner Privatadresse geschickt. Geht das klar mit der Offenlegung der Daten, die unter das Steuergeheimnis fallen?« Stengel schaute Willimowski an. »Das ist auf den Weg gebracht, wir sollten noch am Wochenende Klarheit haben.«
Plassek fasste kurz die Ergebnisse zusammen und verteilte die Aufträge. Käfer würde die Steakhäuser überprüfen, Dankelmann noch

einmal bei Maurers vorbeischauen, gleich mit Spurensicherung, weil man jetzt in den eigenen vier Wänden des Toten auf die Suche nach irgendwas gehen musste. Was man suchte, wusste man nicht. Erst dann, wenn man es gefunden hatte.
Dankelmann sprach sich nach der Sitzung mit Blaul ab, die neue Kollegin war ihr sympathisch, sie machte einen frischeren Eindruck als ihr Kollege Wimmel, der nach Jahren des Rumkriechens an Tatorten, nach unendlichen Stunden, die er mit der Suche nach Fusseln und anderen mikroskopisch kleinen Teilen verbracht hatte, dringend mal eine Kur nötig hatte. Sie war beantragt und wurde hoffentlich genehmigt.
Sie hatte größte Hochachtung vor diesen Kollegen von der Spurensicherung, die mit unendlicher Geduld und unter ständigem Zeitdruck meist den Grundstein für eine erfolgreiche Arbeit des K 11 und anderer Einheiten leisteten. Sie erinnerte sich an den Fall eines Einbrechers, der über Jahre immer wieder in Erscheinung getreten war, immer dieselbe Methode: Mit dem Bohrer ein Schloss aufgebohrt, beinahe lautlos lief das ab, Haus ausgeräumt, keine Spuren hinterlassen. Nur einmal hatte er, weil Späne vom Bohren im Schloss verblieben waren, hineingepustet. Das führte zu winzig kleinen Speichelresten, Wimmel hatte die gefunden und sichergestellt – Resultat: Sie hatten eine DNASpur, der Erzeuger war in den Daten der Polizei registriert, und sie hatten den Mann morgens an seinem Arbeitsplatz, einem Büro eines städtischen Unternehmens, festgenommen. Der Hobby-Einbrecher war fassungslos gewesen. Und im Präsidium hatte man Wimmel hochleben lassen. Mal sehen, was die Blaul drauf hatte.

16

Stengel blieb im Büro, sollte für Plassek, der dringendst eine Aufführung der Theatergruppe seiner Tochter am Friedrichsgymnasium besuchen musste – wollte er den Familienfrieden nicht zerstören – die Koordination übernehmen.

Blaul und Dankelmann schlenderten über den Platz vor dem Kasseler Hauptbahnhof hinüber zur Kneipe im Bahnhof, dem »Gleis 1«. Sie aßen einen Salat, tranken einen Kaffee und beschnupperten sich ein wenig.

»Dir eilt ja ein mordsmäßiger Ruf voraus ...« Blaul blickte Anke Dankelmann vorsichtig an.

»Wieso das denn – und vor allem: Welcher?«

»Die Kollegen sagen: du hättest den besten Instinkt für die Ermittlungen, die am schwierigsten zu kontrollierende Klappe und ...«

»Was und?«

»Einer hat gesagt: Die ist ein solches Kantholz – da wird jeder Mann, mit dem sie eine Beziehung hat, zum Fall für die UN-Menschenrechtskommission.«

Anke Dankelmann prustete los. »Na bitte. Dann will ich mal lieber nichts tun, was diesen Ruf irgendwie beschädigen könnte, oder? Jedenfalls baggert mich im Laden schon lange keiner mehr an. Und das ist auch gut so. Das wäre noch was, wenn ich irgendwann was mit einem Bullen hätte. Und du?«

»Ich habe einen Freund, seit vielen Jahren.«

»Bulle?«

»Bullenzüchter. Also irgendwie schon. Ne, im Ernst, er ist Landwirt, hat einen Hof in Zwergen.« Anke Dankelmann kannte den Ort. Ein kleines idyllisches Dörfchen, unweit der Diemel, einem kleinen Fluss, der in die Weser mündete und ein Dorado für Kanufahrer war.

»Dann wirst du eines Tages also Bäuerin werden?«

»Ich weiß nicht. Einerseits reizt mich das, andererseits will ich das andere Bein, auf dem ich stehe, nicht absägen. Naja, okay, das Bild ist nicht stimmig. Aber wenn du Lust hast, komm doch mal an einem freien Tag raus, es ist herrlich da.«

»Gern, da machen wir mal fest was aus. Aber jetzt sollten wir los.« Sie zahlten und marschierten zurück ins Büro. Noch gab es keine neuen Erkenntnisse, der Käfer war unterwegs zu den Restaurants, die Polizeischüler klapperten noch die Nachbarschaft weiter ab. Anke Dankelmann rief bei Maurers an und kündigte den Besuch noch am Abend an. Die Söhne waren daheim und sollten es auf Bitten der Kommissarin auch bleiben.

17

Eine halbe Stunde später tauchte das Team im Sandbuschweg auf. Es war ein herrlich lauer Maiabend, der Dunst von Gegrilltem zog aus der Nachbarschaft herüber. Sie sprach mit Inge Maurer ab, dass sich die Spurensicherung zunächst den Arbeitsraum von Werner Maurer vornehmen sollte.

Im Wohnzimmer traf sie auf die beiden Söhne. Stefan, der 17-jährige, sah völlig niedergeschlagen aus, die Augen rot, die Kieferknochen mahlten, der Blick ging nach der Begrüßung stier auf den Boden. Markus Maurer wirkte gefasster, aber auch angeschlagen, er strich seiner Stiefmutter über den Rücken und nickte ihr aufmunternd zu. Er war alt genug zu wissen, dass das, was jetzt passieren würde, passieren musste.

Inge Maurer betrachtete die Söhne mit einem Blick, der irgendwie eine Mischung aus Angst, Sorge und Zuneigung bedeutete.

»Also, ich sülze jetzt hier nicht rum, lassen Sie uns zur Sache kommen. Dann haben Sie es hinter sich, oder?« Anke Dankelmann hoffte, dass die Wortwahl für die Jungs das Richtige war.

Stefan nickte, ohne den Blick vom Boden zu wenden. Markus schaute sie an.

»Wann haben Sie Ihren Vater zum letzten Mal gesehen?«

»Am Tag, als er auf Dienstreise ging, oder?« sagte Markus und blickte seinen Bruder an.

Der nickte. Und stierte nach unten.

»Hatten Sie noch mit ihm Kontakt, am Telefon?«

»Nein. Das war etwas seltsam, weil er sonst häufiger von unterwegs anrief und sich nach uns erkundigte«, sagte Markus. Stefan nickte.

»Wussten Sie denn, wo er war?«

»Ich wusste nur, dass er in Stuttgart bei unserer Tochterfirma war.« Anke Dankelmann schaute während der Antwort von Markus dessen Bruder an. Stefans Augen füllten sich leicht mit Tränen.
Das Gespräch zog sich zäh hin, Inge Maurer hielt sich raus, Markus antwortete, beschrieb seinen Job in der Firma – er sollte als Trainee alle Bereiche durchlaufen und arbeitete gegenwärtig in der Bauleitung eines Großprojektes in Baunatal, wo ein Logistikkonzern zwei riesige Hallen errichten ließ. Über den wirtschaftlichen Zustand des Unternehmens wusste er wenig, der Vater hatte ihm noch keinen Einblick gewährt.
»Es ist absolut wichtig, dass wir in den nächsten Tagen mit Ihnen alles durcharbeiten, was Ihnen in Erinnerung ist. Auseinandersetzungen, die Ihr Vater und Ihr Mann gehabt hat. Hatte er Feinde? Falsche Freunde? Bitte denken Sie auch gemeinsam drüber nach. Ich möchte Sie heute nicht lange quälen, aber wir müssen uns morgen oder übermorgen noch einmal treffen. Dann müssen auch Sie etwas sagen, Stefan, verstehen Sie das?«
»Sie können ruhig du zu mir sagen«, sagte Stefan mit einer für seine Größe unerwartet tiefen Stimme. Der Junge war einen Kopf kleiner als sein Bruder. Und nach einer Pause sagte er noch leiser: »Was soll ich denn jetzt bloß ohne ihn machen? Wenn ich den erwische, mache ich den kalt ...«
»Stefan!« Inge Maurer schaute entsetzt. Anke Dankelmann legte ihr beruhigend die Hand auf die Schulter und fragte: »Zeigen Sie mir den Weg zum Arbeitszimmer?«
Dort waren die Spurensicherer angezogen wie zur Mondlandung. Plastiküberzüge, Handschuhe, Kopfschutz – es raschelte und knisterte überall im Raum. Iris Blaul rief durch den Raum: »Wir haben hier einen Safe gefunden, haben Sie einen Schlüssel?«
Inge Maurer schüttelte den Kopf. »Tut mir leid, das ist hier immer verbotenes Terrain für die Familie gewesen. Er müsste ihn eigentlich dabei gehabt haben.«
»Da hätten wir ja auch dran denken können ...« Anke Dankelmann war sauer auf sich selbst. Durch ein Telefonat stellte sich heraus,

dass Maurer zwei Schlüsselbunde bei sich gehabt hatte. Eine Streife zum Brasselsberg war unterwegs. Dankelmann hörte sich kurz den Bericht der Kollegin an. Bisher lag nichts Verwertbares vor.
Als sie eine halbe Stunde später die beiden Schlüsselbunde in der Hand hielt, wurde schnell klar, dass Werner Maurer offenbar mehrere Safes gehabt hatte. Wo die waren, wusste niemand in der Familie. Sechs Schlüssel mit Doppelbart bzw. einer Struktur, die auf einen komplizierten Schließmechanismus deutete, waren in einem schwarzen Etui gebündelt. Einer der Schlüssel passte ins Schloss des Privatsafes. Blaul schloss auf.
Anke Dankelmann hatte sich mittlerweile ebenfalls Plastikhandschuhe angezogen, die Familie beobachtete das Treiben von der Tür aus. Im Safe fanden sie Maurers deutschen Reisepass, einen weiteren Pass mit seinem Passbild – ausgestellt durch die Regierung der Ukraine. Einige Bündel Hundertdollarscheine. Zwei kleine Samtbehälter mit jeweils einer Unze Gold. Ein unverschlossenes Holzkästchen, offenbar schon älter. Innen drin eine Spezialhülle zur Aufbewahrung von empfindlichem Papier. Anke Dankelmann öffnete es, holte einen Umschlag heraus, in dem sich ein Foto befand. Sie zog das Foto vorsichtig heraus. Eine alte Schwarzweiß-Aufnahme. Sie zeigte im Vordergrund einen Mann, der so etwas wie eine Wehrmachtsuniform anhatte. Im Hintergrund eine Reihe von Zivilpersonen, die Hände hinter dem Kopf verschränkt. Vielleicht zehn, elf abgemagerte, zerlumpte Gestalten. Rechts im Bild zwei, drei Soldaten mit angelegten Gewehren, deren Gesichter man nicht erkennen konnte. Der Mann im Vordergrund hatte den Arm gehoben und den Mund geöffnet. Ein Bild, das zweifellos ein Erschießungskommando zeigte. Iris Blaul hatte ihr über die Schulter geschaut und sagte nur: »Mein Gott, was ist das denn? Wozu liegt denn das Foto hier im Safe?«
»Frau Maurer, schauen Sie mal, kennen Sie dieses Foto? Oder Sie?« Sie wendete sich an Inge Maurer und die Söhne. Alle drei schauten sich das Foto konzentriert an und schüttelten den Kopf.
»Wissen Sie, wer das auf dem Foto ist?« fragte Anke Dankelmann.

»Nein, keine Ahnung. Stefan, Markus?« Die beiden schüttelten den Kopf.

»Ich nehme das mit, auch den restlichen Inhalt des Tresors. Wir werden den Geldbetrag zählen und ihn quittieren.« Anke Dankelmann steckte das Foto zurück in den Umschlag und dann beides in die Schutzhülle, dann in eine der Aufbewahrungsbehälter der Spurensicherung. »Wie lange braucht ihr noch?« fragte sie Iris Blaul.

»Kommt drauf an, wo wir überall suchen sollen.«

»Hat ihr Mann außer im Arbeitszimmer irgendwelche Bereiche im Haus, wo er persönliche Dinge aufbewahrt?« fragte Dankelmann in Richtung Inge Maurer.

»Naja, Badezimmerschrank, im Ankleidezimmer, dann in der Garage, vielleicht auch im Geländewagen.«

»Okay. Sorry, Iris, aber das müsst ihr jetzt einfach durchziehen. Vielleicht kann ein Teil von euch ja schon mal abziehen und mit der Auswertung beginnen. Ich fahre zurück ins Präsidium und schaue mir unsere Schätze mal an. Liebe Familie Maurer, ich melde mich morgen noch einmal bei Ihnen. Ich weiß, es ist Sonntag, aber wir müssen jede Stunde nutzen. Wo kann ich Sie erreichen?«

»Ich habe Ihnen schon einmal die Handynummern von allen dreien notiert«, Markus Maurer reichte ihr einen handgeschriebenen Zettel.

»Wenn Sie Hilfe brauchen, einen Arzt oder so ...« Anke Dankelmann brachte den Satz nicht zu Ende, als sie Stefan Maurer ansah. Der Blick verhieß nichts Gutes. Die Augen funkelten wild, aber er nahm die Visitenkarte mit ihren Daten entgegen und schenkte ihr sogar ein Lächeln.

18

Im Präsidium war im K 11 noch Hochbetrieb. Es war mittlerweile nach 20 Uhr, und Bernd Stengel, in der einen Hand ein Telefon, wedelte mit der anderen Hand, in der er ein Blatt Papier hielt, in ihre Richtung. Sie stellte ihre Handtasche in eine Ecke und schnüffelte in der Luft herum. Es war stickig im Raum, doch der lange Arbeitstag war geruchstechnisch auch an ihr nicht spurlos vorbeigegangen. Zeit für eine Dusche, ein Bad – auf jeden Fall für eine Pause. Stengel legte auf und sagte aufgeregt: »Der Käfer ist fündig geworden. Erdmann war tatsächlich im Nais.«

Anke Dankelmann zog erstaunt die Augenbrauen nach oben.

»Da hätte er ja mal anrufen können, die hundert Meter wäre ich gern über den Platz gelaufen und hätte ihm Gesellschaft geleistet.«

»Dann wäret ihr aber zu dritt gewesen.« Stengel grinste.

»Wie, der war in Begleitung?«

»Ist ja an sich nichts Ungewöhnliches, wenn man in ein Restaurant geht, oder?«

»Jaja, nun mach es nicht so spannend. Mann oder Frau?«

»Mann. Und der Käfer war richtig clever. Der Wirt sagte, den Begleiter von Erdmann habe er gekannt. Sei schon mal da gewesen mit Erdmann. Außerdem sei es ein bekannter Unternehmer aus Kassel, der habe wohl eine riesige Baufirma oder so.«

»Doch nicht ...«

»Ich sage doch, der Käfer war clever. Hat sich ein Porträtfoto von Maurer aufs Handy schicken lassen, das hat er dem Chef der Kneipe gezeigt – und Bingo!«

»Moment, damit ich das richtig kapiere. Maurer ist auf Dienstreise in Stuttgart, kommt am Donnerstag zurück, trifft sich mit Erdmann, fährt dann zurück nach Stuttgart, wo er am nächsten Tag auscheckt im Hotel, nach Kassel zurückkommt, wo er prompt umgebracht wird. Sein Prokurist hat sich zwischenzeitlich das Leben genommen. Mysteriös. Sicher ist nur: Erdmann hat sich nicht umgebracht, weil er den Trennungsschmerz nicht überwunden hat.«

»Das wird immer rätselhafter, das stimmt. Irgendwas bei der Familie rauszuholen?«

Dankelmann schüttelte den Kopf und zeigte Stengel dann die Pässe, das Geld, das Gold und das Foto.

»Wird Zeit, dass wir hinter die Fassade dieser Firma blicken können. Aber das wird erst morgen was. Ich simse mal Infos an Plas-

sek, der Käfer ist schon heim, die meisten anderen auch. Vielleicht sollten wir den Staatsanwalt noch informieren, machst du das?«
Dankelmann nickte, schlug im Telefonverzeichnis die Nummer nach und wählte. Das Rufzeichen ertönte mehrfach.
»Valentin Willimowski ...« meldete sich eine ausgesprochen aufgeweckte Stimme.
»Hier Anke Dankelmann. Ich wollte Ihnen nur kurz einen Zwischenstand ...«
»... ist im Augenblick nicht zu erreichen. Bitte hinterlassen Sie eine Nachricht nach dem Signalton.« Fuhr die Stimme fort.
Anke Dankelmann guckte verdattert ihren Telefonhörer an.
»Was ist los? Hat er dir einen schmutzigen Witz erzählt?«
Dankelmann lachte. »Der verarscht die Anrufer. Da denkst du, der meldet sich ganz normal mit Namen, du fängst an zu quatschen, und dann geht die Ansage vom Band weiter. Und man guckt blöd aus der Wäsche.«
»Und vergisst, aufs Band zu sprechen«, ergänzte Stengel.
Dankelmann überlegte. »Nicht ganz. Unseren Dialog hat er jetzt für immer und ewig gespeichert. Gott sei Dank hast du mich jetzt nicht mit deinem Lieblingskosenamen angeredet. Also, Herr Willimowski ...«, fuhr sie fort und sprach im Telegrammstil die wichtigsten Informationen auf die Mailbox.
Als Stengel etwa 15 Minuten später wieder ins Büro kam, saß Anke Dankelmann in Gedanken versunken am Schreibtisch, hatte die Lampe angeschaltet und blickte das Foto an.
»Was fasziniert dich an der Aufnahme?« fragte Stengel.
»Keine Ahnung. Ich habe schon hunderte von solchen Bildern gesehen, in irgendwelchen Dokumentationen, in Sachbüchern über das Dritte Reich. Aber noch keins, auf dem man so deutlich das Gesicht des Kommandanten, des Obermörders, sehen kann. Guck dir das an: Das Bild kann man vergrößern, als Fahndungsfoto rausgeben.«
Stengel trat näher und blickte auf das Bild. »Wo kann das aufgenommen sein?«

»Puh, ich habe schon versucht, irgendwas im Hintergrund auszumachen. Da sind ein paar Gebäude, aber wo, in welcher Stadt? Was sind das für Zivilisten auf dem Bild? Und natürlich die Frage: Wieso hat Maurer das in seinem Safe?«
»Komm, lass uns Feierabend machen, pack die Sachen weg. Der Tag war lang, sieh zu, dass du noch ein bisschen abhängen kannst. Aber nicht zu heftig!« Stengel zwinkerte seiner Kollegin zu. Sie naschte ganz gern am Bier und ließ dann auch mal fünfe gerade sein. Als er in ihr müdes Gesicht blickte, wusste er aber auch, dass da heute nicht mit zu rechnen war.

19

Anke Dankelmann fuhr nach Hause. Sie duschte, wechselte die Klamotten, packte sich ein Sweatshirt unter den Arm und ging noch ein wenig um die vier Ecken. Oder besser: Sie strebte zielstrebig in den Biergarten der »Backstube«, einer urigen Kneipe mit einem idyllischen Biergarten in der Kochstraße im Herzen des Stadtteils Wehlheiden. Sie holte sich am Grill eine Bratwurst, bestellte ein naturtrübes Bier und saß gedankenverloren auf einer dieser Bänke, die in Werbebroschüren gern in Kombination mit einem aufstellbaren Tisch als Bierzeltgarnitur angepriesen wurden. Es war wie immer zu Beginn einer solchen Ermittlung. Das Durcheinander von Informationen, die nicht zueinander zu passen schienen. Wieso tourte Maurer zwischen Kassel und Stuttgart hin und her? Wo kam dieser ukrainische Pass her? Als ihr Telefon für die idyllische Umgebung viel zu laut klingelte, schauten sie einige der Biergartenbesucher vorwurfsvoll an. Es war Samstag, 22.30 Uhr, da hatte man gefälligst nicht mehr zu telefonieren.
Es war ihr Bruder. Sie hatten auf die Distanz zwischen Kassel und Düsseldorf ein inniges Verhältnis behalten. Und waren irgendwie wesensverwandt. Als wenn er geahnt hätte, dass die kleine Schwester mal wieder irgendwo allein mit ihren Gedanken ihre persönliche Form von Einsamkeit mit einem Naturtrüb teilte. Die Um-

gebung war ihr jetzt egal. Sie telefonierten eine geschlagene halbe Stunde und als das Gespräch beendet war, hatte sich ein wohliges Lächeln in ihr Gesicht gemeißelt. Nein, den heutigen Abend würde ihr nichts mehr verderben.
Auf dem Heimweg klingelte das Handy erneut. Es war die Mailbox. Valentin Willimowski meldete sich zurück, machte ein paar Bemerkungen über den gelungenen Streich mit der Ansage auf dem Anrufbeantworter und versprach, sie morgen erneut anzurufen. Er hatte wirklich eine angenehme Telefonstimme. Daheim öffnete sie noch eine Flasche Naturtrüb, sie liebte diesen Bügelverschluss, der sie irgendwie an ihre Kindheit erinnerte, als sie und ihr Bruder zuhause bei den Eltern in Borken bei Feiern immer die Flaschen für die Männer aufmachen durften. Oft sollten sie auch die neuen Biere holen und mussten gleichzeitig die leeren Pullen in den Keller bringen. Meist nutzten sie die Gelegenheit, um die letzten Tropfen aus den Flaschen zu trinken. Sie hatte noch genau den Geruch dieser Biere in der Nase – und obwohl sie sicher war, dass dieses Bier heute viel besser schmeckte, es war trotzdem irgendwie wie damals. Sie saß in ihrem Ohrensessel am Fenster, das leicht geöffnet war. Die Geräusche von der gar nicht so fernen Wilhelmshöher Allee drangen nach oben, auf der Straße waren noch jede Menge Leute unterwegs. Ihre Gedanken glitten ab, sie hatte die Bilder von Peter Erdmann vor sich – im Tennisclub und im Sarg, Stefan Maurers stierer Blick ging ihr durch den Sinn, das Foto. Sie überlegte, ob sie kurz Helga Erdmann anrufen sollte, schickte ihr stattdessen eine SMS. Sie verschloss die halbleere Flasche, stellte sie in den Kühlschrank und ging ins Bett. Das war, wie sie feststellte, eigentlich viel zu groß für eine Person. Zeit, mal wieder über die Nutzung der zweiten Betthälfte nachzudenken, dachte sie und schlief ein.
Trotz des heftigen Regens am nächsten Morgen schnappte sie sich ihre Stöcke und drehte eine Nordic Walking-Runde um die Goetheanlage, einer wunderschönen Grünanlage mitten im Wohngebiet des Vorderen Westens. Es war kurz nach 7 Uhr am

Sonntag, einige wenige Menschen hatten sich auf den Rasenflächen aufgestellt und begrüßten den Tag mit Tai Chi-Übungen. Sie hatte mal einen Typen kennengelernt, der hatte ihr weismachen wollen, dass man sich mit Tai Chi effizienter selbst verteidigen kann als mit jeder Kampfsportart. Sie hatten das dann in der Sporthalle der Bereitschaftspolizei an der Friedrich-Ebert-Straße getestet. Sie mit ihren rudimentären Karate- und Judokenntnissen und er mit Tai Chi. Sie hatte den Kerl dann ins Krankenhaus gebracht, wo man ihm einen komplizierten Nasenbeinbruch richtete. Seinen ausgeschlagenen Zahn hatten sie ihrer Haftpflichtversicherung untergejubelt, Unfall im Haushalt, hatten sie argumentiert. So ging die Beziehung, die eigentlich auch noch gar keine war, zumindest wirtschaftlich geregelt auseinander.
Als sie nach dem Duschen in die Küche ging und ihren Kaffee eingoss, meldete sich erneut das Handy. Es war wieder Willimowski, wieder auf der Mailbox. Er wollte um zehn Uhr im Präsidium vorbeikommen. Auch gut. Zumindest war der Mann zuverlässig und unaufdringlich. Bei manch anderen schloss das eine das andere aus.

20

Es herrschte ein geschäftige Spannung in der Einsatzzentrale, die Tische waren weitgehend besetzt, nur die Finanzbehörden waren immer noch nicht vertreten. Nach wenigen Minuten war klar, dass man auf jeden Fall bei Erdmanns eine gründliche Hausdurchsuchung vornehmen würde. Das war zwar am ersten Tag schon geschehen, aber da hatte das Augenmerk in erster Linie dem Selbstmord gegolten. Jetzt gab es die Vermutung, dass Selbstmord und Mord zusammenhängen konnten. Dankelmann rief Helga Erdmann an und warnte sie vor. Jemand sollte sich mit den ukrainischen Behörden wegen Maurers Pass in Verbindung setzen, ein anderer sollte Bankverbindungen überprüfen. Als die Aufträge verteilt waren und alle in die Büros wollten, hielt Anke Dankelmann sie auf:

»Wir haben hier noch die Sache mit dem Foto!«

»Was ist mit dem Foto?« fragte Plassek.

»Können wir das projizieren?« fragte die Kommissarin.

Volker Wenzel, der Mann am Laptop, nickte. Das Bild erschien groß an der Wand. Die Auflösung war wegen der Vergrößerung miserabel. Dennoch sah man die dramatische Szene, und die Beamten wurden unruhig.

»Das Bild haben wir in Maurers Safe in seinem Haus gefunden. Kann irgend jemand etwas damit anfangen?« Anke Dankelmann blickte in die Runde und sah ratlose Gesichter.

»Das kann irgend etwas sein, irgendwo in Europa, irgendwann während des Zweiten Weltkrieges – das wird nie zu ermitteln sein.«

»Aber warum liegt dieses Bild im Safe? Das muss doch irgendeine Bedeutung haben ...« Dankelmann blickte nachdenklich an die Wand.

»Anke, deine Spürnase in allen Ehren, aber wir gehen jetzt mal strategisch und zielstrebig vor. Wenn du nebenher in der Historie wühlen willst – bitte. Aber ihr nehmt euch bitte heute erstmal die Osterloh vor. Die hat höchste Priorität.«

Als die meisten schon gegangen waren und der Laptop nichts mehr an die Wand projizierte, bat sie den Käfer, vom Foto ein paar Ausdrucke zu bekommen. Der nickte. Als sie sich umdrehte und gehen wollte, sah sie den Staatsanwalt noch im Raum stehen und über die nördlichen Stadtteile blicken. Das Polizeipräsidium war ein putziges Bauwerk. An einem steilen Hang gebaut – wenn man unten den Eingang benutzte, war alles einfach, man stieg im Erdgeschoss in den Fahrstuhl und fuhr in eine Etage. Wenn man den Haupteingang oben am Bahnhof benutzte, wurde mancher Besucher vom Team an der Eingangspforte lustvoll verwirrt. »Sie nehmen hier vorn den Fahrstuhl«, hieß es dann, »fahren zwei Stockwerke hoch bis zur siebten Etage.« Des Rätsels Lösung: jeder, der dort hereinkam, war schon auf der fünften Etage, hatte aber das Gefühl, im Erdgeschoss zu stehen. Wie auch immer: die Hanglage ermöglichte einen wunderschönen Ausblick.

»Na, Ihren Weitblick werden wir noch brauchen in diesem Fall, Herr Staatsanwalt.« Anke Dankelmann war an seine Seite getreten und blickte ebenfalls hinunter auf die nördlichen Stadtteile Kassels, allesamt eher solche, die man gern mit sozial schwach umschrieb.
»Ich habe sie gestern Abend beobachtet ...« sagte Willimowski.
»Wo denn? Wohnen Sie im Kirchweg – mir gegenüber – und liegen mit dem Fernglas auf der Lauer? Das ist sinnlos. Bad und Schlafzimmer gehen nach hinten raus, und das Bad hat Milchglasscheiben.«
Willimowski lachte. »Nein, ich war in der Backstube und habe gelesen, da kamen sie irgendwann rein – und da sie gleich telefonierten, wollte ich nicht stören. Außerdem wirkten sie sehr glücklich am Telefon – was hätte ich da verlorengehabt?«
Dankelmann lächelte ihn an. Unaufdringlich war er wirklich. »Hmmm. Ein netter und attraktiver Mann am anderen Ende. Mit einem festen Platz in meinem Herzen. Wir gehören schon lange zusammen und verstehen uns prächtig.«
Willimowski nickte, packte seine Tasche und sagte: »Ich will dann mal. Sagen Sie mir Bescheid, wenn Frau Osterloh da ist?« Er nickte ihr bemüht lächelnd zu und ging zur Tür. Bevor er hinaustrat, rief Anke Dankelmann hinterher: »Herr Willimowski?« Der drehte sich um. »Mein Bruder Frank ist ein toller Mann. Ich liebe ihn sehr. Und wenn sich Geschwister nach so langer Zeit noch so gut verstehen, dann ist das doch prima, oder?«
Willimowski grinste und ging hinaus. Er wirkte beschwingter als noch eine Minute zuvor.

21

Im Büro listete sie zusammen mit Bernd Stengel eine unendliche Zahl von offenen Fragen auf, die sich im Fall Maurer und in Kombination mit dem Selbstmord Peter Erdmanns ergaben. Sie wussten durch Internetrecherche und Abgleichung von Handelsregi-

stereintragungen, dass die Firma Gottlöber und Sohn nicht nur eine Bauunternehmung war, sondern gleichsam als Muttergesellschaft für eine Reihe von Tochterunternehmen fungierte.
Da war ein Kies- und Betonwerk in der Nähe von Borken. Dankelmann, die aus Borken stammte, kannte die Firma: Walter Walsch KG – Maurer musste sie irgendwann gekauft haben. Die ganze Gegend um Borken herum war übersät mit solchen Kiesgruben, das Betonwerk selbst war in Lohfelden, einer großen Gemeinde bei Kassel. War auch logisch: Beton konnte man nicht über endlose Strecken durch die Gegend transportieren, deshalb war ein Standort bei Kassel, wo die meisten Aufträge zu erwarten waren, mehr als sinnvoll. Dann gab es eine Immobiliengesellschaft mit einer eigenen Homepage: Sie hatte einige Mehrfamilienhäuser im Bestand, meist in bürgerlichen Wohngegenden, ein Appartementhaus in Wilhelmshöhe: ein grauer Betonbunker an der Wilhelmshöher Allee, gleich oberhalb der Seniorenresidenz an der Ecke Baunsbergstraße. Die nächste Firma war eine Baustoffgroßhandlung in Stuttgart: Die Scheuble GmbH war, zumindest vom Namen her, auch ein Zukauf. Man würde bald mehr wissen. Und dann gab es noch einen Hinweis auf eine Tochterfirma in der Ukraine, eine Gesellschaft, spezialisiert auf große Betonteile für Brücken und anderes. Die Osterloh musste endlich antanzen, sonst würde man hier noch verrückt. Der Kollege der Dame war immer noch nicht aufgetaucht.
Es war kurz vor 18 Uhr an diesem Sonntag, als Carolina Osterloh, an der Hand eine dicke Aktentasche, hereinrauschte. Sie hatte vom Bahnhof aus angerufen, war dann zum Finanzamt gefahren, um die Unterlagen zu holen und dann weiter ins Präsidium. Sie hatten genug Zeit gehabt, um die gesamte Mordkommission zusammenzutelefonieren. Draußen war inzwischen herrliches Frühlingswetter, und so mancher verfluchte wahrscheinlich innerlich den Moment seiner Berufswahl. Carolina Osterloh war eine ungeheuer attraktive Frau. Unter ihrem dunklen Kostüm, das sie vermutlich zur Taufe in München angehabt hatte, trug sie eine leuchtend blaue

Bluse, die farblich zum Ton ihrer Augen passte. Braun gebrannt, knallrote Lippen, schwarze High-Heels und der Rock endete atemberaubend weit über den Knien. Viele der männlichen Mitglieder der Mordkommission gratulierten sich in diesem Moment, zum richtigen Zeitpunkt die richtige Berufswahl getroffen zu haben. Man hielt sich nicht lange mit Vorreden auf, Valentin Willimowski informierte die Osterloh über die Rechtslage – und die war eindeutig. Es gab kein Steuergeheimnis mehr im Fall Maurer und sollten sich weitere Verdachtsmomente ergeben, würde das vermutlich auch für den Fall Erdmann zutreffen. Carolina Osterloh packte einige Unterlagen aus, nahm einen Laptop, den sie einschaltete, eine Maus installierte und mit ein paar Klicks betriebsbereit machte.

»Sie wissen sicherlich«, fing sie ihre Ausführungen an, »dass Unternehmen der Größenordnung wie Gottlöber und Sohn nur alle fünf Jahre, meist sind die Zwischenräume etwas größer, von uns geprüft werden. Wir haben das Unternehmen aber vor drei Jahren das letzte Mal geprüft, es handelt sich in diesem Fall um eine außerordentliche Betriebsprüfung.«

»Warum?« fragte Bernd Stengel und erntete einen stahlharten Blick der Finanzbeamtin.

»Geben Sie mir die Chance, die Fakten zunächst einmal am Stück zu referieren. Selbst mir als Finanzbeamtin und Frau ist klar, dass diese Frage beantwortet werden muss. «

Stengel war in seinem Stuhl zusammengesackt und fingerte nach der Kaffeetasse. Bisher war die Osterloh ihm sympathisch erschienen. Anke Dankelmann grinste, war innerlich aber bereit, den Kollegen zu rächen.

»Wir hatten im November eine anonyme Anzeige im Briefkasten. So etwas haben wir ständig. In diesem Fall aber war es nicht nur ein Brief mit einer Anschuldigung – dem Schreiben lagen Kopien von elektronischen Kontoauszügen bei, die irgend jemand ausgedruckt hatte. Es waren Belege über unregelmäßige Überweisungen der Scheuble GmbH, einer Tochtergesellschaft von Gottlöber, auf

Konten der Herren Erdmann und Maurer, beide Konten waren der Finanzverwaltung nicht bekannt. Bei Maurer eine Bank in der Schweiz, bei Erdmann eines bei der Raiffeisenbank Baunatal. Wir haben daraufhin mit Unterstützung der Kollegen der Finanzverwaltung Stuttgart die Firma Scheuble geprüft, das war ein unauffälliger Akt, denn die waren nach viereinhalb Jahren durchaus mal wieder fällig. Was uns dabei in die Hände gefallen ist, nennen wir es einfach mal bemerkenswert.«

Eine knappe Stunde referierte die Osterloh, und jeder im Raum hörte ihr gebannt zu, Bleistifte und Kugelschreiber flogen über Notizblätter, die Fakten waren atemberaubend.

Auslöser für die Betriebsprüfung in Kassel waren in erster Linie überdurchschnittlich hohe Gewinnabführungen aus Stuttgart sowie regelmäßige hohe Überweisungen an Konten auf verschiedenen Inseln in der Karibik. Die Kontonummern im Ausland wechselten erstaunlich schnell, und beim Vergleich der Umsätze der Stuttgarter Gesellschaft mit den Zahlungen des Einkaufs stellte man eine gigantische Diskrepanz fest. Die Ausgaben für den Einkauf waren weitgehend mit den Verkaufszahlen des überprüfbaren Verkaufs und Versands in den Handelsläden zu bringen. Doch die abgeführten Gewinne an die Muttergesellschaft, die Auszahlungen an Erdmann und Maurer und die Überweisungen an die Auslandskonten waren höher als der Jahresumsatz aus der eigentlichen Geschäftstätigkeit. Das Geld für diese Transaktionen resultierte aus Geschäften mit Partnern in der Ukraine. Es gab jeweils Zahlungseingänge für gigantische Mengen Baustofflieferungen, doch gab es keine Rechnungen.

»Noch einmal zum mitschreiben«, meldete sich Stengel. »Es gab Zahlungen aus der Ukraine für Baustofflieferungen, die aber offensichtlich nie erfolgt sind. Und für die es keine Rechnungen gibt, sondern nur Zahlungseingänge. Was ist denn das für eine komische Nummer?«

»Wenn Sie mich fragen: Hier handelt es sich vermutlich um Geldwäsche in großem Stil, allerdings ziemlich dilettantisch aufgezo-

gen. Immerhin wurden die Gewinne in Stuttgart rechtmäßig versteuert. Bei der Betriebsprüfung bei Gottlöber haben wir dann festgestellt, dass das Unternehmen ohne die regelmäßigen Geldspritzen aus Stuttgart längst insolvent wäre. Das Ganze ist so oberflächlich angelegt, dass es eigentlich nur einen Sinn machen würde, wenn man vorgehabt hätte, zwei, drei Jahre Geld zu waschen, mitzunehmen und dann alles den Bach runtergehen zu lassen. Alle hätten prächtig verdient, und ein paar hundert Mitarbeiter wären arbeitslos geworden. So läuft das gelegentlich ab.«
Osterloh nahm einen Schluck Wasser. Plassek fragte nach.
»Sind denn die Kontoinhaber im Ausland bekannt?«
Osterloh nickte. »Bringt uns aber nicht weiter. Wir haben insgesamt 40 Konten festgestellt mit beinahe ebenso vielen Inhabern. Zum Teil gibt es diese Firmen längst nicht mehr, zum Teil sind es Scheinfirmen, manchmal sogar ohne Briefkasten. Ausgezahlt wurden in den vergangenen drei Jahren etwa 120 Millionen Euro. Scheuble selbst macht mit seinen Filialen in Süddeutschland etwa 60 Millionen Euro Umsatz im Jahr. Hinzu kommen die Gewinnabführungen nach Kassel, bis zum heutigen Tag etwa siebeneinhalb Millionen Euro. Und die Überweisungen an Maurer und Erdmann. Maurer hat sich etwa drei Millionen gegönnt. Erdmann hat eine knappe Million auf dem Konto. Das hat er übrigens so gut wie gar nicht angerührt, ein paar Barabhebungen und ein Dauerauftrag für die Miete eines Appartements in Kassel.«
Dankelmann horchte auf. Peter Erdmann hatte ein Appartement? Wenn es eine Vermögensanlage gewesen wäre, hätte er wohl kaum Miete überwiesen, sondern eher kassiert. Ob Helga davon wusste? Die Osterloh war noch lange nicht fertig, hinter der glitzernden Fassade von Gottlöber und Sohn tat sich ein Abgrund auf, den die meisten in diesen Minuten nur schwer fassen konnten. Bei der Firma Scheuble liefen die Fäden für alle Transaktionen zusammen – und offensichtlich hatten nur Maurer und Erdmann Prokura, ebenso offensichtlich hatte Peter Erdmann auch die Buchhaltung erledigt. Die Buchhaltungsposten des laufenden Geschäfts – dafür

hatten sie eine Buchhalterin, die aber keine Chance hatte, im System Informationen über die Geldgeschäfte mit der Ukraine und ins Ausland in der Karibik zu bekommen. Der Jahresabschluss war jeweils testiert worden von einem Steuerberater und Wirtschaftsprüfer namens Wladimir Braun, ansässig in Stuttgart. Herr Wladimir aber war seit Anfang des Jahres unauffindbar, bei der Überprüfung stellte sich heraus, dass er einige wenige Klienten hatte, allesamt Unternehmen, die mit ukrainischen oder russischen Geschäftspartnern zusammen arbeiteten und nun ebenfalls Gegenstand von Betriebsprüfungen waren.
»Wir haben die Staatsanwaltschaft in Stuttgart über unseren Anfangsverdacht und auch über unsere Vermutungen informiert, eigentlich müsste man in Kassel auch etwas davon wissen.« Die Osterloh blickte Valentin Willimowski fragend an.
Der nickte. »Wir sind über die Aktion in Stuttgart schon informiert worden, ich habe jedoch beispielsweise erst hier im Präsidium erfahren, dass Sie in der vergangenen Woche eine Betriebsprüfung in Waldau durchgeführt haben. Ich weiß nicht, was da schiefgelaufen ist, das werden wir überprüfen – aber es ist ja erstens jetzt auch egal und zweitens war es vielleicht gar nicht so schlecht, das Augenmerk bei den Ermittlungen ausschließlich in eine Richtung zu lenken.«
Anke Dankelmann nickte anerkennend. Endlich mal einer, der nicht bei jeder Panne hyperventilierend im Dreieck springt, sondern einer, der pragmatisch an die Sache heranging und den Anwesenden das Gefühl gab, dass ein Fehler passiert war, der aber durchaus von Vorteil sein konnte. Sie hätte gern mal erlebt, wie der Pragmatiker reagiert hätte, wenn man ihm bei Lohmann statt des bestellten Hefeweizens einen halben Liter Milch serviert hätte.
Es gab jedenfalls eine Menge zu tun. Sowohl bei Erdmanns als auch bei Maurers würde man noch einmal eine Hausdurchsuchung machen, würde die Familien befragen. Anke Dankelmann bekam erneut den Auftrag, mit Helga Erdmann zu reden, außerdem sollte sie am nächsten Tag das Appartement ausfindig machen, mit dem

Vermieter sprechen, mit Nachbarn – das volle Programm. Okay, das war der Job, dennoch ließ sie die Sache mit dem Bild nicht los, und sie beschloss, in der kommenden Woche einmal mit einem Historiker der Universität und mit dem Stadtarchivar zu reden. Und wenn es auch höchstwahrscheinlich eine Spur ins Nichts war – es interessierte sie beinahe persönlich, was auf dieser dramatischen Aufnahme zu sehen war. Seit sie 14, 15 Jahre alt war, hatte sie sich für die Geschichte des Dritten Reiches interessiert – und dass es eine Szene war, in der Wehrmachtsangehörige eine Rolle spielten, stand für sie fest.

22

Sie gingen nach 20 Uhr auseinander. Die Spurensicherungsteams waren, jeweils in Begleitung zweier Mitglieder der Mordkommission, unterwegs zu den Familien. Sie hatten eine lange Nacht vor sich. Anke Dankelmann war todmüde und wünschte sich ein Buch, ein Glas Wein und acht Stunden Schlaf. Vom Auto aus rief sie Helga Erdmann an, die in heller Aufregung war ob der neuen Durchsuchung. Und noch aufgeregter wurde, als Anke Dankelmann ihr von dem Appartement und ihrem morgigen Job erzählte. Helga Erdmann wusste von nichts – und sie tat der Kommissarin mit jedem Tag mehr leid. Normalerweise hätte sie diese Fragen nur im direkten persönlichen Gespräch gestellt – doch in der kurzen Zeit hatte sich zwischen den beiden Frauen ein Vertrauensverhältnis entwickelt, das diese formell nicht ganz korrekte Art der Kommunikation zuließ. So beschloss Anke Dankelmann, doch noch zu den Erdmanns zu fahren – Müdigkeit hin oder her. Als sie am Juliusstein ankam, deutete außer ein paar parkenden Autos mehr als gewöhnlich nichts auf die Aktivitäten im Haus hin. Es war mittlerweile nach 21 Uhr, im Wohnzimmer saßen Helga Erdmann und, wie sich nach einer kurzen Vorstellung herausstellte, Sven und Marianne Erdmann, die Kinder. Beide wirkten übernächtigt und hatten diesen bleichen Gesichtsausdruck, den nur Trauernde haben.

Und um ihren Vater trauerten sie, das sah man. Um so schwieriger würde das Gespräch werden, denn Anke Dankelmann war klar, dass das, was sie mit den Erdmanns zu besprechen hatte, mit dem Bild, das die Kinder vermutlich von ihrem Vater hatten, nichts zu tun hatte. Sie atmete durch und fing an.

»Ich habe mit Ihrer Mutter am Telefon schon einiges besprochen, ich muss einige Dinge aber auch bei Ihnen nachfragen ...«

»Sie können ruhig du sagen«, unterbrach sie Sven und seine Schwester nickte.

»Okay, also Sven und Marianne, ich gehe mal ganz zurück – ihr habt zwar schon mit meiner Kollegin Sabine Mockelmann gesprochen, aber manche Fragen ergeben, wenn es neue Fakten gibt, einen ganz neuen Sinn. Ist euch am Vater in den letzten Wochen und Monaten irgend etwas aufgefallen?«

»Ich bin ja die meiste Zeit in Marburg, aber Papa und ich haben häufig miteinander telefoniert. Eigentlich war nichts Besonderes, er wirkte nur immer irgendwie abgespannt und müde. Ich habe nach dem ersten Gespräch mit Ihrer Kollegin nochmal nachgedacht, weil er mich am Dienstag angerufen hat. Und wenn ich heute daran denke, dann war die Stimme anders. Ich würde sagen, er wirkte resigniert.«

»Wie kommst du darauf?«

»Er hat mich gefragt: Sag mal, Maus, wenn ich tot bin, vermisst du mich dann?«

»Und das ist dir beim ersten Gespräch nicht eingefallen? Ist doch eine komische Frage für einen Vater.«

»Nein, bei Papa nicht. Der hat manchmal gesagt, wenn ich tot bin, dann werdet ihr mich vermissen. Aber meist mit fröhlichem Unterton, wir haben dann nur gelacht oder so. Aber diesmal war es konkreter, aber es fiel mir erst später auf.«

»Mir ist zuhause nichts aufgefallen, aber er war ja auch kaum da«, sagte Sven.

»Hat er euch in letzter Zeit Geld zugesteckt?«

Beide schüttelten den Kopf.

»Es ist so«, Anke Dankelmann blickte auf Helga Erdmann, die konzentriert zuhörte, »Peter hat nach unseren Erkenntnissen ein Konto mit einer knappen Million drauf. Habt ihr davon gewusst?«
Alle schauten überrascht auf. »Wie das denn?« sagte Sven.
Anke Dankelmann atmete erneut durch und erzählte der Familie, was sie über die Hintergründe der Herkunft des Geldes wusste. Helga Erdmann blickte auf den Boden, die Geschwister waren konsterniert.
»Da ist noch was.« Anke Dankelmann blickte die drei an und versuchte Worte zu finden, mit denen sie das Thema Appartement ansprechen konnte.
»Also: Von diesem Konto gingen als regelmäßige Zahlung nur die Miete für ein Appartement in Kassel ab.«
Helga Erdmann fing leise an zu schluchzen.
»Papa? Ein Appartement? Hatte der 'ne Freundin? Das darf nicht wahr sein.« Marianne Erdmann griff nach der Hand ihres Bruders.
»Ihr wusstet also alle von nichts?«
Alle drei schüttelten den Kopf.
»Aber es muss irgendwo einen Schlüssel geben. Peter selbst hatte in seiner Kleidung nichts dabei, was ein Hausschlüssel sein könnte. Wenn es einen gab, dann liegt er irgendwo auf dem Grund der Fulda. Da er einen solchen Schlüssel ja nicht ans Schlüsselbrett neben der Haustür hängen würde – gibt es sowas wie einen Tresor, ein privates Versteck oder so? Wir haben bisher noch nichts gefunden.«
Die drei dachten nach, die beiden Frauen blieben stumm, nur Sven sagte plötzlich: »Wir müssen mal in der Werkstatt gucken, ich hab da mal in dem großen Werkzeugschrank was gesucht, ist schon Jahre her, da reagierte Papa ganz hektisch, als er das bemerkte. Eigentlich ohne Grund. Ich hab nie nachgeschaut, weil ich mir gedacht habe, auch ein Vater braucht vielleicht ein Versteck oder so was für irgendwas. Den Playboy, ein bisschen Kohle als eiserne Reserve oder so. Naja, einmal habe ich gesucht, aber nichts gefunden, ich gebe es ja zu.«

Anke Dankelmann erhob sich und ging rüber zur Spurensicherung, die im Schlafzimmer und im Arbeitszimmer erneut alles auf den Kopf stellten.
»Habt ihr was?« Iris Blaul schüttelte den Kopf. Dankelmann informierte sie über die Aussage des Sohnes, und sofort gingen sie zu viert in die Werkstatt hinter der Garage, Sven zeigte ihnen den Weg und den großen Werkzeugschrank. Es dauerte nur Minuten, da hatten die Spusi-Experten gefunden, wonach sie suchten. Hinter dem Schrank gab es in der Wand einen kleinen Wandtresor, vor nicht allzu langer Zeit eingebaut. Im Werkzeugschrank selbst stand eine Kiste mit ein paar Schlüsseln, einer passte. Im Tresor fand sich ein Etui mit zwei Schlüsseln, einer davon mit Doppelbart, und eine Akte mit Kontounterlagen – der telefonische Abgleich ergab: Es war das Konto, auf das die schwarzen Gelder geflossen waren.
Anke Dankelmann ging zurück, das weitere Gespräch mit der Familie ergab keine neuen Aspekte. Als sie gegen 23.30 Uhr ging, ließ sie eine verstörte Familie zurück. Helga Erdmann hatte sie versprochen, sie über die Ermittlungen auf dem Laufenden zu halten.
In ihrer Wohnung im Kirchweg goss sie sich ein Glas Apfelschorle ein, schaltete den Fernseher ein und gleich wieder aus, schnappte sich einen Asterix-Band und blätterte darin. Wie in jedem Heft bekamen die Piraten Haue, die beiden gallischen Helden vermöbelten einige andere Schiffsbesatzungen, ein Mitfahrer auf dem Schiff der Unbesiegbaren sagte: »In jeder Szene entdecke ich immer wieder ein neues Detail.« Ihr ging es beim Betrachten der gezeichneten Bilder genauso. Ein Gedanke durchzuckte sie. Hatte sie das Bild aus dem Tresor von Werner Maurer auch wirklich genau genug angeschaut? Hatte sie jedes Detail geprüft? Wer hatte damals eigentlich fotografiert? Und warum? Und wie kam dieses Bild in Maurers Besitz? Sie hatte Zweifel und wollte dies morgen nachholen. Sie ging ins Bett und versank, völlig entkräftet, in einen tiefen Schlaf.

23

Der alte Mann hatte eben die Zeitung gelesen. Maurer war tot. Ermordet, auf grausige Weise getötet. Nachdenklich blickte er aus dem Fenster auf den Hof hinter dem kleinen Fotostudio im Stadtteil Kirchditmold. Nein, Mitleid hatte er nicht. Maurer war ein skrupelloser Geschäftsmann gewesen. Knallhart – das konnte der Alte nun wirklich bezeugen. Er setzte die Kaffeetasse ab und erhob sich langsam von seinem Stuhl. Er ging in den Laden, betrat einen winzig kleinen Nebenraum, knipste das Deckenlicht an einer herab hängenden Strippe an und öffnete die Schublade eines Archivschrankes. Er schaute sich gelegentlich dieses Bild an. Erinnerte sich an diesen Tag im März 1945. Ob Maurer das Bild noch hatte? Wie jedes Mal, wenn er in seiner Dunkelkammer das Foto hervorholte, schauderte es ihn. Er erinnerte sich an den Krach der Gewehrsalven. Die Schreie der Männer. Und schämte sich, dass weder er noch irgendein anderer Augenzeuge den Mut aufgebracht hatte, etwas zu tun. Das war die Sünde, die er sich nie vergeben würde. Der liebe Gott, an den er spätestens seit diesem Tag auch nicht mehr glaubte, würde genauso denken, da war er sicher.

24

Der nächste Vormittag war einer, der für einen schnellen Fortgang der Ermittlungen wichtig war: Es war der erste Werktag, endlich konnten die Recherchen auf breitester Front beginnen, Behörden waren zu sprechen, in Banken erhielt man Auskunft, in Unternehmen wurde gearbeitet – jetzt würde sich herausstellen, ob die Mordkommission gut zusammenarbeitete. Der Auftakt war verheißungsvoll, denn schon um 8 Uhr hatten sie die Adresse des Erdmannschen Appartements, Anke Dankelmann machte sich sofort mit einem neuen Team der Spurensicherung auf den Weg. Es war ein Hochhaus am Altmarkt, gegenüber dem ehemaligen Polizeipräsidium, einer der hässlichsten Bauten in der Stadt. Hier konnte man alles machen – nur nicht wohnen, dachte sie. Aber genau das hatte Erdmann ja wohl auch nicht gemacht. Warum aber das Appartement? Ein Liebesnest? Ein Ort für Treffen mit den Partnern, womöglich aus der Ukraine?

Das Appartement befand sich im vierten Stock, immerhin gingen einige Fenster nach hinten und nicht nach vorn in Richtung der in den 50er Jahren einmal als modernste Kreuzung Europas bezeichneten Drehscheibe am Fuldaufer. Die Wohnung war spärlich eingerichtet, im Schlafzimmer und im Wohnzimmer gab es die notwendigsten Möbel, ein Zimmer stand komplett leer. Die Küche war picobello aufgeräumt, im Kühlschrank lagerten nur Getränke: Weißwein, Bier und ein paar Flaschen Veuve Cliquot. Es gab kein Telefon. Anke Dankelmann durchzuckte ein Gedanke: Peter Erdmann war mit seinem Geld auf dem Konto beinahe lieblos umgegangen, außer den Überweisungen für das Appartement hatte er nichts damit angefangen. Er hatte sich genauso lieblos dieses Haus für ein Appartement ausgesucht. Hatte eine Wohnung komplett lieblos eingerichtet – Indizien, die dafür sprachen, dass er möglicherweise nicht sehr zufrieden war mit dem, was er machte. Und die Gegenleistung mit einem gewissen Widerwillen in Anspruch nahm. Das könnte ein Mosaiksteinchen sein, um ein Bild zu erstellen, das das Profil eines Selbstmörders ergab. Hier konnte sie nichts mehr tun, sie musste die Ergebnisse der Spurensicherung abwarten. Zum Appartement gehörte auch ein Keller, wie der Hausverwalter, der aufgeregt hereingeschneit war, mitteilte. Doch auch dies brachte sie nicht weiter. Ein leerer Keller – Peter Erdmann hatte dieses Haus eigentlich nicht nutzen wollen, das wurde immer deutlicher.

Im Präsidium hatte Bernd Stengel gerade Kaffee gekocht. Sie goss sich eine Tasse voll ein und merkte, wie Stengel sie anlächelte.

»Was lachst du denn?« fragte sie.

»Na, schau mal, ich habe dir das schon mal gesagt. Frauen haben eine typische Art, ihren Kaffeebecher zu halten ...«

Sie guckte und fing an zu lachen.

»Stimmt. Das merke ich schon gar nicht mehr.« Sie hatte ihren Becher mit beiden Händen umklammert, als ob sie sich an dem Ding wärmen müsste. Stengel hatte ihr das schon ein paar Mal gesagt und dann hatte sie darauf geachtet – und siehe da: Fast alle Frauen im Präsidium hielten ihre Becher genauso. Männer machten das anders – ein Gendefekt, wie Anke Dankelmann ihrem fassungslosen Kollegen erklärte.

25

Die Mittagslage im Präsidium geriet zur Vollversammlung. Steuerfahndung, Staatsanwaltschaft, Polizeipräsident – alle waren da. Doch die Bilanz des Vormittags war eher dürftig. Die Ergebnisse der Spurensicherung aus dem Appartement lagen noch nicht vor, die erneute Vernehmung der Familie Maurer hatte nichts Verwertbares ergeben. Maurers Konto mit dem Schwarzgeld war fleißig genutzt worden, es gab eine Kreditkarte, mit der Maurer in etlichen Rotlicht-Etablissements in der Republik gezahlt hatte. Einige Barabhebungen in fünfstelliger Höhe konnten derzeit nicht verfolgt werden – weder seine Frau noch seine Kinder hatten davon etwas mitbekommen. Das Konto war zudem bei einer anderen Bank als der, bei der die Firma und die Familie ihre Konten eingerichtet hatten, eröffnet worden. Ein neuerlicher Check am Morgen hatte dann ergeben, dass für beide Söhne ein Festgeldkonto gerade vor wenigen Wochen eingerichtet worden war. Jeweils 250.000 Euro waren überwiesen worden – natürlich von Scheuble in Stuttgart. Auch davon wussten die Söhne nichts. Bernd Stengel war besorgt über den Zustand des jüngeren Maurer-Sprösslings. Der Tod des Vaters hatte ihn tief getroffen, und er war, nachdem die Familie nun einigermaßen über die internationalen Aktivitäten des Vaters unterrichtet war, felsenfest davon überzeugt, dass die Russenmafia ihn umgebracht hatte.

Polizeihauptkommissar Albert Menzel, ein Deutschrusse, der seit 20 Jahren in Deutschland lebte und fließend Russisch sprach, hatte

Kontakt mit den Behörden in der Ukraine aufgenommen, war aber auch noch nicht weitergekommen. Sie würden mit einem Team und mit der Unterstützung der ukrainischen Polizei der Tochterfirma einen Besuch abstatten müssen, daran hatte auch das Finanzamt Interesse. Das hing aber davon ab, ob die Kollegen in der Ukraine nicht nur ihr Rechtshilfeersuchen positiv beschieden – die Einreise und die Arbeit eines deutschen Polizeiteams musste vom Innenministerium genehmigt werden. Die Aussichten waren alles andere als rosig.

Zum ersten Mal war auch der übers Wochenende verschollene Kollege der Osterloh, Karlfried Senn, dabei. Er entsprach rein äußerlich dem typischen Bild eines Finanzbeamten: gestreiftes Freizeithemd, graue Hose, hellblaue Socken und braune Sandalen. Das Haar exakt gescheitelt, die Lesebrille an einer braunen Kordel um den Hals baumelnd. Es fehlten Aktentasche und Thermoskanne – und Anke Dankelmann war sich sicher, dass dieser Typ das Wochenende im Domina-Studio verbracht hatte und rechtzeitig zum Dienstbeginn von seinen Fesseln befreit worden war.

Die Kollegen Hartmut Bender und Friedrich Hauer vom Kommissariat für Wirtschaftskriminalität würden am Nachmittag die Belegschaft von Gottlöber befragen, nach der Berichterstattung über den Mord in der Presse waren einige Hinweise eingegangen, die mit der Mordnacht zu tun hatten. Käfer würde diese übernehmen, Bernd Stengel würde mit der Osterloh und deren Kollegen Senn weiter in die Details der Betriebsprüfungen einsteigen. Anke Dankelmann musste auf die Spurensicherung warten und beschloss, der Sache mit dem Foto nachzugehen. Nach der Sitzung entschwand sie ins Büro und hatte gerade die Nummer des Stadtarchivars gewählt, als Valentin Willimowski den Kopf zur Tür hereinstreckte.

»Darf ich Sie auf einen ... oh, Verzeihung, hatte nicht gesehen, dass sie telefonieren ...« er wollte die Tür schließen, aber Anke Dankelmann machte ein Zeichen, hereinzukommen. Stadtarchivar Volker Strecker verabredete sich mit ihr um 14 Uhr in den Räumen des Stadtarchivs am Marstall, wollte auch seinen Freund Klaus-Peter Mollenhauer, den Leiter des Stadtmuseums, dazu bitten.

»Darf ich Sie auf einen Salat oder etwas anderes einladen?« Willimowski komplettierte den Satz von vorhin.

»Ehrlich gesagt: gern. Aber ich habe nicht viel Zeit, ich habe mich um 14 Uhr mit dem Stadtarchivar verabredet. Mir geht dieses Bild nicht aus dem Sinn.« Sie hatte es beinahe unbewusst während des Gesprächs aus der Schublade gezogen und hielt es jetzt dem Staatsanwalt hin.

»Tja, ist schon merkwürdig, dass das da im Tresor lag. Ob es was mit unserer Sache zu tun hat? Naja, egal. Aber vielleicht reicht die Zeit ja für eine Tasse Kaffee im Nenninger?«

Anke Dankelmann nickte, schaute kurz auf die Uhr, nahm ihre Handtasche und folgte Willimowski auf den Flur.

»Eigentlich können wir auch laufen, oder? Da finden wir jetzt sowieso keinen Parkplatz.«

26

Das Wetter hatte sich gedreht, mächtige Wolkenberge zogen in hoher Geschwindigkeit über das Kasseler Becken, und die beiden gingen flott in Richtung Innenstadt. Die Treppenstraße runter, über die Obere Königsstraße, die Kasseler Einkaufsmeile, über den Friedrichsplatz, einen der schönsten Innenstadtplätze Deutschlands, wie Anke Dankelmann immer wieder fand. Im Café Nenninger fanden sie einen freien Tisch, Anke Dankelmann bestellte einen Latte macchiato, Willimowski einen Becher Kakao. Sie hatte noch niemals mit einem Mann in einem Café gesessen, der sich Kakao bestellte. Willimowski schaute sie, als die Bedienung die Getränke brachte, lange nachdenklich an.

»Was ist? Habe ich mich schlecht geschminkt?« fragte die Kommissarin, als sie den Blick bemerkte. »Ich finde, dass Sie eine ungewöhnlich attraktive Frau sind, aber das wissen Sie sicher schon.« Willimowski schaute verlegen aus dem Fenster.

»Danke. Ehrlich gesagt: Ich bin mir da nie so sicher. Mir gefällt es aber, wenn man das mal zu hören bekommt. Und mir gefällt auch, dass Sie Kakao trinken. Hätte ich auch bestellen sollen.
»Beim nächsten Mal? Vielleicht heute Abend?«
Junge, der verschwendet keine Zeit, dachte Anke Dankelmann, merkte aber, dass dies wohl kein Plan, sondern eher einer gewissen Nervosität oder einer Unsicherheit geschuldet war. Gut so, dachte sie sich, dann meint er es wenigstens ernst.
»Okay, Zeit und Tatort legen wir noch fest. Aber jetzt noch einmal zu unserem Fall. Wenn hinter dem Mord tatsächlich eine irgendwie organisierte kriminelle Bande aus der ehemaligen Sowjetunion steckt, dann haben wir schlechte Karten, oder?«
Willimowski nickte. »Wir haben in den vergangenen fünf Jahren ein paar ähnliche Tötungsdelikte in der Bundesrepublik gehabt. Ich habe das beim Bundeskriminalamt gecheckt. Ein einziges Mal hat man einen Täter gefasst, der wurde bei der Tat zufällig von einer Streife überrascht, es gab eine Schießerei, und den Mann haben sie in die Schulter geschossen. Das einzige, was aus ihm rauszukriegen war: Er hatte 1000 Euro bekommen, war am Tag des Mordes angereist und sollte danach sofort wieder verschwinden. Der Killer kam aus Tadshikistan, da bringen Sie wahrscheinlich auch für weniger Geld mal jemanden um.«
»Na dann Prost.« Anke Dankelmann hob ihren Latte Macciato an und prostete Willimowski zu.
»Wir könnten noch eines probieren ...« Willimowski rührte mit einem Löffel in seinem Kakao und schaute konzentriert auf die Tischplatte.
»Wie der Kakao mit einem Cognac schmeckt?« Anke Dankelmann grinste.
»Nein«, Willimowski lächelte. »Ich verrate Ihnen jetzt einmal etwas, behalten Sie es für sich, okay?«
»Was denn: Sie haben Maurer ...«
»Natürlich nicht! So ein Unsinn, jetzt bleiben Sie doch mal ernst.« An den Nebentischen schauten einige Menschen zu ihnen herüber.

»Also, die Sache ist die«, begann Willimowski. »Ich habe ja in Kassel auf dem Wilhelmsgymnasium mein Abitur gemacht. Einer meiner Klassenkameraden war Vitali, ein Deutschrusse, wir waren richtig eng miteinander befreundet. Nach dem Abi war ich beim Bund, er hat gleich studiert, war in Moskau, ich habe in Marburg Jura studiert, und wir haben uns ein wenig aus den Augen verloren. Vor einigen Jahren traf ich ihn wieder. Leider hat er eine andere Karriere gemacht als ich. Er hat einen Nachtclub in Göttingen und ist offensichtlich Drahtzieher bei manchen illegalen Geschäften. Er ist nie erwischt worden, aber es gibt natürlich eine Akte über ihn. Vitali schwimmt im Geld, steuerlich alles einwandfrei, alles Erlöse aus dem Nachtclub, alles belegbar. Aus alter Verbundenheit treffen wir uns gelegentlich, darf natürlich niemand wissen – der Staatsanwalt und der Russenmafioso. Er hat mir schon einmal einen wichtigen Tipp gegeben, als vor zwei Jahren ein russisches Mädchen in Homberg ermordet wurde, da hat er mir geholfen. Eines ist dabei klar: Er gibt mir nur einen Tipp, wenn es ihm nicht schadet und er sich nicht in eine Bredouille begibt. Wir können ihn ja mal nach unserem Fall fragen.«
»Sie sind der Kumpel von einem aus der Russenmafia? Ich werd' verrückt!« Anke Dankelmann stellte ihre mittlerweile leere Tasse wieder ab. »Aber warum sollten wir das nicht machen? Wir treten doch sowieso auf der Stelle. Und Sie wollen mich mitnehmen?«
»Klar. Vitali ist ein charmanter Mann, Vorsicht also. Und er weiß, dass ich niemanden mitnehmen würde zu so einem Gespräch, dem er nicht zu hundert Prozent vertrauen könnte.«
»Worauf warten Sie dann? Los, anrufen!«
»Jawohl, Chefin, aber Sie müssen doch jetzt zu Ihrem Archivar. Melden Sie sich einfach danach – und heute Abend, acht Uhr, wollen wir im Gutshof was essen?«
»Ich melde mich nach meinem Termin. 20 Uhr ist auch okay – aber bitte nicht im Gutshof, da sind mir zu viele Senioren unterwegs. Wie wäre es mit dem Brauhaus zum Rammelsberg?«
»Da bin ich, glaube ich, noch nie gewesen, ist aber in Ordnung.«

Willimowski winkte nach der Bedienung. Anke Dankelmann nahm ihre Handtasche, lächelte Willimowski noch einmal an und verschwand in Richtung Stadtarchiv. Sie freute sich auf den Abend, keine Frage. Aber im Restaurant Gutshof, das zwar eine gute Küche in durchaus stimmungsvollem Ambiente an der Wilhelmshöher Allee gleich unterhalb des Bergparks aufweisen konnte, wollte sie keinen Abend verbringen. Ihr war es nach Rustikalem – und das Brauhaus im Stadtteil Wahlershausen hatte genau das. Tolle Karte, tolles Essen – und ein nettes Getränk. So hatte dieser Tag zu enden. Ob etwas anderes beginnen würde, das ließ sie auf sich zukommen.

27

Das Stadtarchiv war im Marstall untergebracht, dort, wo freitags und samstags Markt war und wo sie schon nach dem Fund des toten Peter Erdmann einen Speckkuchen gegessen hatte. Der Marstall war eines der wenigen Gebäude aus der mittelalterlichen Bausubstanz Kassels, das nicht nur den Krieg, sondern auch den Wiederaufbau überstanden hatte. Denn das blieb das große Rätsel dieser Stadt: Warum man nach der verheerenden Zerstörung durch die Bombennächte des Zweiten Weltkrieges nicht zumindest einen Teil der Bausubstanz wieder aufgebaut hatte. Nein, Kassels Stadtväter hatten sich für die neue Architektur entschieden und so durch den Wiederaufbau die zweite Zerstörung geschaffen. Sie ging am Museum Fridericianum vorbei und dann den Steinweg runter in Richtung Marstall. Irgend jemand hatte ihr mal gesagt, dass es ein Projekt gegeben habe, diese zentrale Verkehrsader unter die Erde zu verlegen – dass die damalige SPD-geführte Stadtregierung aber, weil man mit den Grünen koalieren musste, sich dem Willen der Ökopartei gebeugt habe, die kein Geld für den Autoverkehr ausgeben wollte. Was war das für eine einmalige Chance gewesen, die von der mehrspurigen Straße durchschnittenen beiden Teile des Friedrichsplatzes zusammenzuführen. Jetzt war die

Chance vertan, da, wo der Steinweg hätte verlaufen können, gab es jetzt eine Tiefgarage. Manchmal fragte sie sich, ob im Strafrecht nicht irgendwie auch einmal politischer Dilettantismus als Vergehen aufgenommen werden müsste. Aber in aller Regel wurden nach solchen Menschen sogar Straßen benannt. Manche wurden sogar Ehrenbürger. Politik war halt eine Wertewelt für sich. Kein Wunder, dass immer weniger Menschen mit so etwas zu tun haben wollten.

Sie war ein paar Minuten zu spät und wurde im Stadtarchiv bereits erwartet. Die Räume waren so, wie man sie von einem Archiv erwartete. In den alten Mauern jede Menge von Schränken mit den unterschiedlichsten Schubladen – solche mit Hängeregistern, flache Schubladen für Dokumente und Fotos. Und Volker Strecker sah so aus, wie man sich einen Archivar vorstellte. Er war etwa 45 Jahre alt, das dunkle Haar kurz geschnitten und perfekt gescheitelt. Er trug eine Lesebrille, eine von der Sorte, die man stets trug und die mit langen Bügeln versehen ständig auf der Nasenspitze saß. Dunkelgrüne Cordhose, ein blassgelbes Jackett, weißes Hemd und ein zur Hose passender Pullunder. Mollenhauer, der Leiter des Stadtmuseums, trug Jeans und Polohemd, er hatte eigentlich Urlaub, wie ihr Strecker am Telefon gesagt hatte. Sonst wäre er sicher im Anzug erschienen. Mollenhauer stand kurz vor der Pensionierung, aber sie war sicher, einer wie er würde nie pensioniert werden. Der würde vom aktiven Dienst direkt in eine Ausstellungsvitrine wandern und von Schulklassen besichtigt werden. Sie grinste innerlich ob dieser Vorstellung, zog ihren Dienstausweis hervor und dann den Umschlag mit dem Foto.

»Ich kann Ihnen die näheren Umstände nicht schildern, das geht aus ermittlungstechnischen Gründen nicht, bitte haben Sie Verständnis. Wir ermitteln in einem Mordfall, Sie haben ja sicher mitbekommen, dass der Bauunternehmer Werner Maurer umgebracht worden ist. Da ist dieses Bild aufgetaucht, wir wissen nicht, was es mit Maurer, der Firma oder irgend etwas anderem zu tun hat. Schauen Sie es sich bitte genau an.«

Strecker und Mollenhauer nahmen das Bild, legten es auf einen großen Tisch, der in der Mitte des Raumes stand, Strecker holte eine Lupe, Mollenhauer goss Kaffee ein. Nach wenigen Minuten schüttelte Strecker den Kopf und sagte: »Das kann überall und nirgends aufgenommen worden sein. Das muss auch gar nicht in Deutschland sein, wie sollen wir das herausfinden?«

»Du weißt, ich habe einen ausgeprägten Jagdinstinkt«, entgegnete Mollenhauer und schaute Strecker an. »Wir sind hier im Stadtarchiv, da können wir doch einfach mal schauen, ob es andere Bilder aus dieser Zeit gibt, die eine ähnliche Umgebung zeigen. Wir haben hier mehrere Bahngleise im Hintergrund und dort sind einzelne Häuser zu erkennen. Wo hast du Bilder von Bahnstrecken in Kassel?«

»Naja, du hast ja recht. Vielleicht können wir uns langsam vortasten und ein paar Mosaiksteinchen zusammenlegen. Ganz im Ernst: Dieses Bild zeigt offensichtlich ein Erschießungskommando bei der Arbeit. Wenn es ein Bild aus Kassel ist, dann fällt mir aus der Zeit des Dritten Reiches nur eine solche Aktion ein. Das war am 31. März 1945, als am Bahnhof Wilhelmshöhe 79 italienische Zwangsarbeiter und ein Russe erschossen wurden. Das hieße, wir müssten uns um Bilder vom Bahnhof Wilhelmshöhe kümmern, um zu vergleichen.« Strecker stand auf und ging ins Nebenzimmer.

»Ich habe davon schon mal gehört, kriege das aber nicht mehr zusammen. Was ist da passiert?« Anke Dankelmann blickte Mollenhauer fragend an.

»Ja, das war eine unglaubliche Aktion. Am 4. April 1945 rückten die Amis hier ein, und der damalige Gestapochef von Kassel, ein gewisser Franz Marmon, befahl die Hinrichtung kurz vor Kriegsende. Die Männer hatten, wie viele Deutsche vorher auch schon, Lebensmittel von einem Versorgungszug, der auf den Gleisen stand, gestohlen. Weil sie Hunger hatten und ihnen keiner mehr was zu essen gab. Dieser Franz Marmon ist dann später verurteilt worden. Musste aber nicht ins Gefängnis, weil die Untersuchungshaft angerechnet wurde. Die deutsche Nachkriegsjustiz und die NS-Verbrechen – das ist auch so ein dunkles Kapitel, über das zu wenig gesprochen wird. In Wilhelmshöhe, gleich neben dem Ramada-Hotel, ist übrigens ein Gedenkstein mit den Namen der Erschossenen.« Strecker kam mit einem Haufen brauner, zum Teil dick gefüllter Umschläge zurück, und Anke Dankelmann beschloss, so bald wie möglich mal diesen Gedenkstein zu suchen.

»Dass kann jetzt noch Stunden dauern, Frau Dankelmann, Arbeit im Archiv ist immer eine Geduldsangelegenheit. Wie lange haben Sie denn Zeit?«

»Eigentlich wenig. Ich will Ihnen da auch nicht in Ihre Ordnung pfuschen. Gibt es denn irgendwo Material über diese Hinrichtung?«

»Ich stelle Ihnen gern etwas zusammen, aber bitte gedulden Sie sich. Ich denke, dass wir jetzt erst einmal die Fotorecherche beginnen. Wir sagen Ihnen Bescheid, sobald wir ein Ergebnis haben, egal wie es aussieht.«

Anke Dankelmann nickte, schrieb Ihre Telefonnummer auf einen weißen Block, den Strecker offensichtlich in irgendeiner Kneipe hatte mitgehen lassen und verließ das Archiv – heilfroh, sich nicht selbst durch den Berg brauner Umschläge wühlen zu müssen. Draußen war es drückend. Das war auch so ein typisches Merkmal für den Frühling in Kassel. Die Stadt war zwischen den Mittelgebirgsketten von Söhre, Kaufunger Wald im Osten, im Norden vom Reinhardswald und im Westen vom Habichtswald in die Tallage gepresst. Manchmal hielt eine solche schwüle Wetterlage stundenlang an, Gewitter umkreisten die Stadt wie Indianer in Karl-May-Filmen eine Wagenburg – und es gab einfach keine Erlösung von dieser unerträglichen Schwüle.

Sie schaute zum Himmel, atmete tief durch, schaute auf die Uhr und war froh, dass sie bis zur nächsten Besprechung im Präsidium noch ein wenig Zeit hatte. Sie fand auf dem Friedrichsplatz eine Bank und schloss die Augen. Die Gedanken flirrten durch den Kopf. Willimowski, Helga Erdmann, das Bild des toten Peter Erdmann, die Leiche Werner Maurers im Auto, wieder Willimowski,

das Bild vom Erschießungskommando – und als sie wieder aufblickte, schaute sie direkt auf die Fassade des Museums Fridericianum. Dieses Gebäude war das Herzstück der documenta, der wichtigsten Ausstellung zeitgenössischer Kunst auf der Welt. Alle fünf Jahre traf sich die Kunstwelt in Kassel, und die Stadt an der Fulda wurde für 100 Tage zur Weltstadt. Doch eigentlich verband sie mit dem Fridericianum etwas anderes. Es war ein Relikt aus der Zeit, als Kassel Residenzstadt gewesen war und eine ungleich größere Bedeutung als heute hatte. Sie erinnerte sich an Bilder aus verschiedenen Fotobänden, die sie sich in den ersten Jahren, nachdem sie nach Kassel gezogen war, gekauft hatte. Diese Stadt war vor der Zerstörung im Zweiten Weltkrieg reich an Architektur aus den vergangenen Jahrhunderten gewesen. Wie so viele Menschen, die diese Bilder kannten, trauerte sie dem verlorenen Stadtbild nach. Sie dachte auch an die 80 Menschen, die einer dieser gewissenloser Nazi-Verbrecher hatte hinrichten lassen. Und sie würde sich noch heute den Gedenkstein ansehen. Keine Frage, Rendezvous mit Willimowski hin oder her.
Sie stand auf und ging zum Kaufhaus Leffers. Mit der stellvertretenden Chefin, Magdalena Rockensüß, hatte sie sich seit der Zeit angefreundet, als sie den Fall einiger ermordeter katholischer Priester in Kassel aufklären musste. Eine Leiche hatten sie auf dem Kunstwerk an der südwestlichen Fassade von Leffers gefunden. Immer wieder, wenn sie auf dieses Kunstwerk schaute, dachte sie an diesen eiskalten Wintertag, als sie diesen halbnackten Toten zwischen den anderen Figuren des documenta-Künstlers Schütte herausgehievt hatten.
Sie kaufte sich bei Leffers schnell eine eng sitzende graue Leinenhose, die sie schon lange im Auge gehabt hatte, und ein schwarzes T-Shirt mit tiefem Ausschnitt. Auch Polizisten gingen shoppen, dachte sie sich. Komisch, dass man das in Krimis nie zu sehen bekam. Dass Polizisten auch andere Bedürfnisse hatten, merkte sie kurz vor dem Verlassen des Kaufhauses. Vor dem langen Marsch durch die Treppenstraße ging sie noch schnell auf die Toilette.

28

Im Präsidium schaute sie kurz in ihr Büro – Bernd Stengel war nicht da und hatte auch keine Nachricht hinterlassen. In der Einsatzzentrale der Mordkommission herrschte Hochbetrieb, sie redete mit ein paar Kollegen über Nebensächliches wie das Wetter – und wie üblich kam MK-Chef Richard Plassek pünktlich auf die Minute in den Raum. Es war 17 Uhr, und als einer nach dem anderen die kargen Ergebnisse vorgetragen hatte, wussten alle, dass dies eine zähe Ermittlung zu werden drohte. Plassek beauftragte Hartmut Bender und Friedrich Hauer, gemeinsam mit den Kollegen aus Stuttgart bei Scheuble die Ermittlungen fortzusetzen. Wladimir Braun war zur Fahndung ausgeschrieben. Die Ermittlungen beim Bundesgrenzschutz hatten ergeben, dass er auf ganz normalem Weg aus Deutschland ausgereist war. Ziel: Weißrussland! Plassek verdrehte die Augen. Ihm war wie allen anderen klar, dass der Mann damit wahrscheinlich im Dschungel der ehemaligen GUS-Staaten untergetaucht war und mit anderem Pass und anderem Namen und anderer Funktion für die Russenmafia oder irgendeine ähnliche Organisation arbeitete und vermutlich in Saus und Braus leben konnte. Braun war gemeinsam mit seiner Frau aus Deutschland geflohen, Bankverbindungen gab es nicht mehr, die Konten, auf denen aber auch nie viel Geld gewesen war, hatten sie aufgelöst. Diese Spur führte ins Nichts – hier half nur der Zufall oder die Dummheit eines der Beteiligten oder im besten Fall eine Kombination aus beidem.

Bei Gottlöber und Sohn war mittlerweile Anwalt Klutsch aufgetaucht, hatte ein Dokument vorgelegt, das ihn, solange die Söhne Maurers im Fall dessen Todes noch keine Prokura im Unternehmen hatten, zur Geschäftsführung bevollmächtigte. Bei den Gesprächen war schnell klargeworden, dass die Firma einen miserablen Auftragsbestand hatte, die Gehälter konnten noch gezahlt werden, aber damit war im nächsten Monat Schluss. Nordhessens größte Baufirma stand vor der Pleite – immerhin sah es so aus, als ob zumindest Maurers Witwe und die Söhne über Lebensversicherungen des Vaters und das vorhandene Vermögen gut abgesichert wären. Was den ganz normalen Beschäftigten auch nicht viel weiterhalf, dachte Anke Dankelmann verbittert. Sie dachte an Lina Stichler, die Sekretärin, die in ihrem Alter garantiert keinen neuen Job mehr finden würde. Peter Erdmann, formulierte sie in Gedanken, warum hast du diesen Mist nur mitgemacht ...

Sie waren an einem Punkt der Ermittlungen angelangt, an dem alle sicher waren, die richtigen Mechanismen auf breitester Front in Gang gesetzt zu haben. Was fehlte, war irgendein Resultat, irgendeine wegweisende Information. Sie hatten beispielsweise immer noch nicht die leiseste Ahnung, warum sich Maurer und Erdmann im Steakhaus getroffen hatten. Sie wussten nicht, welche Rolle Star-Konkursverwalter Klutsch in dieser ganzen Angelegenheit spielte – und genau dem sollten Anke Dankelmann und Bernd Stengel am nächsten Morgen auf den Zahn fühlen. Stengel hatte ihn schon zum Gespräch gebeten, Klutsch hatte sich sehr kooperativ verhalten und, wie er sagte, ein paar Termine verlegen lassen.

Nach dem Meeting war irgendwie die Luft raus. Vielleicht lag es daran, dass auch draußen die Luft nach wie vor schlecht war. Im Büro muffelte Stengel vor sich hin – ganz anders als sonst, wenn er seiner Kollegin immer wortreich von seinen Ermittlungen erzählte.

»Was ist los mit dir?« fragte Anke Dankelmann, als sie diesen miesepetrigen Gesichtsausdruck nicht mehr ertragen konnte.

Stengel blickte hoch. »Was soll sein? Hast du jemals mit einer solchen Gewitterziege wie der Osterloh zusammengearbeitet?«

»Was, dein Schätzchen ist schlimmer als ich?«

Stengels Gesicht nahm eine dunkelrote Farbe an. »Ist gut Bernd, komm, war ein Witz. Ich habe doch gemerkt, dass die dir gefallen hat. Das mit dem Schätzchen war nicht so gemeint, tut mir leid, ich weiß ja, dass du moralisch und sittlich gefestigt bist.«

»Ich will dir mal was sagen: Die Dame weiß meiner Ansicht nach zu genau, wie sie auf Männer wirkt. Im einen Augenblick schnurrend wie ein Kätzchen, im nächsten Moment kalt wie eine Hundeschnauze.«

»Nur nicht so feucht, was?« rutschte es Anke Dankelmann heraus.

»Was?« – »Ach nichts, Bernd. Habt ihr denn wenigstens was rausgefunden?«

»Nicht mehr als das, was du eben in der Konferenz gehört hast. Die reinen Bauleistungen des Ladens reichen vom Umsatz her kaum aus, die Gehälter zu zahlen. Die sind pleite. Willst du mal in die Bücher schauen? Hier sind die wichtigsten Fakten.«

»Ja, muss ich wohl. Wenn morgen Klutsch aufläuft, sollten wir ein bisschen was auf der Naht haben. Sind denn die Kollegen vom K Wirtschaft dabei?« Stengel nickte. Anke Dankelmann war erleichtert. Obwohl sie sich schon gedacht hatte, dass sie sozusagen als verhörtechnische Geheimwaffe vorgesehen war. Klutsch war ein Gigolo – und sie vermutlich sein Typ. Dass sie diese Rolle spielen musste, kam gelegentlich vor. Es machte ihr nichts aus. Und im Endeffekt war sie ohnehin immer in der besseren Position, die meisten der Kunden, die zum Verhör antreten mussten, waren hypernervös. Die meisten hatten auch einen guten Grund dazu.

Sie berichtete Stengel kurz von ihrem Gespräch mit dem Archivar und dem Leiter des Stadtmuseums, der schüttelte nur den Kopf.

»Du und deine Ahnungen, aber mach mal, hast ja schon oft genug richtiggelegen.«

Sie schaute auf die Uhr: 18.30 Uhr. »Na, haste noch was vor?« fragte Stengel neugierig, der den Blick bemerkt hatte.

»Jau. Wird Zeit, muss mich noch umziehen.«

»Wie heißt denn der Glückliche?« – »Lieber Bernd, ich wollte es dir schon längst sagen: Ich gehe mit Frau Osterloh ins Lesbenzentrum zur Partnerberatung. Du kannst uns gern abholen, wir werden uns nämlich mächtig einen auf die Lampe gießen.« Sprach's und entschwand, Stengel schaute ihr entgeistert hinterher.

29

Es war immer noch drückend warm, sie fuhr in ihre Wohnung im Kirchweg. Auf dem Anrufbeantworter war nur eine Nachricht: Ihre Mutter hatte aus Borken angerufen, als sie deren Stimme hörte, packte sie das schlechte Gewissen. Sie hatte Ostern ihre Eltern zuletzt besucht. Ihre Mutter machte ihr keine Vorwürfe, wollte nur wissen, wie es denn der Tochter so gehe. Aber Anke Dankelmann ahnte den wahren Grund. Sie griff zum Telefonhörer, rief im Elternhaus an. Sie redete kurz mit ihrer Mutter, noch kürzer mit ihrem Vater, einem Menschen, mit dem man alles anstellen konnte – nur nicht telefonieren. Und sie verabredete einen Besuch an einem der nächsten Sonntage.

Sie war Punkt 20 Uhr im »Rammelsberg«. Der Biergarten war halb gefüllt, vermutlich hatten die meisten Leute einfach Angst vor einem Gewitter, in der Ferne hörte man ein leichtes Unwettergrollen – doch das hatte in diesem Kessel nichts zu sagen. Willimowski war noch nicht da, und aus irgendeinem Grund gefiel ihr das. Sie hatte die Nase voll von Männern, die überpünktlich waren, ihr sofort einen Getränke- und Essensvorschlag machten und dann den Eindruck erweckten, als hätten sie alle Gesprächsthemen bis zur klärenden Frage, wo man denn die Nacht verbringe, im Detail durchgeplant.

Im Grunde war sie froh über die paar Minuten ungestörten Sitzens im Biergarten. Sie überlegte, wie lange es eigentlich her war, dass sie sich mit einem Mann getroffen hatte. Das letzte Mal leicht verknallt war sie im vorletzten Winter, als sie ein paar Mal mit dem Pressesprecher von eon-Mitte ausgegangen war. Der war dann aber nach Karlsruhe in einen neuen Job gewechselt, anfangs hatten sie noch telefoniert, dann war auch das eingeschlafen. Sie hatte gehört, er hätte geheiratet – es hatte ihr nicht wehgetan.

Was erwartete sie eigentlich von diesem Abend? Eigentlich nichts, dachte sie, ich lasse alles auf mich zukommen. Und eigentlich war das die beste Voraussetzung, nicht enttäuscht zu werden.

Willimowski kam ein paar Minuten später vom Parkplatz hinter dem Haus, winkt ihr kurz zu und bog ab auf die Toilette. Anke Dankelmann musste lachen. So einen Auftritt schafften sonst nur Frauen, dachte sie.

»Ich war hier noch nie«, sagte der Staatsanwalt, als er sich ihr gegenüber an den Tisch setzte. »Scheint aber ganz gediegen zu sein.« Die Bedienung stand vor ihnen, Willimowski bestellte ein Weizenbier und auf Empfehlung der Kommissarin eine große Portion Spareribs, Dankelmann ein großes naturtrübes Bier und eine Portion Ahle Wurscht. Speckkuchen, Ahle Wurscht, Kochkäse – ihr nordhessischer Magen konnte bei jedem Wetter von diesen Spezialitäten ihrer Heimat nie genug bekommen.

»Gibt es noch was Neues in unserem Fall?« wollte Willimowski wissen.

»Nein, nicht mehr, als vorhin bei der Besprechung rauskam. Ich gehe halt noch meinem Hobby nach und verfolge die Spuren, die vermutlich keine sind.«

»Ach, das Foto? Und?« Willimowski prostete ihr zu, trank dann sein Weizenbier zu zwei Dritteln auf einen Zug.

»Kurz vorm Verdursten, hm?« fragte Anke Dankelmann.

»Nein, ich hab vorhin noch in der Muckibude trainiert und einen Saunagang gemacht. Man muss was tun, die Konkurrenz schläft ja bekanntlich nicht.«

»Und was wollen Sie jetzt hören? Dass Sie, blendend wie Sie trainiert sind, doch keine Konkurrenz zu fürchten haben?«

»Sorry, das wollte ich genau nicht hören. Aber bevor wir weiterreden, muss ich notfallartig noch so eine Hefe-Vase bestellen?« Er zeigte sein mittlerweile leeres Glas der Bedienung; die nickte und Willimowski schaute Anke Dankelmann an.

»Was haben Sie morgen für Termine?« wollte er wissen.

»Warum? Um 9 Uhr kommt dieser Klutsch zum Gespräch, danach wollte ich nochmal ins Stadtarchiv und dann den Gedenkstein am Bahnhof Wilhelmshöhe anschauen, den für die ermordeten Zwangsarbeiter.«

»Meinen Sie, das hat was mit dem Foto zu tun?«
»Keine Ahnung. Aber die Geschichte interessiert mich auch so. Drittes Reich ist etwas, da kann ich nicht aufhören zu lesen, zu schauen. Dieses Kapitel deutscher Geschichte zu begreifen, werde ich wohl nie schaffen. Aber ich möchte einfach mehr wissen, um einfach auch mehr zu verstehen.«
»Vielleicht können wir uns den Stein ja heute Abend noch ansehen, interessiert mich auch«, sagte Willimowski und prostete ihr erneut zu. Dankelmann orderte auch ihr zweites Bier. »Ich habe nach Ihren Terminen gefragt, weil wir uns morgen mit Vitali treffen können. Ich habe ihn angerufen, er besucht morgen seine Eltern in Kassel. Da sollen wir hinkommen. Er hat nichts dagegen, wenn Sie mitkommen. Aber ich muss Sie warnen: Er ist ein absoluter Womanizer. Gut aussehend, top gestylt, Aston Martin als Dienstwagen, eine bescheidene Rolex am Arm, und er hat einfach Geld. Und Stil. Vieles davon habe ich nicht …« Willimowski grinste.
»Lassen Sie mich raten: Kohle, Rolex, Aston Martin, Stil?« Willimowski musste lachen.
»Genau. Stellt sich die Frage, warum Sie dann mit einem mittellosen und stillosen nordhessischen Bengel im Biergarten sitzen?«
»War halt kein anderer da«, sagte Anke Dankelmann und griff zum Besteck, das in einem tönernen Bierhumpen deponiert war. Das Essen kam. Willimowski machte große Augen, als er die riesige Portion Spareribs sah. An den ersten beiden Rippen nestelte er mit dem Besteck herum, dann schnitt er die Teile ab und nahm sie zum Abnagen in die Finger.
Nach dem Essen und zwei weitere Bier später meinte Anke Dankelmann, jetzt sei es Zeit. »Wie jetzt schon, wollen Sie gehen?« fragte der Staatsanwalt, der seine Enttäuschung nicht verbergen konnte.
»Es ist Zeit für einen Verdauungsschluck, Sie stilloser Geselle«, sagte die Kommissarin. Sie einigten sich auf einen Bierbrand – es sollte nicht das letzte Getränke an diesem Abend bleiben. Irgendwann strichen sie den Plan, zum Gedenkstein zu gehen. Und ir-

gendwann beschlossen sie, doch nach Hause zu gehen. Willimowski wohnte in Wilhelmshöhe, er wollte in das Appartementhaus an der Baunsbergstraße laufen. Dankelmann kannte das Haus, es lag oberhalb des Schwimmbades Wilhelmshöhe, ein Betonklotz – aber vielleicht waren die Wohnungen ja ganz nett. Wenn man drin wohnte, musste man es sich ja nicht von außen angucken.
Sie bestellte ein Taxi. Willimowski orderte die Rechnung und bezahlte für beide. »Donnerwetter«, sagte Anke Dankelmann. »Stil und Kohle haben Sie doch. Fehlt noch die Rolex und der Aston Martin.«
Willimowski gab ihr die Hand und sagte: »Bis morgen.«
»Na, sind wir denn ein bisschen schüchtern«, antwortete Anke Dankelmann, legte den Arm um ihn und drückte ihm einen Kuss auf die Wange. »Bis morgen. Sie holen mich ab.« Sie winkte ihm zu und stieg in das Taxi. Willimowski wirkte verdattert.
Im Kirchweg angekommen, streifte sie ihre Pumps ab und feuerte sie in die Ecke. Sie hatte einen ordentlichen Schwips, aber nett. Irgendwie war das ein Mann, wie sie ihn selten getroffen hatte. Stark und schwach zugleich, humorvoll, ein wunderschönes Lachen. Und zuhören konnte er sicher auch. Vielleicht war er der, mit dem sie die Sache mit dem Bild vernünftig besprechen konnte. Alle anderen in der MK hielten sie für übergeschnappt. Sie putzte sich die Zähne, schminkte sich ab, zog ein T-Shirt über und ging sofort ins Bett. Auf die Uhr schaute sie nicht, das hatte sich bewährt.
Sie war kaum weggedämmert, als das Telefon klingelte. Sie meldete sich mit einem verschlafenen »Dankelmann«. Am anderen Ende druckste Willimowski rum, der sich umständlich für den Abend bedanken wollte. Anke Dankelmann lächelte. Sie murmelte »Ich muss jetzt schlafen«, gab einen lauten Kuss ins Telefon und drückte den roten Knopf. Willimowski, soviel war sicher, würde jetzt garantiert nicht schlafen können.

30

Der Morgen danach war hart. Sie quälte sich aus den Federn, duschte lange und nicht zu warm, machte sich entgegen ihrer sonstigen Gewohnheiten einen starken Kaffee, nahm eine Thomapyrin gegen das leichte Hirnbrummen und fuhr ins Präsidium. Es war 8.20 Uhr, sie kam gerade noch pünktlich zur Morgenlage und hoffte, dass die in ein paar Minuten vorbei sein würde, damit sie vor dem Besuch von Klutsch noch einmal in die Akten schauen konnte. Hans-Werner Öhm, der Beamte vom Dienst, hatte die wichtigsten Delikte der Nacht zusammengefasst.

»Es gab heute Nacht zwischen ein Uhr und etwa 2.30 Uhr in Helleböhn eine Auseinandersetzung zwischen zwei Jugendbanden. Eine russlanddeutsche Gang und eine bisher nicht strafrechtlich aufgefallene andere Gruppe. Die haben sich eine regelrechte Schlacht geliefert. Vom Rhönplatz aus, wo die Russlanddeutschen rumgehangen haben, ging es durch die Dönche. Es waren sechs Streifen im Einsatz, wir haben aber nur drei Russlanddeutsche, die mit schweren Verletzungen im Krankenhaus liegen. Einer hat einen Schädelbasisbruch, schwebt in Lebensgefahr. Die anderen beiden haben ausgesagt, sie seien auf dem Rhönplatz ganz plötzlich von etwa 20 Deutschen von allen Seiten gleichzeitig überfallen worden. Baseballschläger, Messer, Gaspistolen – die waren voll bewaffnet und haben sofort losgeschlagen. Täterbeschreibungen gibt es nicht. Die beiden leicht verletzten Jungen sind vernommen worden, da müssen wir heute aber noch einmal nachlegen. Die Russlanddeutschen sind einfach abgehauen heute Nacht, die andere Gang hinterher und als sie merkten, dass die Präsenz der Polizei zunahm, tauchten die einfach ab.«

Anke Dankelmann schaute genauso ratlos in die Runde wie alle anderen Kollegen. Eine Bandenschlägerei diesen Ausmaßes hatte es in Kassel lange nicht gegeben. Hoffentlich eskalierte das nicht, einen solchen Krieg auf Stadtteilebene konnte man schwer eindämmen. Und Helleböhn war so etwas wie ein Problemstadtteil gewesen – einige Jahre hatten dort russlanddeutsche Jugendliche Angst und Schrecken verbreitet: In der Siedlung mit Mietskasernen aus den sechziger Jahren hatte sich gerächt, dass man so eine Art Ghetto für Russlanddeutsche zugelassen hatte. Der Rhönplatz, ein unauffälliger Stadtteilplatz mit ein paar Geschäften, war immer Treffpunkt der Jugendlichen gewesen. Heute ging es dort friedlich zu. Eigentlich.

Die Ermittlungen wurden delegiert, und Dankelmann und Bernd Stengel gingen ins Büro zurück. Sie hatten noch ein paar Minuten Zeit, um sich mit den Kollegen Hauer und Bender abzusprechen. Klutsch war pünktlich, auf die Minute. Sie baten ihn in den Besprechungsraum, und Anke Dankelmann betrachtete sich den Staranwalt Kassels genau. Er war perfekt gekleidet, sein mausgrauer leichter Anzug passte perfekt zu dem auf etwa ein Zentimeter Länge gestutzten leicht gegelten Haar, er war glatt rasiert, schlank, leicht gebräunt, hatte stahlgraue Augen und trug schwarze Slipper. Sein weißes Hemd hatte Button-Down-Knöpfe, eine leuchtende, blassblaue Krawatte wurde von einer mit einer Perle besetzten Nadel am Hemd gehalten. Die Manschettenknöpfe passten zur Krawatte. Dankelmann würde sich im Gespräch zurückhalten, so war es vereinbart. Nur dann und wann möglicherweise mit Fragen, die nur am Rand mit dem Fall zu tun hatten, wollte sie versuchen, den Anwalt aus der Fassung zu bringen.

Hauer und Bender waren bestens vorbereitet, schienen jedoch nicht in der Lage, Klutsch aus der Fassung zu bringen. Er hatte seit Jahren mit Maurer und mit der Firma geschäftlich zu tun, war in erster Linie jedoch für Notariatstätigkeiten angeheuert worden. Mit dem operativen Geschäft hatte er nach seinen Aussagen nichts zu tun, Bender und Hauer hatten bei ihren Recherchen in der Firma allerdings auch keine Hinweise darauf gefunden, die das Gegenteil vermuten lassen würden.

»Wie kommt es eigentlich, dass Sie, obwohl Sie mit dem operativen Geschäft von Gottlöber und Sohn nichts zu tun hatten, nun sozusagen der Firmenchef sind? Sie müssen sich doch auch erst einmal einarbeiten, und dabei gibt es doch eigentlich täglich Entscheidungen, die zu treffen sind und die möglicherweise für das Unternehmen existentiell sind.« Hauer war endlich an dem Punkt angelangt, der ihm, das hatte er im Vorgespräch deutlich gemacht, ungereimt erschien.

Der Anwalt schlug die Beine übereinander, das obere Bein wippte auf und ab.

»Natürlich habe ich die Frage erwartet, Herr Hauer. Sie können ja aus den Unterlagen ersehen, dass die mit dem verstorbenen Herrn Maurer getroffene Vereinbarung aus dem Jahr 1995 datiert. Herr Maurer hatte damals die Befürchtung, dass, für den Fall, dass ihm etwas passieren könnte, seine Erben eine falsche Entscheidung hinsichtlich eines möglichen Verkaufs des Unternehmens oder hinsichtlich der Bestellung eines Geschäftsführers treffen könnten. So ist meine aktuelle Rolle auch zu interpretieren. Ich bin Berater der Erben, und meine Tätigkeit wird nicht sein, die Firma zu leiten. Ich werde mich nach einem neuen Management umsehen. Als wir unsere Vereinbarung trafen, war die Wahrscheinlichkeit, dass auch Herr Erdmann nicht mehr da sein würde, ja relativ gering. Das ist jetzt der worst case – aber dafür werde ich ja bezahlt.«

Anke Dankelmann ging das gestelzte Anwaltsdeutsch maßlos auf die vom Restalkohol ohnehin strapazierten Nerven.

»Stimmt es eigentlich, dass Sie nach dem Tod von Maurer beim Amtsgericht waren und sich als möglicher Konkursverwalter haben registrieren lassen?«, wollte sie wissen.

»Für welches Unternehmen bitte, gnädige Frau? Wir sind ständig mit neuen Insolvenzfällen beschäftigt, in der Regel macht das die Geschäftsstelle meiner Kanzlei automatisch.« Klutsch betrachtete seine gepflegten Fingernägel. »Gottlöber und Sohn meine ich.«

»Da bin ich überfragt. Fragen Sie doch beim Amtsgericht, die wissen das sicherlich, Gnädigste.«

Bernd Stengel rutschte unruhig auf seinem Stuhl hin und her. Er kannte seine Kollegin und ahnte, dass dieses arrogante Geschwafel deren Laune nicht besserte.

»Das haben wir bereits. Der Schriftsatz liegt vor, er trägt Ihre Unterschrift.«
»Oh, tatsächlich? Das ist mir sicher durchgerutscht. Denn das geht ja eigentlich nicht, dass ich einerseits Prokura für das Unternehmen habe und mich gleichzeitig als möglicher Konkursverwalter bewerbe.«
»Tja, dumm gelaufen. Die Fakten sind aber nun mal da. Und Sie können mir nicht erzählen, dass Sie Ihre Unterschriftenmappen so nachlässig durchsehen, bevor Sie unterschreiben. Wäre ja fatal, wenn die Öffentlichkeit das mitbekäme, oder?«
»Nun ja, wir werden den Schriftsatz natürlich zurückziehen. Und die Öffentlichkeit muss ja davon nichts erfahren, oder? Ihre Ermittlungen und auch dieses Gespräch sind ja zunächst einmal vertraulich.«
»Sicher.« Hauer übernahm wieder das Gespräch. »Gehen wir mal wohlwollend, was mir genauso schwer fällt wie meiner Kollegin, davon aus, dass dies alles eine Panne war und sich das bereinigen lässt. Was sind denn Ihre nächsten Schritte mit dem Unternehmen?«
Jetzt rutschte Klutsch zum ersten Mal auf seinem Stuhl hin und her. Die letzten Fragen hatten ihm überhaupt nicht behagt. Er war ein Mann, der sich gern in den Gesellschaftskolumnen der örtlichen Presse sah, mit strahlendem Lächeln, sich beim Orchideenball in der Stadthalle oder beim Ball des Sports als charmanter Dauertänzer gerierte – aber die Aussicht, dass man über diesen Schriftsatz in der Zeitung lesen könnte, behagte ihm überhaupt nicht. Anke Dankelmann beschloss, die Lokalzeitung zu informieren. Stengel und sie kannten einen Redakteur gut, zu dem sie auch Vertrauen hatten. Dort konnte man auch eine Info platzieren, ohne Gefahr zu laufen, dass die Quelle publik werden würde. Der Redakteur, Hans Leicht hieß er, hatte dann halt etwas in der Straßenbahn gefunden. So einfach war das. Klutsch referierte jetzt darüber, dass man den wirtschaftlichen Status quo des Unternehmens feststellen müsse, wie hoch der Auftragsbestand sei und so weiter. Irgendwann unterbrach ihn Hauer und sagte: »Ohne die Gewinn-

überweisungen der Firma Scheuble aus Stuttgart wäre der Laden längst bankrott. Das müssen Sie doch wissen, oder? Wollen Sie uns etwa weismachen, dass Sie auf der einen Seite der Interimsgeschäftsführer sind und auf der anderen Seite die Bilanzen und die Gewinn- und Verlustrechnungen sowohl der Mutterfirma als auch die konsolidierten Abschlüsse der Gruppe nie gesehen haben?«

»Nun, natürlich hat mich Herr Maurer immer informiert, wie es mit Gottlöber und Sohn weiterging. Aber die letzte Bilanz, die ich gesehen habe, war die aus dem Jahr 1998, als die Entscheidung getroffen werden musste, ob man in einen neuen Bau im Industriegebiet investieren wollte oder nicht. Und die Akquisition von Scheuble erfolgte ja erst nach der Jahrtausendwende.«

»Naja, immerhin scheinen Sie bei diesen Dingen auf dem Laufenden zu sein.«

»Pardon, meine Kanzlei hat die vertragsrechtliche Abwicklung der Akquise gemacht.«

»Natürlich, natürlich.« Hauer schaute seine Kollegen an. Sie redeten nun seit mehr als einer Stunde mit Klutsch und eigentlich hatte man ihn fürs Erste genug verunsichert. Dankelmann und Stengel nickten. Hauer erklärte Klutsch, er könne jetzt gehen. Der schaute irritiert, er hatte offenbar mit weiteren Fragen gerechnet. Er war sich nicht sicher, was er von diesem abrupten Ende halten sollte, die Beamten genossen die Situation still – aber ausgiebig. Schließlich verabschiedete er sich, erheblich weniger arrogant als am Anfang. Nachdem er draußen war, sagte Dankelmann: »Dem werden wir nichts ans Zeug flicken können. Der hat vermutlich alles gesehen, alles gewusst – und hat, schlau wie er ist, nicht mitgemischt. Es sei denn, wir finden Zeugen, die aussagen, dass er Bestandteil dieses Geldwäschedeals ist.«

»Wir checken nochmal alle Überweisungen aus den Belegen, die wir von Scheuble und aus der Ukraine haben. Vielleicht haben wir ja Glück, und das Arschloch steht irgendwann in kurzen Hosen da, weil ihm irgend jemand irgendwas überwiesen hat, Daumen drücken!« Hauer klappte seinen Aktenordner zu.

31

Auf dem Weg zurück ins Büro schaute Dankelmann Stengel an und sagte: »Straßenbahn?« Der kapierte sofort und sagte nur: »Unbedingt. Das muss sein, sonst kotze ich heute noch.« Er würde Hans Leicht in der Mittagspause vom Bahnhof aus anrufen. Das machten sie immer so, damit wirklich niemand durch Zufall mitbekam, wer da wen anrief. Und Stengel würde sich dann auf die nächste Ausgabe der HNA, der örtlichen Zeitung, freuen.

Als sie am Geschäftsstellenzimmer vorbeikamen, winkte Ines Welteke, eine der beiden Kolleginnen, die gerade Dienst hatten, Anke Dankelmann zu. Sie ging ins Büro, und Welteke legte gerade den Hörer auf. »Vorhin hat Inge Maurer angerufen, sie bat ganz dringend um einen Rückruf. Und Helga Erdmann lässt ausrichten, dass die Beerdigung ihres Mannes am Montag um 11 Uhr ist. Die Trauerfeier ist am Hauptfriedhof in der Friedhofskapelle. Und sie fragt, ob du dich heute Abend mal melden kannst.« Dankelmann nickte und ging ins Büro.

Der Privatanschluss bei Maurers war dauerbesetzt. Sie probierte es über die Handynummer von Inge Maurer, die sich sofort meldete. Dankelmann hörte Windrauschen, offenbar war Inge Maurer zu Fuß unterwegs.

»Danke, dass Sie sofort zurückrufen, Frau Dankelmann. Ich mache mir furchtbare Sorgen um meinen jüngeren Sohn. Stefan ist heute Nacht erst um kurz nach drei Uhr nach Hause gekommen. Völlig verdreckt und mit einer blutenden Lippe. Er will mir nicht sagen, was passiert ist. Der Junge dreht einfach ab, seit mein Mann tot ist. Ich erreiche ihn nicht mehr, ich weiß nicht, was ich tun soll.« Dankelmann hörte ein leises Schluchzen. Sie bot an, sofort in den Sandbuschweg zu kommen, und Inge Maurer willigte mit dankbarem Ton ein.

»Weißt du, was ich eben gehört habe? Der jüngere Maurer-Sohn ist heute Nacht erst nach drei Uhr nach Hause gekommen. Völlig verdreckt und mit blutender Lippe. Und wenn ich mich recht er-

innere, dann war er von Anfang an überzeugt, sein Vater sei Opfer der Russenmafia geworden.« Stengel blickte überrascht auf.
»Ich fahre jetzt dahin, kommst du mit? Wäre nicht schlecht, wenn ein Mann dabei wäre. Irgendwie scheint der Frauen nicht so ernst zu nehmen.«
»Guter Instinkt«, sagte Stengel und grinste sie an.
Stengel fuhr, sie rief von unterwegs Willimowski an, verabredete sich mit ihm nach dem Mittagessen im Präsidium, Helga Erdmann war nicht daheim, der Witwe des Prokuristen sprach sie auf den Anrufbeantworter.
Im Sandbuschweg erwartete sie Inge Maurer schon, die Tür öffnete sich sofort nach dem Klingeln. Die Frau war wieder top gestylt, ihre Kleidung betonte ihre Klassefigur, dennoch merkte man ihrer Körperhaltung an, wie sehr sie die letzten Tage und vermutlich besonders die letzte Nacht mitgenommen hatten. Im Wohnzimmer saß Stefan Maurer mit mürrischem Gesichtsausdruck in einem Sessel. Als sie ihm die Hand zur Begrüßung geben wollten, drehte er sich weg. Am rechten Nasenflügel hatte er eine Wunde, die mittlerweile verschorft war.
»Er sagt nichts, erklärt mir nicht, wo er heute Nacht war, wo die Wunde herkommt – keine Antwort. Ich habe das mit der Schlägerei heute im Radio gehört. Ich kann nicht mehr, habe auch die Schnauze voll, vielleicht kommen sie ja weiter«, hatte Inge Maurer ihnen im Flur leise gesagt. »Wo warst du heute Nacht?« fragte Stengel den Jungen direkt. Keine Antwort.
»Um das mal klarzustellen: Wir müssen uns nicht hier unterhalten, wir können dich auch wegen dringenden Tatverdachts, heute Nacht in die Schlägerei verwickelt zu sein, mit aufs Präsidium nehmen. Und im übrigen: Ich bin mir ziemlich sicher, dass du da auch bleiben wirst in nächster Zeit.«
»Und weshalb?« Stefan Maurer antwortete zwar, schaute aber nach wie vor mit leerem Blick aus dem Panoramafenster, das einen wunderschönen Ausblick auf das Naturschutzgebiet Dönche ermöglichte.

»Nun, werter Herr, es hat heute Nacht eine Bandenschlägerei gar nicht weit weg von deinem Elternhaus gegeben. Eine Gruppe junger Deutscher hat eine Gruppe Russlanddeutscher angegriffen. Drei Russen wurden verletzt, einer schwebt in Lebensgefahr. Wenn er es nicht übersteht, dann haben wir es hier mit Totschlag, womöglich Mord zu tun. Wer immer das getan hat: dessen Leben ist erst einmal verpfuscht. Und ich wage mir gar nicht auszumalen, was passiert, wenn die Russen möglicherweise mobil machen und einen Gegenschlag starten.«
»Na und? Lasst den Iwan doch krepieren. Ist sowieso alles eine einzige Verbrecherbande. Leben hier auf unsere Kosten, weigern sich Deutsch zu lernen, prügeln in der Straßenbahn, und meinen Vater umgebracht haben sie auch. Die haben noch viel mehr verdient als drei verletzte Weicheier.«
»Stefan, wie kannst du nur so etwas sagen.« Inge Maurer blickte ihren Sohn entsetzt an, Anke Dankelmann machte eine beschwichtigende Handbewegung.
»Um das deutlich zu sagen, junger Mann: Unsere Spurensicherung wird irgendwas finden. Und wenn es nur eine Hautschuppe irgendeines Täters ist, die am T-Shirt oder am Pullover eines der Verletzten hängengeblieben ist. Das reicht für eine DNA-Analyse. Und wenn sich herausstellen sollte, dass die eventuell von dir stammt, mein Lieber. Dann gnade dir Gott. Nicht wegen der Strafverfolgung durch unsere Justiz. Aber im Knast gibt es genug Russen, die sich auf ein solches Opfer nur freuen würden.«
»Ja ja, is schon recht. Ich werde es mir ausrichten, wenn ich mal Lust und Zeit habe.« Stefan Maurer schaute sie mit einem kalten Grinsen an. Die beiden Beamten ahnten, dass dieses Kapitel noch lange nicht zu Ende war. Auf dem Flur fragte Anke Dankelmann, ob der andere Maurer-Sohn nicht möglicherweise Einfluss auf sei nen Bruder haben könnte.
»Er will es versuchen, musste aber heute Morgen in die Firma. Aber er macht sich auch große Sorgen. Und er ist sich sicher, dass Stefan heute Nacht dabei war. Der hat ihm die vergangenen Tage

wohl immer wieder erzählt, dass er den Tod seines Vaters persönlich rächen wollte. Auge um Auge, hat er immer wieder gesagt.«
Im Auto schwiegen die beiden eine Weile. »Das gibt noch ein richtiges Unglück«, murmelte Anke Dankelmann. Inge Maurer tat ihr leid. Der Sohn war ihr möglicherweise schon ein Stück entglitten, doch jetzt verselbstständigte sich da etwas, was kaum noch zu kontrollieren war.

32

Im Präsidium hatte Ines Welteke eine Nachricht für sie. Stadtarchivar Strecker hatte angerufen und wollte sie sprechen, war aber erst am späten Nachmittag wieder telefonisch erreichbar. Eine kurze Nachfrage bei der Mordkommission ergab, dass sie noch keinen Schritt weitergekommen waren. Alle Zeugenbefragungen am Jungfernkopf waren negativ: vom Täter keine Spur, ja noch nicht einmal eine Ahnung. Schon komisch, dachte Anke Dankelmann, da lieferte einer fast alle zehn Fingerabdrücke beinahe freiwillig ab, vermutlich hatten sie durch die Kleiderfasern im Auto auch eine DNA-Spur – nur die dazugehörige Person fehlte. Häufig genug war es genau umgekehrt.
Willimowski hatte bereits auf ihren Anruf gewartet. Um 14.30 Uhr wollte er bei Vitali Schewtsow sein, bot sich an, Anke Dankelmann abzuholen. Und wie es denn mit dem Mittagessen sei? Anke Dankelmann lächelte. Dass sich Willimowski um sie bemühte – sie musste es sich eingestehen, war ihr alles andere als lästig. Nur dass mit dem Mittagessen haute wirklich nicht hin, es war noch zu viel abzuarbeiten, sie wollte zudem auch noch einmal Helga Erdmann anrufen. Die war zum Glück auch da, und die beiden Frauen verabredeten sich erst für Samstag, dann aber, als Anke Dankelmann daran dachte, Willimowski könne eventuell mit ihr etwas vorhaben, erst für den Sonntagabend. Nachmittags musste sie nach Borken, soviel stand fest. Es war der 1. Juni, der Jahrestag des Grubenunglücks in Borken-Stolzenbach. Bei der Katastrophe im Jahr

1988 war ihr Onkel, der Zwillingsbruder ihres Vaters, ums Leben gekommen. Für die Familie war dieser Tag wichtiger als alle anderen Feiertage im Jahr zusammen. Anke Dankelmann würde daran nicht rütteln. Sie würde es sich auch nie verzeihen, ihren Vater, der sie abgöttisch liebte, an diesem Tag zu enttäuschen.

Auf der Fahrt nach Süsterfeld erzählte ihr Willimowski noch ein wenig von Vitali. Der sei halt ein Charmeur, sie solle bloß aufpassen, seiner Ausstrahlung nicht zu erliegen.

»Sie haben wohl Angst, dass er mit mir heute Abend ausgehen wird statt ich mit Ihnen, oder?« Dankelmann blickte Willimowski schelmisch an.

»Sind wir denn verabredet? Ich meine …«

»Gut, wenn Sie nicht wollen, mal schauen, ob Vitali Zeit hat. Ich wollte heute Abend zum Gedenkstein gehen, außerdem hat Strecker noch eine Nachricht für mich, könnte ja von Bedeutung sein.«

»Gut, ich habe eigentlich nichts vor.« – »Was würden Sie denn machen, wenn wir uns nicht treffen würden? Können Sie eigentlich Doppelkopf?«

»Naja, ich würde ein paar Akten abarbeiten daheim, irgendwas in der Glotze gucken und dann«, er holte tief Luft, sie fand es absolut süß, welche schüchterne Seele in diesem attraktiven Mann steckte, »würde ich an Sie denken und Sie anrufen.« Er atmete laut aus, schaute starr auf die Straße, gleich mussten sie von der Druseltalstraße nach links in die Eugen-Richter-Straße abbiegen. Wer war bloß Eugen Richter? Anke Dankelmann verwarf die Frage schnell. Sie lächelte ihn an und sagte: »Was haben Sie eigentlich für einen Spitznamen? Wie werden sie von Ihren Freunden genannt?«

»In der Schule haben sie mich wegen meines Vornamens immer Walli genannt, dann Geier-Walli, zuletzt, wie Schüler halt so sind, als wir dann englisch gelernt hatten, da hieß ich dann Vulture, wie Geier halt.«

»Und bei der Justiz, jetzt im Beruf?«

»Da nennt man mich in Fachkreisen The Brain.« Er grinste Anke Dankelmann an. Offensichtlich heilfroh, dass seine verbale Annäherung gelungen war. »Okay, Brain, dann mal ab zu Vitali. Weiß der von Ihrem neuen Künstlernamen?« Willimowski schaute leicht erschreckt. »Kein Wort zu Vitali. Sie werden schon sehen.« Sie bogen nach links in den Eiffelweg ein. Auf der linken Seite hielten sie vor einem Doppelhaus. Beide waren nachträglich verklinkert worden, eine Verschönerungsmaßnahme, die hier in dieser Siedlung offenbar Mode war. Willimowski hatte ihr erzählt, dass in der einen Hälfte Vitalis Eltern wohnten und in der anderen seine Schwester mit ihrer Familie. Irgendwie fand sie es schon wieder beinahe sympathisch, dass der gute Mann seiner Familie nicht irgendeine protzige Hütte irgendwo hingestellt hatte, sondern ihnen nur ein wenig Hilfestellung leistete, dort so zu wohnen, wo sie ein gesellschaftliches Umfeld hatten und wo sie nicht auffielen. Sie war gespannt.

Eine ältere, einfach gekleidete Frau öffnete nach dem Klingeln. »Valentin, schön dass du mal wieder Zeit hast, uns zu besuchen. Wer ist Frau? Freundin?«

»Nein, Elena, das ist Anke Dankelmann, eine, hm, Kollegin.«

»Kommt rein, Kollegin gehen vor.« Sie schob Anke Dankelmann in einen mit Möbeln und allerlei Plunder völlig überfrachteten Miniflur, hinter ihrem Rücken hörte sie die Russin flüstern: »Ist schöne Frau. Musst du kriegen.« Sie grinste und wunderte sich ein wenig, dass die beiden Deutsch miteinander sprachen. Offenbar sollte sie alles hören und verstehen.

Im genauso überfrachteten Wohnzimmer saßen zwei Männer. Ein älterer, vermutlich Vitalis Vater, und ein Mann in Willimowskis Alter. Der war braungebrannt, teuer gekleidet, hatte pechschwarze Haare und stechendblaue Augen. Als er Willimowski sah, sprang er auf. »Valentin, komm her, schön, dass du da bist.« Er umarmte den Staatsanwalt stürmisch, der darauf den Vater begrüßte, der im Sessel sitzenblieb. »Sie müssen Anke Dankelmann sein, oder?« Er gab ihr die Hand, seine blauen Augen waren gar nicht mehr so stechend, und ein leicht ironischer Zug umspielte seine Mundwinkel. »Das ist mein Vater«.

Anke Dankelmann begrüßte den alten Schewtsow.

»Ich weiß zwar, dass ihr im Dienst seid – aber du kennst das ja, Valentin, an einem Schluck kommt man nicht vorbei.« Schewtsows Mutter hatte zwei weitere Gläser vor den Vater gestellt, Wassergläser, wie Anke Dankelmann amüsiert bemerkte. Und der Alte kannte kein Pardon. Die Mutter war zurück in die Küche, die vier Gläser goss er randvoll mit Wodka und verteilte die Getränke. Willimowski schaute leidend in die Runde.

»Na denn, Nasdarowje!« rief Vitali, hob sein Glas und führte es zum Mund. Der alte Schewtsow kippte den Inhalt, ohne eine Miene zu verziehen, hinunter, Willimowski trank einen großen Schluck, und Anke Dankelmann vernichtete den Wodka auf ex. Der Alte schaute sie mit einem Lächeln an, Vitali meinte: »Donnerwetter. Sie sind ja eine von uns!« Anke Dankelmann merkte das wohlige Brennen des Schnapses. »Eine bescheidene Frage: Da ist ja kein Etikett drauf. Wieviel Prozent hat der denn?« – »Ich schlage vor, dass Valentin zurückfährt – Vater, dann ist aber Schluss.« Der Alte hatte die leeren Gläser längst wieder gefüllt, noch einmal dieselbe Prozedur mit Zuprosten und Wegexen – anschließend ging Vitali mit ihnen in ein Nebenzimmer. Anke Dankelmann riss ihre Sinne zusammen. Das Zeug musste mindestens 60 Prozent Alkohol haben. Sie nahm sich vor, den Mund zu halten und sich, wenn gefragt, auf eine möglichst deutliche Artikulation der Muttersprache zu konzentrieren.

»Valentin hat Ihnen sicher viel von mir erzählt. Gehen wir mal davon aus, dass das meiste richtig ist. Richtig ist auch, dass wir seit ewigen Zeiten befreundet sind – was angesichts der beruflichen Konstellation sicher nicht so einfach ist. Ich helfe ihm gelegentlich mit Informationen – nicht, um etwas bei ihm gut zu haben, sondern dann, wenn mir die Weitergabe der Informationen nützlich ist. Auf diese Art und Weise braucht er keine Schuldgefühle mir gegenüber zu haben – was gut für seinen Job und unsere Freundschaft ist.« Der Russe imponierte Anke Dankelmann, seine Augen waren auf eine unheimliche Art faszinierend. Jede Gemütsregung schien man darin ablesen zu können. Im Augenblick strahlten sie fröhlich, wenn er mit Willimowski sprach, drückten sie so etwas wie eine dauerhafte Zuneigung aus. Als er jetzt fortfuhr, nahmen sie wieder einen stechenden Ausdruck an. »Ich weiß in etwa, was ihr wollt, und ich habe mich mal umgehört. Ich kenne diesen Maurer von ein paar gesellschaftlichen Ereignissen her, ich habe ihn nie sonderlich gemocht. Der Typ hatte etwas Scheinheiliges, Hinterfotziges, keine Ahnung, wie ich das ausdrücken soll. Ich habe von einem Kollegen aus der Ukraine gehört, dass sich die Firma da auf ein paar lukrative Scheingeschäfte zur Geldwäsche eingelassen hat. Soweit ich aber auch erfahren habe, steckt hinter dem Mord keine russische oder ukrainische oder aserbaidshanische Initiative oder was auch immer. Der Mann wurde zwar umgebracht, als sei es eine Hinrichtung der Russenmafia – aber nach aller Wahrscheinlichkeit war es jemand anderes. Und somit gäbe es auch ein komplett anderes Motiv. Und wenn Sie jetzt nach meinem Motiv fragen, Frau Dankelmann – ach Quatsch, Sie sind eine Freundin meines allerbesten Freundes, nennen Sie mich bitte Vitali, wenn ich Anke sagen darf, okay? Keine Angst, das beschließen wir ohne weiteren Wodka.« Vitali lachte laut, nahm ihre Hand und deutete einen Handkuss an. Willimowski guckte säuerlich. So weit hatte er es bei der Kommissarin noch nicht gebracht. Dankelmanns Hirn schwappte leicht im Wodkasumpf hin und her, sie brachte immerhin ein diszipliniertes Nicken zustande. »Also, kurz gesagt, mein Motiv, euch das mitzuteilen. Erstens habe ich wenig davon, wenn Kassels Polizisten in den nächsten Wochen jeden halbwegs russisch aussehenden Menschen dieser Stadt des Mordes verdächtigen. Schlecht fürs Geschäft, ist ja klar. Zweitens: Die Schlägerei heute Nacht war eine Kriegserklärung an alle jugendlichen Deutschrussen in Kassel, das kann richtig ernst werden. Fangt die Burschen ein, sonst gibt es irgendwann Tote. Ich habe heute schon mit ein paar unserer Jungs gesprochen, die wollen Rache, und das werden wir nicht verhindern können. Aber dann ist Schluss, seht zu, dass ihr diese irren Deutschen an die Kette legt. Ich habe gehört, der junge Maurer steckt mit dahinter.« Er sah Anke Dankelmanns erstaunten Blick und zuckte die Schultern. »So ist es halt, meine Spione sitzen überall, selbst bei der Polizei. Aber du wirst nie meine Spionin werden, oder?« Wieder nahm er die Hand der Polizistin und deutete einen Handkuss an, Willimowski ärgerte sich, dass er zu wenig Wodka getrunken hatte. Dankelmann schaute auf die Uhr, sie musste dringend zurück in die Stadt, um 17 Uhr war Lagebesprechung, und sie wollte vorher noch im Stadtarchiv mit Strecker reden. Der Abschied war laut und herzlich, Schewtsows Mutter drückte Willimowski an sich und flüsterte ihm mit Seitenblick auf Anke Dankelmann etwas ins Ohr. Vitali küsste sie auf beide Wangen, und ein paar Minuten später fuhren sie schweigend in Richtung Innenstadt.

33

Willimowski guckte versteinert. »Habe ich eine Fahne?« fragte Anke Dankelmann und hauchte ihn an. »Wie Wodka halt so riecht, irgendwie nicht und irgendwie doch. Wird schon gehen.«
Anke Dankelmann hielt ihm die Hand hin. »Von Ihnen hätte ich viel lieber einen Handkuss. Keine Angst, Vitali hat die andere benutzt, die hier ist jungfräulich.« Sie kicherte leise. Willimowski lächelte, nahm die Hand und drückte ihr einen langen Kuss auf den Handrücken. »Die wasche ich heute nicht mehr«, sagte sie, lehnte sich zurück und schloss die Augen. Willimowski schüttelte den Kopf. Eben im Eiffelweg, da war er eifersüchtig geworden, als Vital seine Handkuss-Arie begann. Jetzt im Auto, als die Kommissarin neben ihm saß, wurde es ihm richtig deutlich, sein Herz ging auf, am liebsten hätte er sie angeschaut, andauernd. Er war verliebt.
»Ich habe mich in dich verliebt«, sagte er, als er an der Kreuzung Tischbeinstraße/Frankfurter Straße an einer roten Ampel anhielt. Anke Dankelmann behielt die Augen geschlossen und murmelte:

»Ich mich auch.« Dann kuschelte sie sich an den Holm der Tür und schien einzuschlafen. Willimowski grinste. Hoffentlich hatte sie eben von ihm geträumt. Am Stadtarchiv fand er einen Parkplatz, stellte den Motor aus und schaute einige lange Sekunden seine Beifahrerin an. Deren braunes Haar hatte sich ein wenig über ihre Wangen gelegt, sie atmete ruhig. Ihr wenig geschminktes Gesicht strahlte eine natürliche Schönheit aus, die Hände waren ineinander verschränkt, die Fingernägel waren kurz geschnitten und dezent lackiert. Er mochte alles an ihr und streichelte über ihren Arm. »He, aufwachen, wir sind am Stadtarchiv. Hallo!« Anke Dankelmann schlug die Augen auf, sie lächelte ihn an, setzte sich auf, löste den Gurt, beugte sich plötzlich zu ihm herüber, schlang die Arme um seinen Hals und schaute ihm in die Augen: »Ich hab nicht geschlafen, hab alles gehört und alles ernst gemeint, was ich gesagt habe. War ja nicht viel, oder? Komm bitte mit rein, ich brauche Zeugen.« Sie küsste ihn sanft auf die Lippen und amüsierte sich, dass der beherrschte Staatsanwalt tatsächlich rot im Gesicht wurde und komplett sprachlos war. Als sie ausgestiegen war, nahm sie ihn an der Hand, und sie schlenderten in Richtung Marstall. Willimowski war irritiert. Bisher waren seine Eroberungen immer irgendwie romantisch mit Kerzenlicht, Wein, Musik und einem guten Essen in einem Restaurant abgelaufen. Hier war er sicher, dass er nicht der Eroberer, sondern der Eroberte war. Und es war ihm auch noch recht. Er fühlte sich glücklich.

34

Im Stadtarchiv wurden sie von Strecker erwartet. Der sah wieder aus, wie ein Stadtarchivar eben aussah, von Mollenhauer aber keine Spur. Anke Dankelmann versuchte, die Wodkaschwaden aus ihrem Hirn zu pusten und konzentrierte sich auf den umständlichen Vortrag des Historikers. Willimowski saß stumm daneben, in Wahrheit hörte er gar nicht zu und versuchte, die letzten Minuten seit der Ankunft im Auto zu ordnen. Er war verliebt, klar. Aber ir-

gendwie war es anders als sonst. Anke Dankelmann hatte ihn überrollt, praktisch wie eine Lawine. Eine irre Frau, dachte er sich und schmunzelte, als er an Vitalis Mutter dachte. »Musst du küssen«, hatte sie zum Abschied gesagt. Von wegen. »Die wird dich küssen«, hätte sie besser sagen müssen.
Strecker hatte auf einem großen Tisch einige Bilder ausgebreitet, teilweise leicht vergilbte Abzüge, allesamt schwarz-weiß, daneben einen Stadtplan, der von Anfang der 50er Jahre stammte. Er erklärte gerade, dass er bei der Suche nach Bildern, die möglicherweise etwas zu tun haben könnten mit den im Hintergrund des Bildes, das sie bei Maurer im Tresor gefunden hatten, befindlichen Gelände- und Gebäudemerkmalen.
»Es war ja anfangs nur so eine Idee und ehrlich gesagt hatte ich mir vorher das Bildmaterial, das wir vom alten Bahnhof Wilhelmshöhe haben, nie so konzentriert angesehen. Die ersten Bilder zeigen auch eher nur freies Feld – überall dort stehen heute Mietshäuser. Ach, das Gelände war sowieso komplett anders. Durch den Neubau des ICE-Bahnhofs hat sich da alles völlig verändert. Wenn Sie mal nachdenken: Wissen Sie noch, wie das Bahnhofsgelände in den 80er Jahren ausgesehen hat?« Willimowski und Dankelmann dachten kurz nach und schüttelten den Kopf. Dankelmann war zu der Zeit kurz in Kassel gewesen, bevor sie zur Ausbildung nach Südhessen versetzt worden war. »Keine Ahnung«, sagte sie. Strecker zeigte ihnen nun Aufnahmen des alten Bahnhofs, Betontreppen, die von der Wilhelmshöher Allee zu den Bahnsteigen führten, ein Stadtteil-Bahnhof war das gewesen, nicht zu vergleichen mit dem heutigen Gelände, wo täglich tausende Reisende unterwegs waren. »Wir haben hier eine Handvoll Bilder aus noch früherer Zeit, eines hat uns ein Bürger der Stadt geschenkt. Das kommt häufiger vor, wenn die Erben nichts mit den Fotoalben anfangen können, dann geben sie die Bücher häufig uns, und wir checken die dann. Meist können wir nichts damit anfangen. Hier aber sehen Sie eine Aufnahme, die eigentlich so etwas wie eine Sensation ist. Zwei Herren, beide in Uniform, und auf der Rückseite

stehen handschriftlich sogar die Namen: Der rechte ist Franz Marmon, der Gestapochef von Kassel, der linke ist nicht zu erkennen, auch die Schrift auf der Rückseite ist verwischt. Mein Vorgänger hat das Bild gesichtet und behalten – es scheint die einzige Aufnahme von Marmon während seiner Zeit in Kassel zu sein, die privat erstellt wurde. Ich weiß gar nicht, warum das nicht unter Marmon archiviert war, sondern unter Bahnhof Wilhelmshöhe. Wie dem auch sei: Vergleichen sie mal die beiden Bilder.«

Dankelmann und Willimowski legten die beiden Aufnahmen nebeneinander. Marmon war deutlich zu erkennen – er war aber nicht identisch mit der Person, die offensichtlich das Hinrichtungskommando befehligte. Er sah eigentlich nicht unsympathisch aus – aber Dankelmann wusste, dass er ein Verbrecher gewesen war. Willimowski griff zur Lupe und schwenkte sie von einem Bild zum anderen. »Schau mal, sieht so aus, als seien die Gebäude da hinten identisch und vor allem dieser Baum hier. Auf dem neuen Bild trägt er zwar üppig Blätter, aber so ein Riesending allein an einer Bahnstrecke – das fällt schon auf.« Strecker nickte. »Ich habe mir das mehrmals genau angesehen, auch die Lage der Gebäude, die man hinten sieht, mit dem Plan hier verglichen. Die Aufnahme muss direkt am Bahnhof Wilhelmshöhe entstanden sein, da, wo heute das Penta-Hotel steht. Tja, Herr Willimowski, Frau Dankelmann, es sieht so aus, als hätten Sie eine Aufnahme der Hinrichtung der Zwangsarbeiter am 31. März 1945 in die Finger bekommen. Was machen Sie jetzt mit dieser Erkenntnis?«

»Vielen Dank, Herr Strecker, Sie haben uns ungemein geholfen. Aber wir können Ihnen, ehrlich gesagt, nicht viel mitteilen. Wir stecken mitten in den Ermittlungen,« Willimowski stupste Dankelmann an und gab Strecker die Hand. »Frau Dankelmann muss ins Präsidium, ich ins Gericht – wenn wir Fragen haben, rufen wir Sie an, okay?« Strecker gab beiden die Hand. Er war sichtlich stolz über seinen Fund. »Und wenn ich Ihnen sagen kann, was diese Entdeckung bedeutet, sage ich Ihnen ganz bestimmt Bescheid«, fügte Dankelmann hinzu.

35

Draußen war mittlerweile strahlend blauer Himmel. Sie standen sich ein wenig unschlüssig auf dem kleinen Parkplatz vor dem Stadtarchiv gegenüber. »Was machen wir jetzt mit unserer Erkenntnis?« fragte Willimowski. »Dass wir uns ineinander verknallt haben?« sagte Dankelmann und legte die Arme um ihren etwas schüchternen Staatsanwalt. »Das auch«, sagte der, umarmte die Kommissarin, legte seinen Kopf über ihre Schulter und drückte sie fest an sich. Einen Moment vergaßen sie die Welt.

»Wie lange gibt es eigentlich diese Firma Gottlöber und Sohn?« fragte Dankelmann plötzlich unvermittelt. »Wieso?« – »Naja: Wieso hat Maurer ein Bild aus dem Jahr 1945 im Tresor, in dem sonst nur Geschäftsunterlagen und Pässe für seine Reisen liegen. Der wird das Bild doch aus einem bestimmten Grund da deponiert haben. Erst wussten wir nicht, was das für ein Bild war. Nun wissen wir es. Jetzt müssen wir fragen, von wem es stammt, wer der Chef des Hinrichtungskommandos ist und warum, vor allem, Maurer dieses Bild aufgehoben hat. Kommst du heute Abend mit zu dem Gedenkstein?«

»Ja. Ich fahre dich jetzt ins Präsidium, und wir treffen uns dann da, okay? Oder besser: Wir treffen uns um 19 Uhr am Meeting-Point im Bahnhof und laufen dann rüber.« – »Und dann?« – »Dann gehen wir was essen.« – »Und dann?« – »Dann trinken wir auch was.« – »Und dann?«

Willimowski lachte. »Steig ein!«

Sie kam zu spät zur Abendlage, allerdings nur ein paar Minuten. Am Schluss trug sie ihre neuen Erkenntnisse vor, weitgehend unbeachtet. Selbst ihr Kollege Bernd Stengel, der viel von ihren Intuitionen hielt, war diesmal der Ansicht, sie sei auf dem Holzweg. »Weiß eigentlich irgend jemand, wie alt diese Firma ist und seit wann Maurer die hat?« fragte sie in die Runde. Friedrich Hauer blickte auf. »Du lässt nicht locker, oder?« sagte er und grinste. »Ich maile dir das alles gleich zu, hab die Unterlagen im Büro.«

An ihrem Schreibtisch angekommen, fragte sie Stengel nach den Fakten, die sie verpasst hatte. Albert Menzel hatte sich bemüht, ein Visum für die Ukraine zu bekommen und dort mit den Kollegen recherchieren zu dürfen. Er war optimistisch, weil ein Cousin seiner Mutter im Innenministerium eine nicht ganz unwichtige Stellung hatte. Die Durchsuchungen in Stuttgart bei Scheuble waren für Montag angesetzt, die Kollegen in Baden-Württemberg würden das erledigen. Für die Nacht waren verstärkte Streifeneinsätze in Helleböhn geplant – falls es dort wieder zu Auseinandersetzungen zwischen den Banden kommen sollte. Dankelmann wollte gerade den Computer runterfahren, als der Eingang einer Mail aufblinkte. Beinahe hätte sie vergessen, dass der Kollege Hauer noch ein paar Infos senden wollte.

»Gottlöber und Sohn, gegründet 1899 als Baufirma in der Kunoldstraße in Wilhelmshöhe, von Eginhard Gottlöber, Ingenieur, betrieb den Laden später mit seinem Schwiegersohn Gisbert Wacker, geboren 1913, er hatte nur ein Kind, eine Tochter. Der alte Gottlöber starb vor dem Krieg, am 22. September 1936, in Kassel. Sein Schwiegersohn führte das Unternehmen bis in die 60er Jahre, 1965 verkaufte er die Firma, die mittlerweile in der Nordstadt ansässig war, an Maurer. Gisbert Wacker starb 1976 in einer Suchtklinik in Schwenningen.«

»Lies das mal«, sagte sie zu Stengel. Der sah sich die Mail an. »Hmm. Und?« – »Wieso stirbt der in einer Suchtklinik? Und wieso verkauft der an Maurer?«

»Fragen über Fragen, meine Liebe, auf die wir heute keine Antworten mehr finden. Wenn du mich fragst: ich fahre jetzt nach Hause, mähe meinen Rasen ...«

»Dann trinkst du deine Erdbeermilch, blätterst ein wenig im Goldenen Blatt, und deine Frau weckt dich dann heute Nacht vor dem Fernseher. So viel Aufregung ...«

»Wie kommst du eigentlich auf das Goldene Blatt?«

»Wieso? Stimmt der Rest? Siehste!« Sie nahm ihre Handtasche und verschloss den Schreibtisch, stand auf und ging Richtung Tür.

»Das Goldene Blatt? Das ist das einzige Sudoku, das du lösen kannst«, rief sie Stengel zu und schloss schnell die Tür hinter sich. Sie hörte im Flur noch, wie ein Gegenstand gegen die Tür flog. »Dann stimmt das also auch noch«, dachte sie sich und eilte in Richtung Parkplatz. Viel Zeit bis zum Rendezvous blieb ihr nicht mehr.

36

Daheim im Kirchweg war noch Zeit, kurz den Kühlschrank zu sichten, ein paar Wurst- und Käsereste, bei denen sie nicht sicher war, ob sie noch genießbar waren, wegzuwerfen und eine Einkaufsliste für den nächsten Tag anzulegen. Egal, was heute noch passierte: Sie musste früh aufstehen, ein paar Dinge fürs Wochenende einkaufen und dann nach Borken fahren. Der 1. Juni war Familientag, kein angenehmer, aber Weihnachten konnte schließlich jeder in Familie machen. Eine kurze Dusche, Kleidungswechsel, leichtes Make-up, ein Spritzer Parfüm – und sie hatte dieses merkwürdige Gefühl von Aufgeregtheit und Sicherheit im Bauch. Aufgeregtheit, weil sich nach ewig langen Zeiten mal wieder irgend etwas Vernünftiges mit einem Mann anzubahnen schien. In den vergangenen Monaten hatte es immer nur Abenteuer gegeben – mehr hatte sie auch nicht gewollt, mit Blick auf den Job und mit Blick auf die Unabhängigkeit, an der ihr eigentlich so viel lag. Aber manchmal war dieses Leben mit Sex nach Bedarf auch anstrengend. Sie dachte mit Schrecken an einen Urlaub in einer Ferienanlage in Griechenland auf dem Peloponnes, als sie genau wie die anderen als Singles angereisten Frauen eigentlich von der Ankunft an nur belagert gewesen waren. Keine Viertelstunde auf einer Liege am Strand konnte man ungestört verbringen, irgendeiner kam immer angetrabt. Dabei hatte sie nur rumgammeln wollen in der Sonne, schwimmen im Meer, joggen am Strand und lesen, lesen, lesen. Sie war froh, als sie diese Woche hinter sich gebracht hatte. Und verspürte dann doch irgendwann das Gefühl, es mal wieder dauerhaft mit einem versuchen zu können.

Nun also Valentin Willimowski. Der Staatsanwalt mit dem Ruf, ein exzellenter Experte im Wirtschaftsstrafrecht zu sein. Eigentlich mit dem Image des knallharten und eiskalten Hundes versehen. Und sie hatte ihn als schüchternen, beinahe schuljungenhaften Kollegen erlebt, einen, den man erobern musste. Das passte ihr, denn eigentlich hatte sie lieber gern selbst die Fäden in der Hand. Und hatte bei Willimowski dennoch das Gefühl, sich irgendwann auch anlehnen zu können. Am Kirchweg stieg sie in die Straßenbahn zum Bahnhof Wilhelmshöhe. Es waren nur drei Stationen, doch die Folgen des mittäglichen Wodkas machten sie müde. Sie hatte das Gefühl, kurz einzuschlafen, am Bahnhof war sie jedoch hellwach – manchmal reichten ein paar Augenblicke, um ein paar Stunden Schlaf zu ersetzen. Sie schlenderte in Richtung Bahnhofshalle, zwei Minuten zu spät war sie dran, Willimowski entdeckte sie gleich am Treffpunkt mitten im Bahnhof. Als er sie sah, blinkten seine Augen auf, das Lächeln reichte von einem Ohr zum andern. Sie ging auf ihn zu, blieb vor ihm stehen, irgendwie packte er es nicht, sie in den Arm zu nehmen. Sie schlang die Arme um seinen Hals und drückte ihm einen Kuss auf die Nase. »Habe ich noch eine Fahne?« fragte sie. »Nein, und ich?«

»Wieso du?« Sie sah ihn fragend an. »In der Justiz hat der Kollege Matischak seinen Einstand gegeben, das ist der Neue bei uns in der Wirtschaft. Um zwei Glas Sekt kam ich nicht rum ...«

»Zwei?« – »Drei ...« – »Drei?« – »Drei.« – »Ehrlich?« – »Und wenn nicht?« – »Dann nehme ich den Kuss zurück.« – »Drei!«

»Okay. Lass uns gehen.« Sie schlenderten in Richtung Ausgang und gingen dann am westlichen Rand des Bahnhofs entlang. Anke Dankelmann blieb stehen, und gemeinsam blickten sie über das Bahnhofsgelände. Sie holte einen Abzug des Bildes aus der Tasche, es gab keine Anhaltspunkte mehr, die darauf hinweisen könnten, dass dies dasselbe Gelände wie auf dem Bild sein könnte. Ein paar Meter südlich des Penta-Hotels stand, über einen kurzen Weg auf dem Rasen zugänglich, ein Gedenkstein. Er erinnerte an den 31. März 1945, an die 79 Italiener und den einen Russen, die hier erschossen worden waren. Die Vornamen waren abgekürzt, die Familiennamen ausgeschrieben, von zehn der Hingerichteten gab es keine Namen.

»Ist das nicht eine furchtbare Geschichte?« sagte Willimowski. »Ich habe das im Internet noch einmal nachgelesen. Vier Tage später waren die Amerikaner in Kassel, und der Krieg war vorbei. Die hätten dann irgendwann alle nach Hause gekonnt. Und dann das.«

Anke Dankelmann studierte die Namen der Männer. Die Angehörigen derjenigen, deren Namen bekannt waren, sind doch wohl hoffentlich verständigt worden, dachte sie. Sie spürte einen unendlich dicken Kloß in der Magengrube und einen Zorn auf diejenigen, die den Befehl gegeben, aber auch auf die, die geschossen hatten. Das waren die Momente, in denen sie froh war, Polizistin geworden zu sein. Was wohl die Familien derer, deren Namen man nicht ermittelt hatte, in all den Jahren gemacht hatten? Immer gehofft und gebangt, auch noch nach Jahrzehnten? Niemals hatten sie Gewissheit und die Eltern vermutlich bis zum eigenen Ende immer einen Restfunken von Hoffnung. Sie hätte sich gern hingesetzt, doch da war keine Bank. Also hockte sie sich ins Gras, immer noch das Bild in der Hand. F. Capellani, stand da. Wer das wohl gewesen war? Wie lautete sein Vorname? Sie beschloss, ihn Filippo zu nennen. Was warst du für ein Mensch, Filippo?

37

»Francesco Capellani.« Der Mann in dieser unfreundlichen Behörde in Castellione della Pescara hatte ihn nach seinem Namen gefragt. Francesco Capellani hatte mit brüchiger Stimme geantwortet. Das Ganze kam ihm so widersinnig vor. Mussolini war längst gestürzt, und es erschien ihm wie seinen Kameraden als das Logischste auf der Welt, dass man nun auch nicht mehr verpflichtet war, den Krieg fortzusetzen. Doch die Deutschen bestanden darauf, wollten, dass die Italiener an ihrer Seite weiter gegen die vorrückenden Amerikaner kämpften. Francesco hatte sich geweigert, er war froh, noch am Leben zu sein, und nun sollten sie zur

Strafe nach Deutschland geschickt werden. Man hatte sie entwaffnet, ihnen erklärt, sie seien jetzt Kriegsgefangene. Sie hatten keine Erlaubnis, ihren Angehörigen zu schreiben. Capellani brach es das Herz: Sein Elternhaus war etwa fünf Kilometer Luftlinie von hier, seine Eltern, seine Großmutter und seine drei Schwestern wohnten auf dem Hof, auf dem sein Vater Tomaten und Oliven anbaute. Wie konnte er sie wissen lassen, dass man ihn nach Deutschland schaffen würde? Er hatte Angst. Eigentlich hatte er, seit sie ihn eingezogen hatten, nur noch Angst gehabt. Als er wieder in der Unterkunft war, den Sonnenuntergang über dem Meer beobachtete, hatte er Tränen in den Augen. Er sah die Bilder seiner drei Schwestern vor seinen Augen. Alle drei jünger als er. Monika, die älteste Schwester, war 19, zwei Jahre jünger als er. Raffaela war 14, und Gabriella, seine heiß geliebte kleinste Schwester, gerade 11. Er hatte keine persönlichen Dinge mehr, man hatte sie ihm abgenommen. Aber seine Erinnerung konnten sie ihm nicht nehmen. Er sah Gabriella zum Greifen nah vor seinem Auge und konnte die Tränen nicht mehr zurückhalten. Am nächsten Morgen um sechs Uhr verließ ein Zug mit 600 italienischen Zwangsarbeitern die Toskana in Richtung Norden. Die Reise war endlos. Es war November, es war bitterkalt, und als sie endlich, endlich nach ungezählten Stunden ausstiegen, waren sie in einer Stadt, von der sie noch nie gehört hatten. Bebra. Es lag Schnee, auf dem zum Teil zerstörten Bahnhof standen Dutzende von Zügen. Sie mussten umsteigen. Wenige Stunden später waren sie in Trutzhain. Auch hier lag Schnee. Und als sie den Stacheldrahtzaun sahen, wussten sie, dass die Deutschen es ernstgemeint hatten: Sie waren Kriegsgefangene.

38

Anke Dankelmann schaute Willimowski an. »Was denkst du?« fragte er sie. Sie erzählte ihm, wie ihre Gedanken abgeschweift waren. Und dass sie heute mit Blick auf den morgigen Tag ohnehin ein wenig labil war. Wegen dieses 1. Juni, dem Jahrestag des Grubenunglücks in Borken-Stolzenbach 1988, als ihr Onkel, der Zwillingsbruder ihres Vaters, unter Tage geblieben war.

»Seine Leiche wurde nie geborgen, es gibt kein Grab, weißt du, das ist für meinen Vater und für uns auch das Schlimmste. Und ich musste eben daran denken, dass die Angehörigen dieser Italiener, deren Namen man nicht kennt, ja auch keinen Ort haben, kein Grab, an dem sie trauern können.«

Willimowski nickte und streichelte über ihren Arm. Als ob er meine Gedanken lesen kann, dachte sie. Andere hätten jetzt versucht, den Arm um mich zu legen. Aber ich will nicht in den Arm genommen werden. Ich will nur das Gefühl haben, dass jemand da ist und mit mir fühlt. Es ging ihr gleich besser.

»Die werden sich ihre Nischen zum Trauern, zum Drandenken geschaffen haben. Aber eines ist sicher richtig: Wenn man jemandem im Grab weiß, dann weiß man wenigstens, wie es geendet hat. Selbst wenn es ein schlimmes Ende war wie hier. Aber wenn man gar nichts weiß, wird das Drandenken noch grausamer. Glaube ich. Erfahren will ich es nie. Komm, wenn du morgen nach Borken musst, dann lass uns jetzt los, wir können gern irgendwann noch einmal herkommen. Ich kenne dich zwar kaum, aber ich ahne, dass du noch einmal hierher kommen musst, oder? Und eigentlich willst du ja nicht nur Gerechtigkeit in unserem Mordfall. In Wahrheit willst du noch viel mehr diese Mörder von 1945 schnappen, oder?«

Dankelmann schaute auf. Sie schüttelte den Kopf ganz leicht und lächelte. »Ein echter Gedankenleser«, murmelte sie und stand auf. Wind war aufgekommen, ein kühler Wind. Passend zu dieser eisigen Geschichte. Sie fuhren mit Willimowskis Auto in die Stadt. Im »Postillion«, einem Restaurant im früheren Pressehaus gegenüber dem Hessischen Landesmuseum, aßen sie jeder einen Salat, tranken ein Bier und vergaßen bald das Bild und seine Geschichte. Anke Dankelmann wusste ohnehin, dass sie das alles bald wieder einholen würde.

Sie hatten über so unendlich viel gesprochen. Beinahe leichtfüßig hatten sie sich durch die persönlichen Themen bewegt, unbeschwert und aufmerksam, zuhörend und nachdenkend, hatten alles aufgesaugt, was der andere von sich preisgab. Willimowski, der

Junge aus einfachen Verhältnissen, mittlerweile ohne Eltern, als Einzelkind aufgewachsen und so eine Mischung aus vielen Talenten, ohne eines so vollkommen entwickelt zu haben. Er hatte einmal Klavier gespielt, hatte beim Fußball durchaus erfolgreich in der Jugend gespielt. Und als er, herumdrucksend wie ein Schuljunge, immer mit einem prüfenden Blick in Anke Dankelmanns Augen, von seiner gescheiterten Ehe erzählte, von der Scheidung vor einem Jahr nach einer unendlich langen Zeit partnerschaftlichen Krieges mit all seinen Facetten – da hatte sie so eine komische Mischung aus Eifersucht, Mitleid und Zuneigung empfunden. Dieser Abend irritierte sie immens. Zuviel Harmonie machte sie immer misstrauisch, das Gefühl, dass Menschen zueinander passen könnten wie die beiden Teile eines Waffeleisens – bisher hatten Berufs- und Lebenserfahrung immer gesagt, dass dies so gut wie unmöglich sei. Aber eben auch nicht völlig unmöglich. Sie war auf gutem Weg, dies einzusehen.
Der Abend endete vor ihrer Haustür. »Wann bist du morgen aus Borken zurück?«
»Ich weiß noch nicht, hängt von meinen Eltern ab. Wenn es ganz krumm läuft, dann bleibe ich über Nacht. Aber das geht wirklich vor.« Er nickte. »Okay. Morgen oder übermorgen halt. Komm zu mir. Ich versuche, mal was zu kochen, okay?« Sie stieg aus, winkte ihm kurz nach und stieg die Treppen zu ihrer Wohnung hoch. Sie schloss die Wohnungstür hinter sich ab, holte sich ein Glas Rotwein und setzte sich auf ihren Lieblingssessel am Fenster. Sie mochte diese Perspektive: Wegen des Fensterbretts konnte sie nicht nach unten auf die Straße sehen. Sie sah, beinahe wie im Job, die Halbwelt. Die Häuser an der Wilhelmhöher Allee waren etwa von der Mitte ab zu sehen, eine, von an- und ausgehendem Licht in den Zimmern abgesehen, beinahe unbewegliche Welt – während man von unten die Geräusche der Straßen hörte. Sie schaute nach oben, sah einen sternenklaren Himmel und freute sich mal wieder daran, dass sie aus ihrer Wohnung den weitesten Fernblick in ganz Kassel hatte. Nach oben halt.

Nachts wachte sie auf, sie hatte ein nasses Gefühl auf dem rechten Oberschenkel. Wieder einmal war sie im Sessel eingeschlafen. Wieder einmal war das Glas auf ihrem Schoss umgekippt. Nur dass es diesmal voll gewesen war. Mit Salz bekämpfte sie den Rotweinflecken, schlüpfte im T-Shirt unter die Bettdecke und schlief sofort wieder ein.

39

Nach dem Einkaufen am Morgen telefonierte sie noch mit Bernd Stengel. Nachts hatte es keine Auseinandersetzungen gegeben, die Jugendlichen waren ruhiggeblieben. Das war gut, aber nicht endgültig beruhigend.
Im Mordfall selbst gab es nichts Neues, die endlosen Protokolle der Befragungen rund um den Tatort wurden ausgewertet, die Berichte der Spurensicherung von den Hausdurchsuchungen bei Erdmann und Maurer lagen vor. Für die Kollegen, die diesen Job erledigen mussten, war das der blanke Horror. Man ahnte, dass da nichts bei rumkommen würde, denn sonst wäre es schon in den Sitzungen zur Sprache gekommen. Und dennoch musste man aufmerksam Zeile für Zeile durchkämmen.
»Ich rätsele immer noch, warum Erdmann und Maurer sich in Kassel getroffen haben – und warum Maurer dann gleich wieder nach Stuttgart abgedampft ist. Wenn Maurer keine anderen Vertrauten in der Zeit gesprochen hat, dann wäre Erdmann vermutlich der einzige gewesen, der etwas über seinen Gemütszustand hätte aussagen können. Die Mitarbeiter bei Scheuble in Stuttgart, wo er in den Tagen ja häufiger aufgekreuzt ist, sagen übereinstimmend, er sei ganz normal gewesen. Genauso wenig herzlich wie immer – aber auch nicht richtig unfreundlich, halt rein geschäftsmäßig unterwegs. So kannten sie ihn ohnehin.«
»Weißt du Bernd, den Inhalt dieses Gesprächs im Steakhaus werden wir nie erfahren. Die Wahrscheinlichkeit, dass Vitali was rauskriegt, ist wesentlich größer.«

»Wer ist denn Vitali?« Stengel klang überrascht – und Anke Dankelmann bekam einen panischen Schrecken. Sie hatte sich verplappert. »Wieso Vitali?« Sie zündete erst einmal eine Nebelkerze, um Zeit zu gewinnen. »Du hast eben von Vitali gesprochen, wer ist das?« – »Ich meinte Valentin. Valentin Willimowski, tut mir leid, hab da am frühen Morgen im Namensteil meines Hirns irgendwie ein Knäuel, sorry.«

»Soso, Valentin. Aha. Gut, vielleicht kriegt der was raus. Ganz bestimmt. Ist er noch in der Nähe?« – »Ich liebe dich, mein Lieblings-Kollege. In deinem Alter sollte man lieber jeden Morgen in die HNA schauen, ob der eigene Name nicht drin steht. Mit schwarzem Rand.«

»Habe ich schon. Lädst du mich zur Hochzeit ein?«

Sie unterbrach die Verbindung. Nun war die Sache mit Willimowski zwar raus, Stengel würde aber sicher die Klappe halten. Und die Spur zu Vitali war erst einmal verwischt. Sie packte den kleinen Einkauf in Speisekammer und Kühlschrank und startete Richtung Borken. Die A 49 war frei – und wie immer erfassten sie absolut heimatliche Gefühle, wenn sie sich Fritzlar näherte, der Stadt, in der sie Abitur gemacht hatte, und dann Richtung Borken fuhr. Als sie die Tür zum Elternhaus aufschließen wollte, machte ihr Vater auf. »He, Papa, wie geht es dir?« fragte sie besorgt.

»Aufhören wird das nie. Aber es wird jedes Jahr ein bisschen besser. Oder zumindest anders«, antwortete er. Sie schaute ihn liebevoll und mitfühlend an. Er schien auf sie gewartet zu haben, brauchte seine Tochter, um die Last des Tages, die Bürde der Erinnerung besser meistern zu können.

So war das halt: Irgendwann drehten sich die Verhältnisse, dachte sie. Irgendwann musste man anfangen, für die Eltern da zu sein. Irgendwann war man in der Situation, zurückzahlen zu müssen. Das war eine schleichende Veränderung. Die Pflichten wurden mit jedem Jahr ein wenig mehr. Es machte ihr nichts aus. Sie war bereit dazu. Sie hatte ihren Eltern unendlich viel zu verdanken. Da war das Rückzahlen nur recht und billig.

Es war schon später Nachmittag, als sie das Elternhaus verließ, um noch eine Runde durch ihre alte Stadt zu drehen. Sie waren an der Grube gewesen, hatten die Gedenkstätte in Stolzenbach besucht, Johanna, die Frau ihres Onkels, und ihre beiden Cousins Robert und Roland waren ebenfalls da gewesen. Zur Familie ihres verstorbenen Onkels hatte sie wenig Kontakt – und an diesem Gedenktag war dennoch etwas zwischen ihnen, das sie zusammenschweißte: das Grubenunglück vor 20 Jahren, bei dem über 50 Bergleute gestorben waren – darunter ihr Onkel.
Ihr Vater hatte erstmals nicht geweint um seinen Zwillingsbruder, als hätte er ein Stück auch mit seinem Leben abgeschlossen. Es hatte sie sehr beeindruckt und nachdenklich gestimmt. Nun marschierte sie durch ihren alten Kiez – wenn man in Borken überhaupt von einem Kiez sprechen konnte. Ihre alte Grundschule, für den Kindergarten hatte das Geld nicht gereicht für sie und ihren Bruder, der nur noch selten in Borken aufkreuzte. Komisch, die Welt, die einem als Kind so riesig erschienen war, sie war in Wirklichkeit winzig klein und überschaubar gewesen. Was Valentin wohl davon halten würde? Er drängte sich in ihre Borkener Gegenwart unaufdringlich, wie er wirklich war, hinein. Sie musste lächeln. Wenn er mich schon in Borken verfolgt, dann hat es mich wohl ziemlich erwischt.

40

Nach dem Abendessen mit Tee, Aufschnitt, Tomaten und viel zu trockenem Brot machte sie sich auf den Heimweg. Es war noch hell, und auf der Autobahn hatte man Richtung Westen einen wunderbaren Blick auf die Silhouette Fritzlars. Der majestätische Dom war aus der Entfernung klar zu erkennen. Diese Region war zum niederknien schön. Nur machte man sich das viel zu selten bewusst. In Kassel überlegte sie, ob sie Willimowski anrufen sollte, es war 22 Uhr. Ihr Blick fiel auf das Bild vom Bahnhof Wilhelmshöhe, das auf dem Tisch im Wohnzimmer auf einer alten Fernsehzeitschrift

lag. Ein Gedanke schoss ihr plötzlich durch den Kopf. Sie ging zum Computer, fuhr den Rechner hoch und googelte sich durch die Kasseler Geschichte des Dritten Reiches. Sie hatte irgendwo einmal über diese Hinrichtungen Details gelesen, erinnerte sich aber an die Website nicht mehr. Sie entdeckte eine Ausarbeitung des Historikers Günter Rummel, da fand sie die Stelle. Es war von einem Kriminalsekretär W. die Rede, der das Erschießungskommando geleitet hatte. Wie hieß der frühere Besitzer der Baufirma Gottlöber und Sohn noch einmal?
Sie rief Willimowski an, der sich hörbar darüber freute. Sie erzählte ihm von Borken und erklärte ihm dann, was sie in den vergangenen 30 Minuten umgetrieben hatte.
»Dann rufst du also nur an, weil du mein Gedächtnis brauchst?« Willimowski klang enttäuscht. Sie hatte es befürchtet.
»Komm, sei nicht so, ich habe vorhin überlegt, ob ich dich anrufen soll und habe es dann doch nicht gemacht. Zunächst. Ach Mist, alles was ich jetzt sage, kann doch nur Müll sein. Lieber Valentin Willimowski, ich habe mich ziemlich in dich verknallt und dazu gehört dann eben auch, dass ich dein Gedächtnis brauche. Was ist nun, hilfst du mir?«
»Nur, wenn ich noch auf ein Glas Wein vorbeikommen darf.«
»Erpresser. Dann rufe ich eben Bernd Stengel an – nein, nicht auflegen, ist schon gut, du kannst kommen. Den Wein musst du aber mitbringen. Und, Valentin?«
»Ja?«
»Bringst du mir von der Tanke ein Weizenbier in Dosen mit – oder besser zwei?«
»Wird gemacht.« Er legte auf.
Sie schaute den Hörer an. Irgend etwas stimmte nicht. Natürlich … Sie hatte vergessen, ihn nach dem Namen zu fragen. Okay, das musste jetzt warten.
Valentin Willimowski kam schwer bepackt im Kirchweg an. Wein, Bier, Eis, Knabberzeug, Haribo-Tüten mit Lakritzschnecken und Weingummi, ein Glas saure Gurken.

»Glaubst du, ich bin schwanger?« fragte sie ihn entgeistert. Er wurde knallrot. Sie trank eine Dose Weizenbier praktisch auf ex – Willimowski beobachtete das Ganze mit staunenden Augen. Dann setzten sie sich gemeinsam an den Computer. Gisbert Wacker hieß der Mann, richtig. Und sie fanden praktisch nichts über ihn im Netz. Sie nahm sich vor, in den nächsten Tagen diesen Günter Rummel anzurufen, der schien mittlerweile Leiter der Gedenkstätte Breitenau in Guxhagen zu sein. Der würde ihr sagen können, wer sich hinter dem Initial W. verbarg. Nach dem zweiten Weizenbier schaltete sie den Computer aus, setzte sich Willimowski auf den Schoß und knöpfte sein Hemd auf.
»Ich glaube, ich habe heute meinen Eisprung«, flüsterte sie ihm ins Ohr. Schaute ihm danach in die fragenden Augen. »Dann bin ich immer besonders kuschelig.« Seine Hände betasteten vorsichtig ihren Körper. Als würden sie zum ersten Mal eine Frau berühren. Schoben sich unter ihr T-Shirt, strichen zart über ihre im Spitzen-BH gefangenen Brüste.
»Muss ich, müssen wir ...«, die Frage musste kommen, wenn sie auch erotisch war wie ein Kübel Eiswürfel im Slip. »Hast du es noch nie klappern gehört, wenn ich laufe?« Er schaute irritiert.
»Ich hab ne Spirale ...« Er guckte verdutzt, lachte dann laut und griff nun beherzter zu. Das T-Shirt flog in die Ecke, der BH hinterher. Donnerwetter, den hatte er mit einer Hand aufgekriegt. Doch ein Experte, dachte sie zufrieden.
Am nächsten Morgen wachte sie von einem fröhlichen Summen aus dem Bad auf. Neben dem Bett standen die Weizenbierdosen, die Bettdecke lag neben ihr, und sie hatte nichts an. Das musste sich nicht sofort ändern, aber aus irgendwelchen Gründen dachte sie in diesem Augenblick an Günter Rummel, den Herrn W. und daran, wie sie ihren Lover davon überzeugen konnte, heute eine Ausflugsfahrt mit ihr nach Breitenau zu machen. Sie zog die Bettdecke über sich und sah vor ihrem geistigen Auge wieder einmal diese Szene am Bahnhof. Ob dieser Richter etwas wusste von Filippo Capellani?

41

»Francesco, hast du gehört? Die Amerikaner sollen nicht mehr weit weg sein. Vielleicht sind wir in ein paar Tagen schon frei und auf dem Weg nach Hause.« Giacomo, ein anderer italienischer Zwangsarbeiter, kam aufgeregt in den Waggon ihres Zuges geklettert. Francesco war plötzlich aufgeregt, auch die anderen Zwangsarbeiter waren von ihren Lagern aufgesprungen. Die letzten Tage, die sie mit ihrem Gleisbauzug im Süden von Kassel eingesetzt waren, hatte man immer schon einmal, je nachdem wie der Wind stand, so etwas wie Geschützgrollen gehört. Irgendwo wurde gekämpft und die hektische Betriebsamkeit in der Stadt hatte noch mehr zugenommen. Seit eineinhalb Jahren waren sie jetzt in Kassel, nach der verheerenden Bombennacht des 22. Oktober 1943, als die Alliierten-Bomber die komplette Innenstadt in Schutt und Asche gelegt und 10000 Menschen auf einen Schlag getötet hatten, mussten die Zwangsarbeiter beim Aufräumen helfen. Immer wieder hatte es neue Bombenangriffe gegeben, wenn auch nicht in dem Ausmaß der Todesnacht vom Oktober. Francesco und Giacomo hatten sich in Trutzhain angefreundet, wo sie nur kurze Zeit geblieben waren, denn Bedarf an männlichen Arbeitskräften herrschte überall im Reich. Zum Glück waren sie zusammen nach Kassel gebracht worden, konnten sich so gegenseitig stützen in den Phasen, in denen sie glaubten, dass es nicht mehr weitergehen würde. Ausgehungert waren sie, kaum noch in der Lage, große Lasten zu schleppen, und nur die Hoffnung auf ein baldiges Kriegsende hielt sie senkrecht. Sie diskutierten nun die Lage in ihrem fensterlosen Waggon, als sie plötzlich Geschützdonner in nicht allzu großer Entfernung hörten. Giacomo hatte seine Nachricht bei den Deutschen aufgeschnappt, die in ihren wesentlich besser ausgestatteten Wagen saßen und Karten spielten. Irgendwo, nicht weit entfernt, schlugen Granaten ein, und die Deutschen wurden plötzlich aktiv. Die Waggons der Zwangsarbeiter wurden verschlossen, wenig später setzte sich der Zug in Bewegung. Sie fuhren in nördliche Richtung, vermutlich zurück nach Kassel. »Was ist, wenn uns jetzt die Granaten treffen?« fragte einer der Zwangsarbeiter ängstlich. »Dann hast du keinen Hunger mehr«, entgegnete Francesco. Ein Witz, über den niemand

mehr lachen konnte. Schweigend saßen sie in ihrem Waggon und lauschten nach draußen. Die Front konnte nicht mehr weit weg sein, der Geschützdonner wurde leiser. Einige im Zug beteten und bekreuzigten sich. Francesco dachte an seine Geschwister. In Italien wurde schon lange nicht mehr gekämpft. Frieden – und dann nach Hause. Er schaute sich um im Dunkel des Waggons, sah die verhärmten Gestalten seiner Leidensgenossen und schüttelte sich in Gedanken einmal richtig durch. Wenn er seine Familie wiedersehen wollte, musste er selbst erst einmal überleben. Und er spürte wieder dieses lähmende Hungergefühl. Wie lange hatten sie jetzt nichts zu essen bekommen?

42

Als Willimowski aus dem Bad kam, sah es einen Moment so aus, als würde der Morgen da seine Fortsetzung finden, wo die Nacht geendet hatte. Denn natürlich hatte sie vor lauter Nachdenken noch nichts angezogen, was für einen Anblick sorgte, den Willimowski offensichtlich durchaus anregend empfand. Was sie beruhigte, denn immerhin betrachtete er sie jetzt bei Tageslicht. Doch ihr Telefon im Flur beendete frühsportliche Aktivitäten, sie trippelte barfuss durch die Wohnung, sah auf das Display und ahnte nichts Gutes. Stengel.

»Hi Anke, sorry, du weißt ja, ist ja auch egal. Gestern Abend hat es wieder gekracht in Helleböhn, eine richtige Schlacht quer durch ein paar Stadtteile, ein russischer Jugendlicher ist tot, der kleine Maurer liegt mit einer schweren Verletzung im Klinikum, ihn hat man an der Dönche gefunden, blutüberströmt mit einem Messerstich im Brustkorb. Ein anderer deutscher Jugendlicher ist zwei Mal notoperiert worden, ebenfalls Stichverletzungen, die Ärzte sagen, er kommt nicht durch.«

»Ach du Scheiße. Ist der Maurer denn vernehmungsfähig, haben die Kollegen irgendwelche Beteiligte festgenommen?«

»Zum Glück ja. Drei Russen, drei Deutsche, schön gleichmäßig verteilt. Die Russen schweigen sich aus, die Deutschen – keine Ah-

nung. Wir wollen dich eigentlich nur bitten, bei der Vernehmung von Maurer junior dabei zu sein, du kennst ihn ja. Vielleicht hilft das. Wir würden uns um 11 Uhr vor dem Klinikum treffen.«
»Klar mache ich das. Weiß seine Mutter Bescheid?« – »Ja, natürlich. Rufst du die möglicherweise auch noch an?«
»Geht in Ordnung.« Sie schaute auf die Uhr: Es war kurz nach zehn. »Bis nachher.« Als sie aufgelegt hatte, hörte sie Stimmengemurmel aus dem Schlafzimmer. Willimowski saß auf der Bettkante, hatte seine Jeans an und telefonierte mit freiem Oberkörper. Sah gar nicht so untrainiert aus, der Herr Staatsanwalt. Schön, wenn einem die Menschen auch bei Tageslicht noch gefallen, dachte sie sich. Sie lehnte sich an den Türrahmen und dachte nach. Nein, die Mutter musste noch warten, erst wollte sie sich mit Willimowski besprechen.
Als der sein Telefonat beendet hatte, blickte er sie an. »Ich nehme mal an, dass wir jetzt ähnliche Informationen haben. Das war Vitali«, sagte er und nickte in Richtung Handy. – »Und das war Bernd, wegen der Schlacht heute Nacht«, antwortete Anke Dankelmann.
»Vitali sagt, der tote Russe sei der Sohn eines seiner engsten Mitarbeiter. Er wird ihn nach Hause schicken, sonst eskaliert die Angelegenheit hier noch mehr. Die Familie kriegt einen Batzen Geld, kann ihren Sohn dann auch in Russland beisetzen. Er will jetzt mit den Russen, die wir festgesetzt haben, sprechen. Ich denke, das können wir arrangieren, die werden Vertrauen zu ihm haben, jedenfalls mehr als zu einem unserer Dolmetscher. Was meinst du?«
»Wie ist Vitali denn drauf?« – »Er ist natürlich traurig und zornig, er kannte den Jungen ja gut. Weiß aber auch, dass das eine Situation war, die man nur mit Glück hätte vermeiden können. Er erwartet jetzt aber auch, dass wir so schnell wie möglich kooperieren. Was bedeutet, dass ich meinem Leitenden Oberstaatsanwalt ein wenig reinen Wein einschenken muss. Habe ich mit Vitali abgesprochen, aber was hilft's? Hoffentlich kapiert der Alte das alles auch und kriegt nichts in den falschen Hals. Unsere Behördenlei-

ter sind ja leider manchmal von den Anforderungen praktischer und vor allem pragmatischer Arbeit so weit weg wie E.T. von zu Hause. Du musst dann also auch arbeiten heute, oder?«
Dankelmann nickte. »Ich soll den Maurer im Krankenhaus verhören. Der hatte zwar ein Messer im Brustkorb, war aber wohl nicht so schlimm, als dass er nicht zumindest ein paar Fragen beantworten könnte. Um elf muss ich da sein. Lass uns per Handy in Kontakt bleiben. Schade, hätte gern einen schönen Sonntag mit dir verbracht.«
»Na, dann schau mal raus, schön wäre er für mich nur wegen dir gewesen, nicht wegen des Wetters.« Es hatte angefangen zu regnen, und sie kannte diese Wolkenbildung in Kassel. Die graue Schicht am Himmel schien über der Stadt zu kleben wie Kochkäse am Packungsdeckel, und man hatte den Eindruck, dass dies bis Weihnachten so bleiben würde.
»Sehen wir uns denn heute Abend?« fragte Willimowski hoffnungsvoll. »Ich weiß noch nicht, ich wollte eigentlich Helga Erdmann noch einmal vor der Beerdigung anrufen. Die ist ja morgen um 11 Uhr. Und am Dienstag ist dann der Maurer dran. Ich darf mir also mein schwarzes Kleid nicht dreckigmachen.«

43

Sie war pünktlich am Klinikum. Das größte Krankenhaus der Region war ein architektonisches Sammelsurium, gewachsen halt in vielen Jahrzehnten, aber ein Krankenhaus mit einem durchaus ansehnlichen medizinischen Standard. Der junge Maurer lag in einem Einzelzimmer, ein junger Arzt begleitete Stengel und die Kommissarin. Der Doktor sah übernächtigt aus, vermutlich war es eine schlimme Nacht mit so mancher Notaufnahme gewesen. Man musste schon ein bisschen verrückt sein, wenn man diesen Beruf ergriff, manchmal 60 Stunden Dienst am Stück mit ungeheurer Verantwortung für Menschenleben – und als Gegenleistung ein im Vergleich geradezu lächerliches Gehalt.

Stefan Maurer war wach und schaute sie mit unsicherem Blick an. Ihr fiel ein, dass sie eigentlich seine Mutter noch hatte anrufen wollen – das musste nun also nach dem Gespräch passieren. Die Mutter hätte im Gespräch ohnehin nicht helfen können, zu klar war ihre Erinnerung an den letzten Besuch bei Maurers, als der Junge seine Mutter mit absoluter Missachtung gestraft hatte.
Anke Dankelmann deutete auf die Bettkante, als Frage zu verstehen, ob sie sich setzen dürfe. Stefan Maurer nickte. Dass er diese Vertrautheit zuließ, war ein gutes Zeichen. Stengel nahm einen Stuhl und blieb im Hintergrund.
»Hast du Schmerzen?« fragte die Kommissarin. Maurer schüttelt den Kopf. »Die haben mir starke Schmerzmittel gegeben und mir gesagt, ich soll mich so wenig wie möglich bewegen. Und das ich Glück gehabt habe, haben sie gesagt, das Messer ist wohl nicht tief eingedrungen.«
»Wir müssen miteinander reden, das weißt du. Hast du eine Ahnung, was gestern Abend passiert ist, ich meine, wieviele verhaftet wurden und wem alles etwas passiert ist?« Maurer schüttelte den Kopf. »Wir haben sechs Personen festgenommen, drei Russen, drei Deutsche. Ein Russe ist tot, ein deutscher Jugendlicher ist so schwer verletzt, dass er nicht durchkommen wird.«
Zu ihrer Überraschung füllten sich Stefan Maurers Augen mit Tränen. »Stefan«, sagte Anke Dankelmann. »Du warst wütend wegen des Todes deines Vaters. Wir sind aber ziemlich sicher, dass keine Russen dahinterstecken. Du hast irgendwie mit irgend jemandem einen eigenen Krieg gestartet. Das war doch so, oder?« Stefan nickte. »Die Bilanz ist doch jetzt furchtbar. Dein Freund stirbt, ein Russe ist tot«, Maurer schaute erstaunt auf, »so kann es nicht weitergehen. Es hätte nicht viel gefehlt und du wärst auch draufgegangen. Hilf uns, diesen Irrsinn zu stoppen!« Maurer schaute sie lange an und nickte wieder.
»So habe ich das alles ja gar nicht gewollt. Wir wollten den Russen in Helleböhn einfach mal zeigen, dass die sich hier nicht alles erlauben können. Die haben uns im Jugendzentrum derart häufig

Stress gemacht, dass das eigentlich längst fällig war. Und dann das mit Papa.« – »Wer ist denn wir?« fragte Stengel aus dem Hintergrund. Maurer beachtete ihn gar nicht. »Beim ersten Mal war es schon heftig, wir sind da für die ziemlich überraschend am Rhönplatz aufgetaucht, das war dann eigentlich nicht mehr als irgendeine leichte Keilerei. Wir haben denen noch gesagt, dass sie sich gefälligst zu benehmen haben.« – »Und das mit deinem Vater?« Maurer schaute aus dem Fenster. »Ja, ich hab schon rumgeschrien, dass ich den Tod von Papa rächen will. Dass die alle Schweine sind, die so was machen und so. Papa fehlt mir so, gerade jetzt ...« Der Junge schluchzte auf. Anke Dankelmann und Bernd Stengel ließen ihm Zeit. Er schnäuzte sich in ein Cleenex-Tuch aus einer großen Packung auf seinem Nachttisch.

»Wen hat es denn erwischt?« fragte er dann. – »Der Russe, den einer von euch abgestochen hat, heißt Eugen Wagner. Kennst du ihn?« Maurer schüttelte den Kopf. »Nein, vielleicht vom Sehen. Ich hab das auch nicht mitgekriegt. Die haben gestern Abend in der Straßenbahn drei Jungs von uns erst angemacht und haben dann an der Straßenbahnhaltestelle an der Leuschnerstraße mit der Prügelei angefangen. Einer von uns ist abgehauen, und dann hat die Telefonkette eingesetzt. Eine Viertelstunde, zwanzig Minuten später waren wir da, so um die 15 Leute, die Russen haben schon auf uns gewartet!«

»An der Straßenbahnhaltestelle an der Leuschnerstraße?« Stengel schaute ungläubig. »Nein, da hingen zwei von uns rum, der eine blutete am Auge, aus Nase und Mund, hatte wohl auch Zähne verloren. Der andere hatte wohl ein paar gebrochene Rippen. Der rief gerade seine Eltern an, damit die sie ins Krankenhaus bringen konnten. Die haben uns dann gesagt, dass die Russen an der Dönche warteten, in der Verlängerung der Tessenowstraße.« Anke Dankelmann nickte. Sie kannte die Straße von einer Fete. Sie wusste aber nicht mehr genau, wer da gefeiert hatte, warum da gefeiert worden und weshalb sie eingeladen gewesen war. Maurer schaute aus dem Fenster und fuhr leise fort. »Wir sind dann dahin,

ein paar von uns hatten Messer dabei, ich habe mir unterwegs einen Knüppel genommen. So nach hundert Metern querfeldein in der Dönche haben sie uns dann erwartet, es ging gleich los, die waren viel mehr als wir und irgendwie sind die gewaltmäßig auch anders drauf. Unsere Gruppe teilte sich jedenfalls schnell auf und haute ab, die Russen hinterher. Ich bin mit zwei Kumpels den Berg hoch, Richtung Druseltalstraße, aber die Russen haben uns eingeholt. Wir haben uns gewehrt, irgendwann habe ich einen Stich gespürt und bin auf den Boden gegangen. Das tat so höllisch weh, ich hab nix mehr gerafft um mich rum. Pitt und Gerd sind dann offenbar doch entkommen, jedenfalls war es total ruhig, als ich wieder zu mir kam. Ich hab geblutet wie Sau, konnte aber aufstehen und laufen. Ich bin dann Richtung Schützallee, den Berg hätte ich nicht weiter hochgekonnt. Und irgendwann ist dann ein Mountainbiker gekommen und hat mich gefunden. Der hatte ein Handy dabei – und dann kamen die Sanis.«
»Wann war das denn genau?« Stengel schaute von seinen Notizen auf. »Zwischen neun und zehn Uhr, es ist ja lange hell. Hatte trotzdem Glück, dass dieser Mountainbiker da noch rumgefahren ist.« Er zögerte und schaute dann Anke Dankelmann an. »Wen hat es denn von uns erwischt?«
Stengel blickte auf seinen Block, blätterte zurück und sagte dann: »Peter Hermann.« Maurer schrie kurz auf. »Pitt. Dann haben sie ihn doch noch erwischt. Ach du Scheiße.« Er schlug die Hände vors Gesicht.
»Stefan, du weißt oder ahnst, was jetzt passiert, oder?« Der schüttelte den Kopf. »Wir werden alle befragen, die wir befragen können. Wir werden uns Personenbeschreibungen geben lassen und werden alle anklagen, die dabei waren. Dich auch. Am besten wäre es, wenn du mit uns kooperieren würdest. Überleg es dir.«
»Muss ich nicht«, sagte Stefan Maurer. »Irgendwie ist bei mir der Druck aus dem Kessel. Ich komme mir so scheiße vor, ich hab die Kumpels ja auch alle angestiftet wegen Papa. Na ja, die waren auf die Russen ohnehin nicht gut zu sprechen wegen dieser ständigen

Anmache im Bus, im Jugendzentrum, in der Straßenbahn. Aber jetzt, wo Pitt vielleicht stirbt, ich selbst Glück gehabt habe – wen hat es denn noch erwischt?«
»Bei den Russen sind es: Ruslan Tscherbassow, Iwan Müller und Dimitri Pawlow. Bei euch ...« Stengel blätterte erneut und fuhr dann fort, »außer dir noch Jens Schöller und Milan Gössel. Aber das ist wohl nichts Gravierendes.« – »Und die beiden von der Straßenbahnhaltestelle, denn die heißen anders«, ergänzte Stefan Maurer und nannte Stengel die Namen. »Wie denn?« fragte Anke Dankelmann. Stefan Maurer atmete tief durch. »Raik Vogel und Marco Hennemann.« Er schaute aus dem Fenster, Stengel schrieb die Namen auf, Anke Dankelmann merkte, wie schwer ihm dieser Geheimnisverrat fiel und legte ihm die Hand auf den Arm.
»Sagen Sie, Frau Dankelmann«, Maurer schaute sie an, »übermorgen ist doch Papas Beerdigung, kann ich denn da dabei sein?« Dankelmann zuckte mit den Schultern. »Frag den Arzt nachher, aber ich denke, da wird sich was arrangieren lassen.« – »Und wenn ich aus dem Krankenhaus komme, bin ich dann verhaftet?« Die beiden Kommissare schüttelten den Kopf. »Wir werden dich sicher ein paar Mal vernehmen müssen, immer wenn sich ein neues Bild ergibt, wenn wir dich nochmal als Zeugen brauchen, dann musst du zu uns kommen, okay? Hast du eigentlich schon mit deiner Mutter und mit deinem Bruder gesprochen?« Maurer nickte. »Die waren gestern Abend noch hier. Mama ist total fertig, das tut mir so leid. Und Markus ist, glaube ich, ziemlich stinkig.«

44

Vor dem Krankenhaus verabredeten die beiden Polizisten sich für 13.30 Uhr im Präsidium. Um 14 Uhr war Lagebesprechung, so konnten sie sich vorher noch austauschen. Anke Dankelmann rief aus dem Auto bei Maurers an und avisierte einen kurzen Besuch am Brasselsberg. Inge Maurer machte einen gefassten Eindruck am Telefon, zum Glück. Sie hasste es, wenn in solchen Situationen Fa-

milienangehörige aggressiv, depressiv oder anders extrem reagierten. Vielleicht war Inge Maurer nach den Vorfällen der letzten Tage aber auch nur einfach resigniert.
Das Gespräch brachte der Familie offenbar mehr als ihr. Inge Maurer war dankbar, dass Stefan offenbar emotional und rational die Kurve gekriegt hatte. Markus erwies sich als ruhender Pol, war, zumindest äußerlich, nicht sauer auf seinen Bruder und ging sehr fürsorglich mit seiner Stiefmutter um. Als sie in der Tür stand, drehte sich Anke Dankelmann noch einmal um. »Sagt Ihnen eigentlich der Name Gisbert Wacker irgend twas?« Markus Maurer schaute seine Mutter an. Beide schüttelten den Kopf. »Ne, beim besten Willen nicht«, sagte Markus Maurer. Ich muss diesen Rummel anrufen, dachte sich Anke Dankelmann beim gehen. Ob Historiker auch am Sonntag Auskunft gaben?
Dieser jedenfalls nicht. Willimowski hatte ihr die Handynummer von Rummel per SMS geschickt. Wie der am Sonntag an die Kontaktdaten des Historikers gekommen war? Er war halt ein Experte. In manchen Dingen, dachte Anke Dankelmann und grinste. Als sich Rummel meldete, stellte sie sich kurz vor und stockte dann. Im Hintergrund war ein infernalischer Lärm zu hören, Rummel sagte dann, mit merkwürdiger Betonung der Zischlaute: »Entschuldigung, es ist hier ziemlich laut. Ich bin auf einer Geburtstagsfete, wir brunchen. Und zu essen gibt es auch«, lachte er ins Telefon. Ein echter Li-La-Launebär, dachte sich die Kommissarin. »Melden Sie sich doch bitte morgen, aber nicht vor 10 Uhr? Tschüss.« Die Verbindung war unterbrochen. Sie würde diese nasse Nudel garantiert vor 10 Uhr anrufen, dachte sie sich. Sie kannte ihn nicht, wusste aber, dass sie ihn quälen würde. Ein Blick auf die Uhr es reichte gerade noch für einen schnellen Imbiss daheim.
In der Wohnung ergriff sie dieses Gefühl, das sie eigentlich viel zu selten in ihrem Leben zugelassen hatte. Sie fühlte sich richtig glücklich, sie war breit glücklich, denn all das Geschwätz von tiefen Gefühlen hatte sie sowieso nie verstanden. Ihr ganzer Körper war erfüllt von einem innigen Gefühl, sie drohte, aus den Nähten

zu platzen. Und so etwas war ein breites Gefühl und kein tiefes, dachte sie. War aber auch wurscht. Auf der Fahrt zum Präsidium versuchte sie, Willimowski zu erreichen. Ihr Handy hatte signalisiert, dass der es auch schon einige Male probiert hatte. Aber nur die Mailbox war aktiv. Dabei hätte sie gern gewusst, was mit Vitali war und noch lieber hätte sie gewusst, ob er heute Abend Lust hatte, die BH-Übung mal mit der anderen Hand zu probieren. Aber das konnte tatsächlich auch später erörtert werden.

Bernd Stengel hatte spärlich mit Neuigkeiten aufzuwarten. Die Befragung der Russen hatte wenig ergeben, aber da setzte Anke Dankelmann insgeheim auf Vitali. Sie hoffte, dass sie Vitali noch am Sonntag treffen konnte – und hoffentlich auch mit Valentin Willimowski zusammen. Sie kam sich ein wenig schäbig vor, dass sie ihren Kollegen nicht so richtig einweihen konnte. Sie hatte ein absolut vertrautes und vertrauliches Verhältnis zu ihm und wusste, dass sie einen verlässlichen, loyalen und verschwiegenen Partner hatte. Sie musste es ihm sagen. Sowohl das mit Vitali als auch das mit Valentin. Vor allem Letzteres. Ob er sich freuen würde?

»Was ist los, wo bis du mit deinen Gedanken? Anke, sag schon, irgend etwas ist doch mit diesem Staatsanwalt, so wie der dich anguckt, so wie du dich in den letzten Tagen verändert hast ... Hat es meine Lieblings-Kollegin mal wieder erwischt?« Sie schüttelte mit dem Kopf. »Erwischt schon. Aber irgendwie anders. Ich hab mich, glaube ich, richtig verknallt.«

Bernd Stengel grinste sie an, stand auf und kam um den Schreibtisch auf sie zu. »Weißt du was?« fragte er, beugte sich hinunter und nahm sie in den Arm. »Das ist toll. Ich freue mich für dich. Und irgendwie habe ich den Eindruck, als würde der zu dir passen. Ganz anders als die anderen Fuzzis, die ich bisher kennengelernt habe.«

»Na hör mal, so einen Verschleiß hatte ich ja nun auch nicht, oder?« – Stengel lächelte. »Ne, Verschleiß nicht, das wäre unfair. Nennen wir es Verbrauch. Das kommt deiner pragmatischen Seele näher.« Anke Dankelmann streckte ihm die Zunge raus, nahm ihre

Unterlagen und stand auf. »Los, ab zur Lage, ich weiß gar nicht, warum ich einem so doofen Kerl überhaupt so etwas erzähle.«
»Weil du irgendwann einen verschwiegenen Trauzeugen brauchst. Und einen zudem, der sich das traut. Daher kommt ja der Name.«
Dankelmann zeigte ihm einen Vogel und machte die Tür zur Zentrale auf. Jede Menge Kollegen waren da – und dennoch war die Stimmung eine völlig andere als sonst. Sie fand immer, dass man Sonntage spüren konnte. Selbst in Zeiten, in denen es um Morde und um solche Bandenkriege ging. Die Telefone klingelten nicht so häufig, die Leute waren entspannter und irgendwie hatte man den Eindruck, dass die Stadt insgesamt anders atmete. Vor allem anders ausatmete. Weniger Verkehr, weniger Trubel, entspanntere Gesichter, keine Hetze. Das färbte ab, auch auf die Stimmung im Präsidium.
Die Berichte waren wenig berauschend. Die Russen waren absolut verschlossen, Peter Hermann lebte noch, dennoch bestand wenig Hoffnung. Die einzige Karte, auf die man setzen konnte, war die Kooperationsbereitschaft von Stefan Maurer. Der sollte nun am nächsten Tag nochmal von Dankelmann und Stengel vernommen werden. Und im Mordfall Werner Maurer und im Geldwäschefall gab es absolut nichts Neues. Bei den Kollegen in der Ukraine rannte man zwar nicht gegen eine Wand, allerdings konnte man von einer zügigen Abarbeitung nicht sprechen. Eine Reise dorthin erschien aus heutiger Sicht wenig ertragreich – ohne die Hilfe der Behörden vor Ort konnte man das Ganze vergessen. Das Rechtshilfeersuchen war zwar noch nicht abgelehnt worden, es gab aber auch keinen positiven Bescheid. Was in etwa dasselbe war wie eine Ablehnung. Die Durchsuchung bei Scheuble in Stuttgart war für Montag angesetzt, sodass für den heutigen Tag die Arbeit weitgehend erledigt war.
»Wie sieht es aus? Ich lade noch auf ein Bier am Finkenherd ein, wer kommt mit?« Plassek blickte erwartungsvoll in die Runde. Hier und da war ein »Okay« zu vernehmen, auch Anke Dankelmann nickte. Gute Idee mit dem »Finkenherd«, so eine kleine

Gaststätte an der Fulda, idyllisch gelegen, mitten in der Stadt – und ein echter Geheimtipp.

45

Vom Büro aus rief sie noch einmal Willimowski an. Der hatte Vitali erreicht, man wollte sich abends bei dessen Eltern treffen, und er hatte nichts dagegen, wenn Anke Dankelmann dabei war. Als sie das Gespräch beendet hatte, spürte sie so ein Gefühl, als hätte Willimowski gern noch ein wenig länger mit ihr gequatscht. Oder auch nur geschwiegen. Manchmal, dachte sie, waren das die besten Gefühlsübertragungen, wenn man am Telefon gar nichts sagte. Konnte aber auch nicht jeder, was Willimowski den nächsten Pluspunkt einbrachte. Danach meldete sie sich bei Helga Erdmann, die am Telefon völlig aufgekratzt war. Sie hatte jede Menge Verwandtschaft im Haus, für ihre seelische Unterstützung war also gesorgt.

»Kommst du morgen?« fragte sie Anke Dankelmann. »Klar. Hat Peter eigentlich irgendwelche Blumen gemocht?« – »Ja. Moosröschen. Hat er mir früher gelegentlich mitgebracht. Das war aber im letzten Jahrtausend.«

Dankelmann dachte sofort an Willimowski und fragte sich, wann der herausbekommen würde, dass sie keine Schnitt- und Topfblumen mochte. Sie würde es ihm irgendwie mitteilen, es gab Formen von Geldverschwendung, die mussten wirklich nicht sein.

Der »Finkenherd« war über eine kleine Brücke zu erreichen, konnte mit Autos nicht direkt angefahren werden. Die Kollegen hatten drei Tische zusammengeschoben, einige tranken Kaffee, die meisten hatten ein Bier vor sich stehen. »Anke, schön dass du kommst. Was trinkst du? Damit du es weißt: ich hatte auf ein Bier eingeladen, den Kaffee zahle ich nicht.« Sie schaute auf die Karte. Die hatten hier tatsächlich Einbecker Maibock. Sie liebte dieses Bier in seiner grünen Flasche. Na denn ...

Aber mehr als zwei durften es nicht werden, sie erinnerte sich an den Wodka beim letzten Besuch im Süsterfeld bei den Schewtsows. Ralf Mengel saß neben ihr, kippte, wie er lautstark betonte, bereits sein drittes Bier und erklärte auf ihren fragenden Blick: »Ich habe morgen frei. Das Auto steht vor dem Präsidium. Meine Freundin ist letzte Woche in Urlaub geflogen. Und ich habe Durst.« Vier gute und vernünftige Gründe, es mal krachen zu lassen, dachte sie sich. Ein paar der Kollegen versuchten, sie mit ihrer Hartnäckigkeit, was das im Tresor gefundene Bild betraf, hochzunehmen.
»Und was sagt denn der Staatsanwalt zu dem Thema?« sagte Mengel und grinste dabei anzüglich, ein paar andere lachten. Na also, die Meute dachte sich also bereits ihren Teil. Angriff war wie immer die beste Verteidigung, sagte sie sich. »Zu welchem Thema? Dass ihr Pappnasen bisher nichts, aber auch gar nichts ermittelt habt? Das einzige, was ihr rausbekommen habt, ist doch, wer heute eure Biere zahlt.« – »Hehe«, sagte Plassek, »ich habe gesagt, dass ich eins zahle.« – »Seht ihr«, meinte Anke Dankelmann und trank den letzten Schluck ihres Maibocks, »mein Bier ist gezahlt. Ein zweites trinke ich nicht. Ich muss noch fahren, und außerdem hasst es der Staatsanwalt, wenn ich beim Küssen nach Bier rieche. Tschüss!«
Die Reaktion der Kollegen war ihr völlig schnuppe. Oder auch nicht. Das würde sich alles erst am nächsten Tag herausstellen. Aber das mit Willimowski würde sich ohnehin nicht dauerhaft verbergen lassen. Also warum dann nicht damit kokettieren und die anderen ein letztes Stück im Unklaren lassen? Sie fuhr mit ihrem Golf bei offenem Fenster durch die Stadt in Richtung Süsterfeld-Helleböhn. Auf dem Friedrichsplatz lagen viele Menschen auf dem Rasen, die Biergärten und Straßencafés waren alle gut besucht. Sie fuhr den Weinberg hinunter und ärgerte sich wieder einmal, dass sie kein Cabrio fuhr. Andererseits: Was wollte sie mit einem Cabrio im Winter? Im Radio spielte hr1 Mark Knopfler, »Quality Shoe« hieß das Lied, sie mochte diesen Swing und fand es immer wieder erstaunlich, zu welch banalen Themen wie beispielsweise

der Qualität von Schuhwerk man Songtexte schreiben konnte. Hier am Weinberg, den sie gerade in Richtung Süden fuhr, hatte die letzte Frontlinie im Zweiten Weltkrieg gestanden. Rechts der gigantische Bunker im Fels, der Platz für zehntausend Menschen geboten hatte, und wenige hundert Meter weiter vorn hatten Anfang April 1945 die Amerikaner gestanden. Auf der Dönche hatte es noch Gefechte gegeben, am 4. April war dann die Kapitulation unterzeichnet worden. In der Crede'schen Villa in Niederzwehren. Sie würde vorher in die Ludwig-Mond-Straße abbiegen und sich dann Richtung Süsterfeld schlängeln. Am 4. April, Filippo hatten nicht einmal 96 Stunden gefehlt, um diesen wahnsinnigen Krieg zu überleben. Ihre Gedanken drifteten ab. Wie es ihm wohl ergangen war?

46

Als der Zug in Kassel ankam, mussten sie alle aussteigen. Es war nur noch wenig Wachpersonal da, mehr waren aber auch nicht nötig, Francesco und seine Leidensgenossen waren ohnehin viel zu schwach, um einen Fluchtversuch zu unternehmen oder etwa die Wachen zu entwaffnen. Sie schlurften in Richtung Wilhelmshöher Allee, Francesco schaute in Richtung Osten, wo die Kasseler Innenstadt vor ihnen lag. Er hätte wirklich gern einmal gesehen, wie dieses endlose Meer von Ruinen einmal vor der Zerstörung ausgesehen hatte. Er erinnerte sich an die ersten Tage in Kassel, als sie nur Schutt wegräumten und auf eine völlig verstörte, verängstigte Bevölkerung getroffen waren, denen der Schrecken der Bombennächte ins Gesicht geschrieben stand. Später hatten sie in den Fabriken gearbeitet und mussten nach den unzähligen Bombenangriffen immer wieder notdürftige Produktionsanlagen herrichten. Doch heute hatten sie eine andere Aufgabe: Sie sollten auf der Wilhelmshöher Allee Barrieren bauen aus dem wenigen Material, das man hier vorfand. Wie um alles in der Welt sollte man damit amerikanische Truppen oder auch nur amerikanische Panzer abhalten können, fragte er sich. Sie erledigten ihre Arbeit langsam. Oder besser: so schnell es ihre körperliche Verfassung zuließ.

Als sie abends am Waggon eintrafen, gab es für jeden Wasser und ein Stück hartes Brot. Auf dem übernächsten Gleis lief gerade ein anderer Zug ein, der Zugführer rief etwas in Richtung Wachpersonal, einer der Soldaten ging langsam zur dampfenden Lokomotive des Zugs. Soweit Francesco es mitbekommen hatte, ging es wohl um die Frage, ob der Zug nach Süden weiterfahren konnte. Aussichtslos, dachte sich der Italiener und besah sich den Kanten Brot, auf dem er herumkaute. Morgen war Karfreitag, daheim würde es wohl trotz Kriegsfolgen einen frisch gefangenen Fisch geben. Karfreitag in Deutschland, er wollte endlich nach Hause. Dass der Zug auf dem anderen Gleis hier seine Endstation erreicht hatte, dass das Zugpersonal Lokomotive und Waggons zurückließ, um sich noch irgendwie in Sicherheit vor den nahenden Amerikanern zu bringen – all das bekamen Francesco und seine Kameraden an diesem Abend nicht mehr mit. Sie fielen, wie jeden Tag, völlig erschöpft in den Schlaf. Sie waren so erschöpft, dass sie nicht träumten. Zumindest reichte die Energie nicht aus, um sich an ihre Träume in der Nacht zu erinnern.

47

Sie parkte ihren Wagen neben dem von Willimowski, öffnete die niedrige Gartenzauntür und klingelte am Eingang. Wieder war es Vitalis Mutter, die öffnete und sie begeistert anstrahlte. Ob Valentin geplaudert hatte? War auch egal. Willimowski kam ihr im Flur entgegen, drückte sie fest und gab ihr einen Kuss auf den Mund. Frau Schewtsow ging an ihnen vorbei, nickte Willimowski anerkennend zu und gab ihm einen Klaps auf die Schultern. Ihr Staatsanwalt sah blendend aus. Er hatte einfach ein Gefühl dafür, sich salopp und elegant zugleich zu kleiden. Im Wohnzimmer saß Vitali und winkte ihr zu, er telefonierte. Vom alten Schewtsow nichts zu sehen, auch gab es keine Wodkaflaschen auf dem Tisch. »Vitali will erreichen, dass die Russen im Krankenhaus mit uns reden und erzählen, was war. Diese Sache soll unbedingt beendet werden«, flüsterte Willimowski ihr ins Ohr. Sie legte ihren Kopf an seinen Oberarm und drückte seine Hand. Es war gut, dass er da war.

So ganz ohne Wodka ging es dann doch nicht, Vitalis Mutter schleppte ein Tablett mit Flasche und vier Gläsern herbei, goss ein, gab jedem eins, und sie schütteten sich den Schnaps in einem Zug runter. Wenn das dieser schwabbelige Kollege Mengel sehen würde, der spätestens nach vier Bieren schon stramm wie eine Fichte sein würde. Irgendwann, das nahm sie sich vor, würde sie den ins Nirwana trinken und ihn vor versammelter Mannschaft gesellschaftstechnisch in die Kreisliga B absteigen lassen. Auf diesen Plan goss sie allen noch einen ein. Willimowski schaute erstaunt. »Musst du mich schön trinken?« fragte er sie flüsternd. »Ich trinke gegen das Vergessen«, sagte sie. Was Willimowski nun auch nicht wirklich viel weiterbrachte.

Nachdem Vitali das Gespräch beendet hatte, begrüßte er sie lächelnd und mit einer Umarmung. »Hallo, Anke. Wie ich höre, kommt ihr wegen der Schlägerei heute Nacht nur auf der deutschen Seite ein wenig weiter. So finden wir aber den nicht, der Eugen, den Sohn meines Mitarbeiters umgebracht hat. Die werden sich ja nicht gegenseitig beschuldigen, oder?«

»Stefan Maurer, der Sohn des ermordeten Werner Maurer, ist der Anstifter des Ganzen. Vermutlich. Er ist geständig, war aber offenbar nicht bei den entscheidenden Szenen dabei. Die Deutschen haben sich wohl in Gruppen aufgelöst und sind in verschiedene Richtungen abgehauen.« Vitali nickte. »Das stimmt, soweit das meine Leute sagen. Anke, ich will, dass wir dieses Kapitel schnellstens beenden. Und damit du das verstehst: es gibt zwei Gründe. Einmal will ich, dass diese zehn-, fünfzehntausend Deutschrussen in Kassel irgendwie die Chance kriegen und sie vor allem auch selbst nutzen, hier Fuß zu fassen. So, wie es mir gelungen ist. Da führt uns aber eine Dauerkonfrontation nicht weiter. Ihr müsst sehen, dass euer Pressesprecher diese Nummer so klein wie möglich hält.« Wo war eigentlich Pivi Vogel heute bei der Besprechung gewesen, fragte sich Anke Dankelmann da. »Außerdem bin ich Geschäftsmann, Valentin wird dir davon erzählt haben. By the way: Ich kenne dich bisher kaum, was ich von dir gehört habe, ist aber

alles andere als negativ. Ich freue mich für Valentin und dich, ich habe den Eindruck, dass ihr gerade sehr glücklich seid, oder?« Valentin Willimowski schaute verlegen auf den Boden, Anke Dankelmann nickte heftig und rammte ihren Ellenbogen in seine Seite. Vitali lachte auf.
»Na also. Gut, ich habe mit den Familien der Jungs gesprochen. Wir werden lückenlos dokumentieren, wer dabei war. Aber der Junge, der Eugen umgebracht hat, muss zur Rechenschaft gezogen werden. Zwei der Jungs, die Augenzeugen waren, kommen morgen um 10 Uhr ins Präsidium und werden euch den Täter beschreiben. Einverstanden?« Anke Dankelmann schluckte. Sie sah Vitali an und der Blick seiner Augen machte ihr klar, dass dieser Mann einen beängstigenden Willen haben konnte. Ihr machte diese knallharte Nummer nichts aus, sie war zu sehr Pragmatikerin, um sich in irgendwelchen Revierkämpfen zu verlieren.
»Sie werden um 10 Uhr ein wenig warten müssen, wenn ich sie verhören soll, Vitali. Ich gehe morgen zur Beerdigung von Peter Erdmann.« Sie schaute ihn direkt an. Er nickte. »Das geht vor. Ich verstehe. Okay, ich bestelle die später. Um 13 Uhr?« Dankelmann nickte.
Sie gingen in den Garten hinter dem Haus, wo ein paar billige Gartenstühle um einen wackeligen Tisch aufgebaut waren. Die Luft war traumhaft, sie rückte ihren Stuhl nahe an Willimowskis heran. Man hörte den Verkehr von der viel befahrenen Eugen-Richter-Straße kaum, dafür aber das Rascheln der Blätter im leichten Wind. Frühsommeridylle.
Vitali fing an zu erzählen. Von den ersten Anrufen in der Nacht, von Juri Wagner, dem Vater von Eugen, der morgens um 5 Uhr tränenüberströmt vor dem Haus von Vitalis Eltern gestanden hatte. »Eugen hatte gerade sein mündliches Abitur gemacht. Sie waren so stolz auf ihn, der erste aus der gesamten Familie, der würde studieren können. Ich hätte ihm das auch finanziert. Und dann macht dieser dumme Junge so einen Blödsinn mit.« Vitali holte ein Taschentuch aus seiner Hose und wischte sich übers Ge-

sicht. Das Bild, das sie von diesem Mann hatte, wurde immer komplexer. Er war ihr sympathisch, aber in gewisser Weise auch unheimlich. Sah so ein russischer Pate aus? Hatte er die Kontakte zur Russenmafia oder war er nur so etwas wie der lokale Fürst einer großen Organisation? Sie würde ihn wohl nie fragen können. Oder er würde zumindest niemals die Wahrheit antworten.

48

Gegen 21 Uhr gingen sie. Sie verabschiedeten sich von Vitali und seiner Mutter und gingen zu ihren Autos. »Ich würde dir gern mal meine Wohnung zeigen«, sagte Willimowski und lächelte sie an. »Heute nicht, Herr Staatsanwalt. Ich muss morgen früh zur Beerdigung, da will ich nicht noch von Wohnung zu Wohnung hetzen. Lass uns noch einmal zu mir fahren.« Von unterwegs rief sie Pivi Vogel wegen der Pressemitteilungen zu dem Fall an. Sie hatten Glück: Es war Wochenende, die Redaktionen waren nur schwach besetzt und würden nicht das volle Konzert spielen können. Aber am morgigen Tag mussten sie gewappnet sein. Die Lagebesprechung der Mordkommission war um 8 Uhr. Früh genug, um eine Strategie zu entwickeln.

Im Kirchweg angekommen, schlenderten sie noch einmal ums Karree. Anke Dankelmann schaute sich die Bebauung dieses Stadtteils einmal genauer an. »Wie das wohl bei Kriegsende ausgesehen hat?« fragte sie Willimowski.

»Naja, da sind viele alte Häuser erhaltengeblieben, beispielsweise hier in der Friedensstraße. Das wird keine richtig zusammenhängende große Siedlung gewesen sein. Aber ich habe gehört, dass hier auch einige Bomben gefallen sind. Dich lässt diese Sache mit dem Bahnhof wirklich nicht los, oder?

«Nein. Aber das geht mir insgesamt, also eigentlich seit jeher schon so, seit ich mich für Geschichte interessiere. Wie es zum Dritten Reich kommen konnte, wie das dann funktionierte, dass zig Millionen mitmachten, wie die Menschen den Krieg überlebten und

welche Schicksale es gab das ist mehr, als man mit einem Hirn fassen kann, oder?« Sie gingen eng umschlungen zurück zum Kirchweg. Diesmal hatte er beide Hände für den BH gebraucht. Sie lag auf der Seite und schaute ihn an. Er schlief schon und atmete ruhig und gleichmäßig. Sie wusste wenig über ihn, wo er herkam, was er für eine Familie hatte. Zu wenig eigentlich. Wenn der Fall vorbei war, sollten sie mal ein Wochenende wegfahren. Alles würde sich ergeben.
Am Morgen schlief Willimowski noch, als sie aus der Dusche kam. Sie nahm grinsend seine Hose und warf sie aufs Bett, ihm mitten ins Gesicht. Er schreckte hoch. »Hosen für den Staatsanwalt, den Film kennst du doch, oder? Los, raus aus den Federn, die Pflicht ruft und du bist nicht schwerhörig, oder?«
Sie versprachen, per Email oder SMS in Kontakt zu bleiben. Im Präsidium angekommen, dauerte es keine zehn Minuten, bis ihr Handy das erste Mal brummte. Es war Willimowski, der ihr per SMS erklärte, er würde doch heute nach Stuttgart fahren, um bei der Durchsuchung bei Scheuble noch dabei sein zu können. Er wisse nicht, ob er über Nacht bleiben müsse, er melde sich wieder. Machte Sinn, dachte sie sich. Komisch nur, dass der Leitende Staatsanwalt nicht früher auf den Gedanken gekommen war. Passte ins Bild, ab Freitag, 13 Uhr, bis Montag, 8 Uhr, lagen die Beamten im Wochenend-Tiefschlaf.

49

Die Morgenlage nutzte Plassek noch einmal, um alle Ermittlungsdetails zu präsentieren. Sie konzentrierten sich vor allem auf den Vortrag der Spurensicherung.
Markus Wimmel hatte mittlerweile einen kompletten Bericht über die Durchsuchung von Maurers Jaguar. Es gab jede Menge Fingerabdrücke, die eindeutig zugeordnet werden konnten. Alle vier Maurers waren darunter, Erdmann musste irgendwann auch auf dem Beifahrersitz gesessen haben.

»Aber wir haben auch ein paar, von denen wir kein Gegenstück haben. Am wichtigsten sind die auf der Flasche, die nicht von Maurer stammen und die auch im Auto auftauchen. Ein paar Finger haben wir an der Flasche, die nicht wieder im Auto auftauchen, da tippe ich mal auf Ladenpersonal oder so. Und dann: Wir haben an der Flasche Speichelreste gefunden, die DNA passt nicht zu Maurer. Der oder die andere muss also zuletzt aus der Pulle gesoffen haben. Es gibt allerdings kein zweites Stück für das Puzzle, wer immer die Spucke geliefert hat. Wir hatten ihn noch nicht als Kunden.«

»Das wäre aber auch unwahrscheinlich, wenn es ein eigens eingeflogener Russenkiller gewesen wäre, oder?« meldete sich Plassek.

»Naja, wenn ich ein russischer Killer wäre, der gelegentlich mal für einen Auftrag nach Westeuropa müsste, dann würde ich schon aufpassen, dass ich keine Spuren hinterlasse, sonst bricht mir da ein ganzes Geschäftsgebiet weg. Oder, wenn das meine Auftraggeber mitbekommen, bin ich vielleicht selbst ein Fall für den Komposthaufen.« Anke Dankelmann schaute in die Runde und spielte mit ihrem Handy.

»Hmm. Dann könnte es also sein, dass die Sorglosigkeit, mit der dieser Unbekannte, oder auch die Unbekannte, hier vorgegangen ist, ein Indiz dafür wäre, dass es ein Einmaltäter ist oder jemand, dem es völlig wurscht ist, ob man Fingerabdrücke und Speichel findet.« Plassek spannte die Lippen und nickte.

»Das ist aber noch nicht alles, Kollegen.« Markus Wimmel hielt triumphierend einen Plastikbeutel hoch. »Auf der Rückbank hinter dem Fahrersitz haben wir Textilspuren gefunden, aus denen wir DNA-fähiges Material gewinnen können. Und die DNA passt zum Speichel. Und auf dem Beifahrersitz die gleichen Textilspuren.«

»Also wird es immer wahrscheinlicher, dass der Saufkumpel von Maurer ihm auch den Schal zu eng umgelegt hat«, Anke Dankelmann legte ihr Handy auf den Tisch.

»Ich hätte es vielleicht etwas anders ausgedrückt – aber unterm Strich hast du recht«, meinte Wimmel und schüttelte lächelnd den

Kopf. Anke Dankelmanns flapsige Art, mit den härtesten Fakten umzugehen, war schon beeindruckend. Aber nicht jedermanns Sache. Aber er mochte das. »Sonst bleibt wenig aus dem Wagen, was verwertbar wäre. Der Tank war halbvoll, aus den Reifen konnten wir auch keine Geschichten herausholen. Sieht so aus, als ob unser Kumpel mit der Schlinge irgendwann eingestiegen ist, ohne sich vorher im Schlamm zu wälzen.«

»Es spricht noch etwas gegen die Theorie mit dem russischen Killer.« Anke Dankelmann hatte sich gut überlegt, ob sie das jetzt so sagen durfte. Alle schauten sie an. »Ich habe eine Kontaktperson im Russen-Milieu, die klar und deutlich sagt, dass dies nichts mit Russen, Ukrainern oder ähnlichen Gruppen zu tun hat.«

»Okay, okay, ich frage gar nicht erst, wer diese Person ist, Anke, das wirst du mir eh nicht sagen. Aber ist die Information so sicher, ist der Typ so belastbar, dass er Aussagen über organisierte Kriminalität machen kann?« Plassek schaute sie an. Es herrschte Totenstille im Raum.

»Ja. Ich weiß nicht, ob er selbst Mitglied irgendeiner Organisation ist, will es auch nicht wissen, dazu ist er als Informant zu wichtig. Immerhin ist es einer von vielen russischen Drahtziehern in Nordhessen. Auf seine Intervention kommen heute zwei russische Jugendliche, Tatzeugen der Schlacht auf der Dönche, ins Präsidium und werden aussagen. Dann kriegen wir den, der Eugen Wagner getötet hat. Mein Informant macht das, weil er nicht will, dass die Dinge eskalieren.«

»Nein, so ein guter Mensch.« Friedrich Hauer, der Mann vom Kommissariat für Wirtschaftskriminalität, schaute sie hochnäsig an. »Die Frau Kollegin hat da offenbar ihr Gutmenschentum entdeckt. Wenn er so viel weiß, dann hängt er mit drin, verflixt, das ist ein Verbrecher und mich kotzt es an, wenn hier irgend jemand so tut, als sei das ein Mensch, der dringend das Bundesverdienstkreuz kriegen müsste!«

»Habe ich das?« fragte Anke Dankelmann zurück. »Ich habe eigentlich nur dargestellt, dass ich seine Aussagen für belastbar halte.

Vielleicht sollte man in dieser Runde gelegentlich mal zuhören, statt nur dabei zu sein.«

»Du spinnst wohl?« Hauer war aufgesprungen. »Bis jetzt hast du doch zu diesem Fall relativ wenig an Erkenntnissen beigetragen, selbst die Nähe zur Staatsanwaltschaft hilft uns nicht weiter.« Hauer grinste sie an, ein paar Kollegen taten dasselbe.

Anke Dankelmann nahm ihre Handtasche und ihr Handy.

»Richard«, sagte sie zu Plassek. »Wenn du meinst, als Chef der Ermittlungen noch was sagen zu müssen, dann tu es schnell, ich gehe nämlich jetzt. Ich habe nicht die kleinste Laune, meine Zeit zu verschwenden mit dem Geschwätz von Leuten, deren letzter Fahndungserfolg darin gelegen hat, nach 15 Bieren am »Finkenherd« auf dem Klo ihren Wurmfortsatz zum Schiffen gefunden zu haben. Wobei der dann noch nicht einmal im Verdacht steht, zu irgend etwas anderem als zum Pissen zu gebrauchen zu sein. Entschuldigt mich, ich habe zu tun. Darin scheinen wir uns zu unterscheiden.« Sie knallte die Tür zu und ging in ihr Büro. Es war häufig genug so wie vor 50 Jahren. Als männlicher Kollege konnte man mit jeder Frau unter dem Himmel ins Bett gehen – und kein Mensch würde öffentlich solche Bemerkungen machen. Sie hatte in all den Jahren im Präsidium die eine oder andere Beziehung gehabt. Wurde davon etwas bekannt, kamen die Sprüche von den Kollegen. Stengel hatte ihr mal erklärt, dass dies vermutlich auch eine Form der Eifersucht sei. Sie sei ein tolles Weib, gutaussehend, trinkfest, gesellig, für einen rüden Witz zu haben – irgendwie schon die Idealpartnerin für so manchen Kollegen, der nur bei seiner Ehefrau blieb, weil er später im Alter mal jemanden brauchen könnte, der den Rollstuhl schiebt. Mag sein, dachte sie sich erneut, dennoch kommt mir heute von denen keiner mehr unter die Augen und dieser Plassek als Chef der MK – sie würde ihm bei nächster Gelegenheit verbal so ins Gemächte treten, dass er freiwillig in den Knabenchor eintreten würde. Es gab keinen, aber wirklich keinen Kollegen im Präsidium, der in den vergangenen Jahren so herausragende Ermittlungsergebnisse vorzuweisen hatte wie sie.

Sie dachte nur an den Fall vor kurzer Zeit mit den ermordeten katholischen Priestern in Kassel. Wären sie und ihr Spürsinn nicht gewesen – wahrscheinlich gäbe es in ganz Hessen keinen katholischen Pfarrer mehr, weil die Mordserie endlos weitergegangen wäre. Sie knallte mit der Hand auf den Tisch und griff zum Telefon. Sie musste diesen Rummel anrufen und gnade dem der liebe Gott, wenn der jetzt am Telefon rumzickte.
Sie ließ es ein Dutzend Mal läuten, wollte schon auflegen, als sich eine matte Stimme meldete. »Ja, hier Rummel.« Anke Dankelmann schaute auf die Uhr. 8.46 Uhr. Wie war das, er wollte nicht vor 10 Uhr angerufen werden.
»Hauptkommissarin Anke Dankelmann, Kripo Kassel, ich hatte bereits gestern versucht, mit ihnen zu sprechen.«
»Hören Sie, wie immer Sie heißen, ich hatte Ihnen gesagt, nicht vor 10 Uhr anzurufen. Wie kommen Sie dazu, mich jetzt schon zu stören?«
»Nun, werter Herr, sagen wir es mal so: Ich ermittle in einem Mordfall. Ihre Aussage brauche ich seit 20 Stunden und wenn sie jetzt nicht spuren, lasse ich sie in fünf Minuten mit einem Streifenwagen von daheim abholen, ist das so weit klar?« Sie wartete die Antwort nicht ab. »Sie haben zwei Möglichkeiten: Entweder die eine, die ich Ihnen bereits geschildert habe, oder sie kommen eigenverantwortlich hierher ins Präsidium. Ich erwarte sie in einer halben Stunde. Wenn Sie nicht auf die Minute pünktlich sind, können Sie was erleben. Ist das klar, Herr Rummel?« Die letzten Worte hatte sie laut und abgehackt ins Telefon gebellt.
»Wer sind Sie eigentlich, dass Sie ...«
»Danke für die klare Ansage. Der Streifenwagen ist unterwegs.« Sie knallte den Hörer auf – und nahm ihn gleich wieder ab, um die Anweisungen für die Abholung Rummels durchzugeben. Es war dünnes Eis, auf das sie sich begab, das war ihr klar. Aber manchmal musste die Staatsmacht einfach mal die Muskeln spielen lassen, vor allem, wenn solche versoffenen Sesselfurzer einen auf Tarzan machten.

50

Rummel erschien 20 Minuten später in Begleitung eines uniformierten Beamten. Sie freute sich auf die neuen blauen Uniformen für die Polizei. Diese grün-beigen Kombis sahen grauenhaft aus. Sie begrüßte Rummel wortlos und wies ihm einen Stuhl zu. Der Mann sah ein wenig zerzaust aus, war unrasiert, hatte rot geäderte Augen und erweckte den Eindruck, dass er gelegentlich mal den einen oder anderen Schluck zu sich nahm. Der Auftritt mit Streifenwagen hatte ihn sichtlich beeindruckt.

»Hören Sie, Frau Dankelmann, ich weiß nicht, was Sie von mir wollen, aber ...«

»Können Sie ja auch nicht, Sie haben sich ja bisher standhaft geweigert, mit mir zu reden. Machen wir es kurz.« Sie klappte eine Akte zu und schaute ihn an. »Es gibt in dem Mordfall, von dem ich Ihnen versucht habe, am Telefon etwas zu berichten, eine mögliche Spur, die mit den Vorkommnissen am 31. März 1945 am Bahnhof Wilhelmshöhe zu tun haben könnte.« Rummel schaute fragend auf. »Ich werde Ihnen keine Details berichten, Sie sind Historiker, haben über den Mord an den Zwangsarbeitern geforscht und geschrieben. Ich habe einige Fragen dazu.«

»Und Sie können mir nicht ein paar Details zum Mord nennen?«

»Könnte ich, tue ich aber nicht. Vielleicht später, wenn sich ihre Kooperationsbereitschaft auf Normalniveau begeben hat. Also: Wichtig ist für uns eines: Bei all den Veröffentlichungen, die ich im Internet gesehen habe, die sich mit der Massenerschießung beschäftigen, ist immer von einem Kommandoführer W. die Rede. Nirgendwo steht der vollständige Name, allerdings habe ich unsere Unterlagen und Akten bei der Justiz auch noch nicht überprüft. Wer also ist dieser W.?«

Rummel rückte auf seinem Stuhl hin und her. »Das Ganze ist etwas kompliziert. Ich habe selbst meine Probleme gehabt, bei den Justizakten überhaupt etwas herauszufinden. Alle Beteiligten an diesen Erschießungen sind nämlich nicht belangt worden, sie haben, so heißt es, aus Befehlsnotstand gehandelt. Es gab eine Anweisung des damaligen Gestapo-Chefs in Kassel, Franz Marmon, diese Zwangsarbeiter zu erschießen. Und dieses Kommando führte den Befehl aus. Die Namen der Beteiligten werden in keinen Veröffentlichungen genannt – es gibt ja keine Urteile und man will nicht, dass die Nachkommen möglicherweise irgendeinen Nachteil haben durch eine Sache, für die sie ja nicht verantwortlich sind, verstehen Sie?« Dankelmann nickte. Rummel war auf dem Weg, nüchtern zu werden.

»Auch dieser W. war ja kein Niemand in dieser Stadt. Er war ein angesehener Unternehmer, der auch nach dem Krieg erfolgreich arbeitete. Dass er in den letzten Kriegstagen mit seinen Untergebenen zum Mörder wurde, hat in Kassel sowieso kaum jemand mitbekommen. Die Stadt war in Auflösung, die Amerikaner standen vor den Toren, es gab Flüchtlinge, die Mitglieder des Erschießungskommandos waren zum großen Teil nicht mehr hier oder kamen erst gar nicht aus Nordhessen. Manche haben den Krieg nicht überlebt. Die wenigen Überlebenden des Massakers selber konnten hinterher die Mörder noch nicht einmal identifizieren bei den Gerichtsverhandlungen.«

»Herr Rummel, mal eins nach dem anderen. Sagen Sie mir doch erst einmal, wer sich hinter diesem W. verbirgt, und dann referieren Sie doch einfach mal, was Sie über die Geschehnisse des 31. März wissen. Einverstanden?« Sie blickte auf die Uhr, es war gleich zehn Uhr und die Beerdigung stand vor der Tür. »Wie sieht es überhaupt aus, ich muss um 11 Uhr bei einer Beerdigung sein, können wir eventuell am Nachmittag miteinander das Gespräch fortsetzen, ich sage Ihnen dann auch, warum diese Ereignisse von 1945 Uhr für uns so wichtig sein könnten.«

»Ich habe heute einen Tag Urlaub, habe auch nichts Bestimmtes vor. Von mir aus kann ich gern noch einmal vorbeikommen, oder schicken Sie mir wieder eines dieser hübschen Taxis?« – »Fein, dann sagen wir also 15 Uhr, selber Ort? Und nun noch die Antwort auf die Frage: Wer ist dieser W.?« – »Die Frage müsste, mit Verlaub, heißen: Wer war dieser W.? Nach den zur Verfügung stehenden Unterlagen müssen wir davon ausgehen, dass der Kommandoführer am 31. März 1945 ein gewisser Gisbert Wacker war. Der Mann war Bauunternehmer, hatte das Geschäft seines Schwiegervaters übernommen und legte größten Wert auf die Tatsache, dass die Firma, Gottlöber und Sohn, aus allem herausgehalten wurde. Der Mann war ansonsten ein völlig unbeschriebenes Blatt. Mitglied der NSDAP, okay, das waren einige, und es hat sich eigentlich nie so ganz geklärt, wie dieser Kommandotrupp zusammengestellt wurde und weshalb er ausgerechnet an diesem Tag an dieser Stelle auftauchte. Wacker war vorher und nachher ein unbescholtener Bürger gewesen. Und wurde, wie die anderen Mitglieder des Erschießungskommandos, 1949 in einem Gerichtsverfahren freigesprochen. Wissen Sie, was die Begründung war?« Rummel war sichtlich erregt, Anke Dankelmann hörte ihm mit größter Spannung zu. »Die Begründung war: Sie hätten mit einer gnadenlosen Bestrafung durch diesen Verbrecher Marmon rechnen müssen, der als brutaler Mensch galt. Dem ist übrigens auch nie was passiert, außer Untersuchungshaft. Man muss sich das mal vorstellen: Kassel ist zur Hälfte von den Amerikanern eingekreist, es ertönt zum ersten Mal im Krieg Panzeralarm, ein fünfminütiger Heulton, und dann erschießen diese Schweine noch 80 Menschen, die Hunger hatten. Die hatten nur Hunger, wie die Deutschen auch. Und sie haben nur Lebensmittel geklaut – wie die Deutschen auch.« Rummel setzte sich wieder. »Entschuldigen Sie, Frau Dankelmann, in doppelter Hinsicht. Einmal, weil ich mich so errege, aber das tue ich immer, wenn ich über diese Geschichte rede. Und zweitens wegen meines Benehmens heute morgen. Das war nicht angemessen – aber Sie haben mich ja auch wirkungsvoll auf den Topf gesetzt.« Rummel grinste, und Dankelmann fiel ein kleiner Stein vom Herzen. Die Vorgehensweise hätte nach ihrem Auftritt heute Morgen in der Konferenz garantiert Folgen für sie gehabt. Ein wenig gepokert – und zum Glück eine gute Hand gehabt. »Aber ich vermute, wenn ich mal nachhaken würde, ob die Methode Ihres Vorgehens heute morgen den Vorschriften entspricht, dann würde ich doch eine Überraschung erleben.« Rummel grinste und zwinkerte ihr zu. »Also schlage ich vor, wir vergessen das Ganze, okay?« Dankelmann schluckte kurz. »Kein Problem, Herr Rummel, ich feiere auch gern. Diese Vorfälle da 1945, das ist eine unglaubliche Geschichte, wirklich, und sie macht mich betroffen. Ich war jetzt schon ein paar Mal an dem Gedenkstein da oben in Wilhelmshöhe. Gibt es denn Informationen über die Identität der Ermordeten?«

»Ja, von einigen. Bei manchen wissen wir auch nur die Namen. Ich bringe Ihnen heute Nachmittag die Unterlagen mit, die Sie brauchen. Aber bevor Sie los müssen«, er blickte auf die Uhr auf dem Telefondisplay, »lassen Sie mich nicht dumm sterben. Um was geht es genau?«

Anke Dankelmann griff in ihren Schreibtisch und holte einen Abzug des Fotos aus Maurers Tresor heraus. Sie legte es ihm vor. »Was, glauben Sie, ist das?« Rummel nahm das Bild, setzte seine Brille ab und schaute sich die Fotografie aus nächster Nähe an. Dann schüttelte er den Kopf. »Keine Ahnung, ein Hinrichtungskommando aus dem Zweiten Weltkrieg, würde ich tippen.« – »Ich habe das Foto den Herren Mollenhauer und Strecker gezeigt. Die haben es mit anderen Aufnahmen verglichen – es scheint sich um das Gelände am Bahnhof Wilhelmshöhe zu handeln. Dem Zustand der Gebäude nach, die man mehr oder weniger deutlich erkennen kann, muss es vom Kriegsende stammen. Vermutlich ist es eine Aufnahme von der Erschießung der Zwangsarbeiter. Und wenn das so ist: Dann ist das im Vordergrund aller Wahrscheinlichkeit nach unser lieber Gisbert Wacker. Und bevor Sie jetzt fragen, was das mit einem möglichen Mord zu tun hat: Das kann ich Ihnen jetzt noch nicht sagen, später vielleicht einmal. Genauer gesagt: ich weiß es selbst noch nicht. Jetzt seien Sie mir nicht böse, ich muss los. Wenn Sie wollen, können Sie die Kopie des Fotos behalten.«

»Das darf nicht wahr sein. Ein einzigartiges Dokument, wenn es stimmt. Ich bin sprachlos, beinahe.«

51

Sie gingen zusammen aus dem Präsidium, Anke Dankelmann sprintete zu ihrem Auto und fuhr in den Kirchweg. Die dunkle Kleidung für die Trauerfeier hatte sie morgens schon bereitgelegt. Sie versuchte, Willimowski zu erreichen, konnte ihm aber nur auf die Mailbox sprechen. Es gab tausend Fragen – aber welche Bedeutung hatten die Antworten für den Mordfall? Oder: hatten Sie überhaupt eine Bedeutung für die Ermittlungen? Sie schlüpfte in ein paar schwarze Pumps, polierte diese mit einem Schuhcreme-Schwämmchen noch einmal auf und hetzte das Treppenhaus hinunter. Sie kam ungern zu spät.

Diesmal aber ließ es sich nicht vermeiden. Der gesamte Bereich um den Hauptfriedhof war zugeparkt, sie musste einen weiten Weg laufen und sah dann, dass die Kapelle, eigentlich recht groß für eine Friedhofskapelle, aus allen Nähten platzte. Die Treppe hinab stand eine lange Schlange von Menschen, die sich alle noch ins Kondolenzbuch eintragen wollten.

Die Feier selbst begann dann mit erheblicher Verspätung. Sie hatte einen Stehplatz im Vorraum erwischt. Insgesamt waren einige hundert Menschen gekommen, um Abschied zu nehmen von Peter Erdmann. Den schwierigsten Job hatte sicherlich der Pfarrer erwischt. Wie will man in Anwesenheit der nächsten Angehörigen, in Anwesenheit der Kinder des Toten, die dieser geliebt hatte und die wiederum ihren Vater geliebt hatten, ein tröstende Ansprache halten, wenn die Hauptfigur der Trauerfeier von einer Brücke gesprungen war? Da gab es für die Hinterbliebenen wenig Tröstendes, und der Pfarrer unternahm zum Glück auch nicht den Versuch eines eher scheinheiligen Seelentrostes. Peter Erdmann wurde geschildert, so, wie er war. Und dass man sich nicht umbrachte, weil man gerade in bester Stimmung auf dem Höhepunkt seines Lebens angekommen war, das erschien auch jedem schlüssig. Die Ratlosigkeit, die Erdmann mit dem Sprung in die Fulda erzeugt hatte, verstand der Pfarrer bestens auszudrücken. Viele Menschen

kämpften mit den Tränen, und Anke Dankelmann hätte jetzt gern einen Blick auf Helga Erdmann erhascht. Der stand das Schlimmste aber noch bevor. Die Trauergemeinde marschierte ein ganzes Stück über diesen riesigen Friedhof in der Kasseler Nordstadt, vorbei am Grabfeld für die Bombenopfer des Zweiten Weltkrieges. Der Sarg wurde in die Grube hinabgelassen, anschließend begann das Defilee der Trauergäste. Irgendwann war Anke Dankelmann an der Reihe. Sie trat ans Grab, nahm die kleine Schippe und warf ein wenig Erde auf den Sarg. Es klang hohl, und sie sagte ein leises »Tschüss, Peter. Ich hoffe, du findest jetzt deinen Frieden« in die Grube hinein. Anschließend ging sie zu Helga Erdmann, deren Antlitz sich aufhellte, als sie Anke Dankelmann sah. »Danke, dass du da bist. Ich hatte befürchtet, du schaffst es nicht«, sagte sie, als die beiden Frauen sich umarmten. »Melde dich doch bitte morgen mal oder komm vorbei, heute der Tag wird einfach grausig, schau all die Leute an – und ich muss mich um die Kinder kümmern.« Dankelmann nickte, schüttelte den Kindern wortlos die Hand und einigen weiteren Menschen, die sie nicht kannte und die offensichtlich zur Familie gehörten. Einige hatten sich aus ihrer gesamten Garderobe irgendwas zusammengesucht, was man mit viel Wohlwollen als Trauerkleidung bezeichnen konnte. Aber jener Glatzkopf am Ende der Reihe, der mit tieftraurigem Blick und wortlosem Kopfnicken signalisierte, vom Heimgang des Verblichenen besonders betroffen zu sein, hätte zumindest eine Hose anziehen können, deren Beine bis zu den Schuhen gereicht hätten. So sah man auch noch die weißen Socken – das hatte Peter Erdmann nicht verdient, dachte Anke Dankelmann. Dann hatte sie es hinter sich. Sie winkte Helga Erdmann noch einmal zu und verschwand in Richtung Ausgang. Sie musste tief durchatmen. Keine Frage: egal, wie nahe ihr der Verstorbene gestanden hatte – Trauerfeiern gingen ihr immer an die Nieren.
Draußen stellte sie ihr Handy wieder an – immer noch keine Nachricht von Willimowski. In ihre Gedanken mischte sich erstmals eine Spur Ärger ein. Ab nach Hause, raus aus der Trauerkleidung

und rein in die Dienstklamotten, nebenher eine Banane und einen Joghurt zum Mittagessen – und ab ins Präsidium. Die Vernehmung der jungen Russen wartete, und sie musste dringend noch mit Mollenhauer und Strecker reden, um deren Einschätzung ihrer Entdeckung zu hören.

Viel lieber hätte sie Willimowski gehört, na ja ...

52

In Kassel herrschte der übliche Montagsverkehr. Man hatte den Eindruck, als hätten alle Autofahrer übers Wochenende das Autofahren verlernt. Auf der Friedrich-Ebert-Straße gurkte ein Mensch aus dem Schwalm-Eder-Kreis mit Dauerbremslicht in der Mitte der Straße herum, peinlich darauf achtend, wirklich nicht schneller als 35 km/h zu fahren. Am Ständeplatz blockierte eine Autofahrerin aus dem Landkreis den Verkehr, weil es ihr partout nicht gelang, in eine etwa zehn Meter lange Parklücke auf dem Bürgersteig zu fahren. Nach einer Minute stand sie fast quer zur Parkrichtung, hatte den Motor schon einmal abgewürgt und wurde ob des Dauerhupens um sie herum immer nervöser. Beim Versuch, um den Kleinwagen herumzufahren, waren ein Audi und ein Porsche aus Kassel leicht kollidiert, Dankelmann wendete den Golf und versuchte, über einen anderen Weg ins Präsidium zu gelangen. Da allerdings musste sie sich hinter den nächsten verkehrstechnischen Pflegefall einordnen: ein älterer Herr mit Hut am Steuer, das Fahrzeug ein alter Benz aus dem Werra-Meißner-Kreis, den Dauerblinker links gesetzt, um dann abrupt rechts abzubiegen und hochbemüht, bei Tempo 15 nicht aus der Kurve zu fliegen. Als sie endlich am Präsidium aus dem Golf stieg, beschloss sie, künftig montags nur noch mit Dienstwaffe in der Hand zu fahren. Plötzlich summte das Handy, Willimowski, na endlich.

»Sorry, dass ich mich so spät melde, bin gut angekommen, aber auch gleich mitten in die Durchsuchungen reingerauscht. Jetzt esse ich gerade 'ne Currywurst. Wie geht es dir?«

Wie schnell Ärger verfliegen konnte. Sie erzählte ihm vom Stress im Verkehr und von ihrer Entdeckung. »Ich habe nur keine Ahnung, was ich mit diesen Fakten anfangen kann. Aber irgend etwas sagt mir, mein Bauchgefühl sagt es mir auch: das ist eine wichtige Entdeckung. Hast du eine Ahnung, Brain?« Willimowski lachte kurz. »Ne, noch nicht so richtig.«
»Moment mal, Valentin, ich habe da eine Idee. Wir haben uns ja auch die Geschichte der Firma noch gar nicht angesehen. Wenn ich mich recht erinnere, dann hat Maurer den Laden Mitte der sechziger Jahre gekauft – und zwar genau von unserem Wacker, oder besser: von deinem Wacker. Wenn es eine Verbindung zwischen Maurer und Wacker gegeben hat, die möglicherweise dazu geführt hat, dass es einen Grund gab, dieses Foto aufzubewahren, dann muss das doch in dieser Zeit gewesen sein. Ich werde mal in die Firmengeschichte einsteigen, muss jetzt aber zum Verhör mit den jungen Russen.« – »By the way, Anke: Vitali kommt nicht mit, der schickt die nur. Ist das für dich okay?« – »Klar, ist sogar besser so, denn ...«
Anke Dankelmann erzählte ihm kurz die Vorfälle in der Lagebesprechung am Vormittag. »Ich habe keinen Namen gesagt und werde das auch nicht tun. Aber wenn er heute hier aufkreuzen würde, wäre das suboptimal.« Beide verabredeten sich für den Abend am Telefon, denn Willimowski ging davon aus, noch zwei Tage in Stuttgart bleiben zu müssen. »He, Anke«, sie hörte seine Stimme gerade noch, bevor sie auf den Knopf fürs Gesprächsende drückte und hielt sich das Handy wieder ans Ohr. »Ja, was denn?«
»Du fehlst mir ...« – Sie grinste wie ein Teenager und schmatzte leise ins Telefon
Als sie das Handy wegpackte, dachte sie, ob es möglicherweise doch noch so etwas gab, was mehr sein konnte als ein vorübergehendes Verliebtsein.

53

Vor dem Geschäftszimmer des K 11 standen zwei junge Männer, deren osteuropäische Herkunft man irgendwie erahnen konnte. Sie wurden begleitet von einem älteren Mann, der Anke Dankelmann erwartungsvoll ansah. »Sind Sie Frau Dankelmann?« fragte er akzentfrei. Sie nickte.

»Ich heiße Peter Meckbach, ich bin Sozialarbeiter in Brückenhof und wurde von Herrn Schewtsow gebeten, die beiden Jungs hier zu begleiten.« – »Hallo«, sagte Anke Dankelmann und lächelte die beiden an, die ihr zwar die Hand gaben, das Lächeln aber nicht erwiderten.

»Hier drüben ist ein Raum, in dem wir uns ungestört unterhalten können, Bernd, kommst du mit?« fragte sie ins Geschäftszimmer hinein, wo Bernd Stengel mit irgendwelchen Akten hantierte.

»Komme sofort, ich bringe was zu trinken mit.«

Es war einer der Verhörräume im Präsidium, die eben aussahen, wie man sich Verhörräume vorstellte. Karg möbliert – die Jungs nahmen nebeneinander an dem Tisch Platz. Beide hatten T-Shirts an, trugen Jeans, weiße, klobige Turnschuhe und Baseballkappen. Stengel stellte zwei Flaschen Mineralwasser auf den Tisch, verteilte Gläser und goss ein. Meckbach blickte unsicher von einem zum anderen. Offensichtlich wusste er nicht, ob er dabei sein durfte.

»Jetzt sagt uns erst einmal, wie ihr heißt, und dann sagen wir euch, was wir vorhaben, okay?« begann Stengel.

»Ich bin Andrej Kusnetsow«, sagte der Blonde und schaute zu seinem schwarzhaarigen Kumpel. »Kolja Borsow«, sagte der mit einer für seine spindeldürre Figur außergewöhnlich tiefen Stimme.

»Wir wollen uns mit euch über diese Schlägerei auf der Dönche unterhalten. Wir wollen alles wissen, weil wir den finden wollen, der euren Freund umgebracht hat. Aber wir wollen auch wissen, wer Peter Hermann lebensgefährlich verletzt hat. Wir wollen so viel wie möglich aufklären – und die Täter bestrafen.« Stengel machte eine Pause. Die beiden Jungs schauten sich an.

»Vitali hat uns gesagt, dass wir der Frau vertrauen können«, sagte Kolja mit seiner tiefen Stimme. Er hatte praktisch keinerlei Akzent. »Aber von Ihnen hat er nichts gesagt.« Er schaute Stengel an. »Leute«, Peter Meckbach wollte sich einschalten, als Anke Dankelmann den Sozialarbeiter mit einer Handbewegung zum Schweigen brachte. »Zu Ihnen komme ich gleich noch«, sagte sie und wandte sich den Jungen zu. »Wir führen solche Verhöre gelegentlich auch allein. Das können wir so machen, ich rede mit euch. Aber dann hat Herr Meckbach hier auch nichts zu suchen.« Stengel nickte, er würde durch den venezianischen Spiegel das Ganze beobachten und mithören, weil das Gespräch natürlich aufgezeichnet würde. Meckbach musste im Wartebereich ausharren. Er hatte wohl damit gerechnet und ging mit Stengel nach draußen.
Anke Dankelmann setzte sich den Jungs gegenüber an den Tisch. »Das einfachste wäre doch, ihr würdet der Reihe nach erzählen, oder? Wir kennen bisher nur die Sicht der Deutschen. Wenn ihr uns eure Version erzählt, dann fügen wir das zusammen und stellen dann unsere weiteren Fragen. Ich würde aber zunächst gern mal wissen, wer ihr seid, woher ihr kommt, wie lange ihr in Deutschland seid, was ihr macht und so weiter.«
Die beiden jungen Russen schauten sich an. »Okay, ich fange mal an«, sagte Kolja. Es waren zwei typische Familienschicksale, wie es sie hunderttausendfach in der Bundesrepublik gab. Beide Familien waren nach der Öffnung der Grenzen Anfang der 90er Jahre nach Deutschland gekommen. Irgendwelche Vorfahren hatten deutsche Wurzeln, die Kusnetsows kamen aus Kasachstan, die Borsows aus Russland, sie waren sogar ganz entfernt verwandt mit dem früheren russischen Weltklasse-Leichtathleten Valeri Borsow. Die Jungen, mittlerweile beide 18 Jahre alt, waren als Kleinkinder in Deutschland angekommen. Die Eltern brachten die Familien mit unterschiedlichen Jobs durch. Koljas Mutter war Krankenschwester, der Vater Gelegenheitsarbeiter am Bau. Andrejs Vater arbeitete bei einer Spedition, die Mutter bei einer Reinigungsfirma. Beide hatten jeweils noch zwei Geschwister, Kolja und Andrej be-

suchten gemeinsam mit Eugen Wagner die Albert-Schweitzer-Schule in Kassel und wollten Abitur machen. Anke Dankelmann war von diesem Gespräch fasziniert. Schließlich ging es um drei Einwanderer-Generationen auf einmal: Die Großeltern, die Anlass für die Ausreise aus den Heimatländern waren, die kein Wort Deutsch sprachen und mittlerweile längst wieder in ihre eigentliche Heimat zurückgekehrt waren. Die Eltern, die hier für ihre Kinder eine Aufgabe sahen und dann die dritte Generation, die Fuß gefasst hatte, aber wie die Vorkommnisse auf der Dönche zeigten, mit den Beinen gleichzeitig in zwei verschiedenen Kulturen standen. Und das Ganze mit durchaus widersprüchlichen Gefühlen.
Andrej und Kolja waren beide Ruderer, fühlten sich in der Umgebung des Turn- und Rudervereins der Albert-Schweitzer-Schule ausgesprochen wohl – und tauchten dann manchmal am Wochenende doch ab in ihre Russen-Cliquen. Sie hatten nach eigenem Bekunden eher skeptisch der Aktion gegen die Gruppe um Stefan Maurer gegenübergestanden – gaben einem Gruppenzwang nach und waren vor allem froh, dass auf der deutschen Seite keine Mitglieder aus dem Ruderverein mitmischten. Sie hatten geahnt, dass es Prügel geben würde und waren eher darauf aus, als Mitläufer die Aktion weder zu boykottieren noch zu unterstützen. Und waren dann doch irgendwann dazu gezwungen worden, sich zu wehren: Jeweils eine kleine Gruppe extrem gewaltbereiter Jugendlicher auf beiden Seiten hatte solange geprügelt, bis man sich gegenseitig auch gefunden hatte: Kolja und Andrej hatten Glück gehabt – gerade als sie im Zentrum des Interesses der Deutschen standen, einer Gruppe um den schwer verletzten Peter Hermann, da waren die Russen aufgetaucht, und es hatte sofort eine knüppelharte Auseinandersetzung gegeben.
Anke Dankelmann hatte den Schilderungen der Jungs zunächst skeptisch gegenüber gestanden: Sie hatten ihre Rolle heruntergespielt, hatten sich angeblich an handgreiflichen Auseinandersetzungen nicht beteiligt. Dann fiel ihr ein, warum Kolja und Andrej da waren: Vitali Schewtsow hatte sie geschickt – und er würde ihr

sicherlich niemanden ausliefern, der sich selbst bezichtigen müsste oder den man dann eines Vergehens überführen würde. Sie glaubte den beiden und hakte doch immer wieder nach.

»Hatte denn irgend jemand eine Waffe dabei?« Kolja und Andrej sahen sich an. »Das war so nicht zu sehen, erst als es richtig los ging, da zog der eine oder andere sein Messer aus der Tasche.« Kolja überlegte und sagte dann weiter: »Wir standen ja nur ein paar Dutzend Meter weg – gerade so weit, dass wir sofort abhauen konnten, wenn die es auf uns abgesehen hätten. Und nah genug, um alles zu sehen. Die meisten haben nur herumgefuchtelt und sich dann doch im wesentlichen geprügelt. Oder hatte noch jemand außer Eugen und dem Deutschen Verletzungen von Messern?« Anke Dankelmann zog die Augenbrauen hoch. Gute Frage. »Weiß ich nicht genau, muss ich nachschauen.« Sie blickte in Stengels Unterlagen, die der auf dem Tisch hatte liegenlassen. Von Messerverletzungen war nicht die Rede, schwere Prellungen von Schlägen mit Knüppeln oder Steinen. Aber keine Stich- oder Schnittwunden.

»Eigentlich war das dann wie im Film. Eugen und der Deutsche waren völlig außer sich und gingen mit den Messern aufeinander los. Plötzlich haben beide geschrien, beide sind zusammengesunken und wurden dann von ihren Leuten weggebracht. Und als wir dann, als wir hinter unseren Leuten her sind, Eugen gesehen haben, wussten wir gleich: Der ist tot.«

»Würdet ihr diese Aussagen im Zweifel auch beeiden?«

Beide nickten. Sie stellte noch ein paar Fragen und beendete dann das Gespräch.

»Frau Dankelmann?« Kolja war aufgestanden und druckste noch herum. »Jetzt wollt ihr wissen, was mit euch geschieht, oder?« Die Jungs nickten. »Kann ich euch so nicht sagen. Aber wenn ihr wirklich niemanden angegriffen oder verletzt habt, dann habt ihr sicher nichts zu befürchten, vor allen Dingen deshalb, weil ihr euch als Zeugen zur Verfügung gestellt habt. Zusammenarbeit mit der Polizei – das ist etwas, was jedes Gericht gern sieht. Wir auch.« Die

beiden wirkten erleichtert, die Tür ging auf und Stengel kam herein, im Schlepptau Meckbach. »Eure Daten haben wir ja alle. Wenn was ist, melden wir uns. Und wenn euch noch was einfällt, dann ruft an.« Stengel gab ihnen je eine Visitenkarte. Als die Jungs gegangen waren, blieben die beiden Polizisten am Tisch im Verhörraum sitzen und schwiegen einen Moment. »Da haben die Kollegen noch jede Menge Verhörarbeit zu leisten, bis dieser Kuddelmuddel aufgeklärt ist. Aber immerhin. Wir wissen jetzt, wer wen abgestochen hat.« Stengel blickte Anke Dankelmann an. »Und noch was, Anke: dein russischer Informant – wie nah ist der dran am organisierten Verbrechen?«
Sie zuckte mit den Schultern. »Echt, Bernd, ich habe keine Ahnung. Ich erzähle dir gern nachher alles, von mir aus beim Bier. Aber nicht jetzt. Und dann nur, weil du mein Freund bist und vertraulich, okay? Wir müssen sowieso in die Abendlage. Schau mal auf die Uhr.«

54

Sie packten ihren Kram zusammen und gingen ohne Umwege in die Zentrale, wo die meisten Mitglieder des Teams schon versammelt waren. Plassek referierte zunächst über die Durchsuchung bei Scheuble in Stuttgart – man hatte massenweise Unterlagen, Akten Festplatten, Dokumente, sichergestellt und hatte schon am Nachmittag mit den Auswertungen begonnen. Anschließend referierten Dankelmann und Stengel die Ergebnisse vom Verhör der beiden Russen.
»Na so ein Zufall, die stechen sich gegenseitig ab, und wir müssen nicht mehr lange fahnden. Der Rest hat sich ein bisschen gehauen und wir sehen uns vor dem Jugendrichter und anschließend auf der Dönche zur nächsten Schlacht. Ein Täter ist tot, der andere beinahe. Wie das passt. Also nein, das hat der gute russische Bekannte unserer Kollegin aber prima hingebastelt.« Polizeihauptkommissar Hauer, der sie schon bei der jüngsten Besprechung heftig an-

gegangen war, lehnte sich im Stuhl zurück und suhlte sich in jenem Wohlbefinden, das nur die Destruktiven empfinden können.
Anke Dankelmann kochte innerlich. »Zunächst einmal: Die beiden sind volljährig, würden das im Zweifel beeiden. Zweitens: Es gibt bei den anderen Verletzten keine Stich- oder Schnittwunden. Drittens: Präsentier mir doch einfach ein paar Zeugen, die die Ergebnisse dieser Ermittlungen widerlegen oder zumindest in Frage stellen. Aber wenn ich die Aktenlage richtig beurteile, dann bestand dein Beitrag bisher ausschließlich im Sauerstoffverbrauch bei Sitzungen.« Hauer lief dunkelrot im Gesicht an und wollte losdonnern, als Plassek sagte: »Gute Arbeit, Anke und Bernd. Ich wünschte, wir hätten gelegentlich mehr Mitarbeiter, die eigene Quellen zu den Ermittlungen beisteuern könnten. Übrigens: Der gute Herr Dr. Klutsch will morgen Nachmittag hier aufkreuzen, könnt ihr zwei den gemeinsam mit dem Kollegen Bender verarzten?« – »Hee, Moment mal, beim letzten Verhör war ich auch dabei!« Hauer protestierte. Plassek sah ihn eiskalt an und sagte: »Korrekt formuliert, Kollege. Beim letzten Verhör warst du dabei. Bei diesem bist du es nicht.« Betretenes Schweigen im Raum. »Du bist ab morgen für die Auswertung des Materials bei Gottlöber in Kassel und bei Scheuble in Stuttgart zuständig. Und zwar ausschließlich.« Dankelmann blickte auf die Tischplatte. An so eine öffentliche Degradierung eines Kollegen in einer Lagebesprechung konnte sie sich nicht erinnern. Beinahe tat ihr Hauer leid. Aber eben nur beinahe.
In ihrem Büro besprachen sie anschließend noch den morgigen Tag. Um 11 Uhr war die Beerdigung von Maurer, um 14 Uhr kam Klutsch, sie würde den guten Rummel, der verabredungsgemäß einen dicken Briefumschlag mit Unterlagen ins Präsidium gebracht hatte, bitten, um 9 Uhr bei ihr im Büro zu sein. Mit Stengel verabredete sie sich um 19 Uhr im Biergarten des Restaurants »Mythos« in Harleshausen. Biergarten war ein netter Ausdruck: In einem winzigen Hinterhof hatte Giorgios, der Wirt, geschmackvoll ein paar Tische und Stühle platziert. Windgeschützt, ein uriges Plätz-

chen, und zum Glück war an diesem Abend noch ein Tisch am Rand frei. Sie hatte den Wagen schräg gegenüber auf der anderen Seite der Wolfhager Straße, direkt vor der Filiale der Sparkasse geparkt und hatte kurz mit Willimowski telefoniert. Der ging regelrecht auf in den Recherchen in Stuttgart. Und heute Abend wollte er mit ein paar Kollegen um die Häuser ziehen. Als sie von dem Verhör und Vitalis Hilfe erzählte, pfiff er leise durch die Zähne am anderen Ende. »Na, meinen alten Freund hast du ja schwer beeindruckt«, sagte er, und sie hatte den Verdacht, dass er ein wenig eifersüchtig war. »Weißt du, ich lese ja nur ganz wenige Kriminalromane, und wenn, dann keine deutschen. Es gibt da so einen englischen Autor, Ian Rankin. Der hat einen Schmuddelkommissar erfunden, der sich eine Dauerfehde mit einem Gangsterboss liefert. Die beiden können sich nicht leiden und mögen sich eigentlich doch. Jedenfalls: Dieser Gangsterboss liefert dem Kommissar immer Informationen, die beiden nützlich sein könnten. Daran musste ich heute denken, als die Jungs zum Verhör gekommen waren.« – »Die Krimis kenne ich nicht, aber Vitali, da sei sicher, wird dir nur helfen, wenn es ihm nützt und wenn er dich mag. Und Letzteres scheint ja der Fall zu sein. Mit wem gehst du denn heute essen?« Anke Dankelmann lachte. »Du bist eifersüchtig? Was für ein schönes Kompliment ...« Willimowski druckste ein wenig rum und versprach, sich wegen ihrer Nicht-Anwesenheit in Stuttgart ab sofort zu betrinken.

55

Als sie im Biergarten des »Mythos« eintraf, saß Stengel schon an einem kleinen Tisch. »Na, haste mit dem Staatsanwalt telefoniert? Du hast so ein Shining im Gesicht.« Sie nickte. Maria, die Bedienung, empfahl ihnen einen Vorspeisenteller und Lammfilets, sie folgten dem Tipp und bestellten einen Liter Retsina und Mineralwasser zum Mixen. Der Biergarten war nur halb gefüllt, dennoch sprach Anke Dankelmann fast im Flüsterton, als sie Stengel von Vi-

tali erzählte. Unterbrochen wurden sie nur von der Bedienung. Ganz zum Schluss sagte Stengel: »Ich denke mal, du machst das richtig. Und ich habe auch den Eindruck, dass du dich nicht vereinnahmen lässt. Der Vergleich mit diesem Krimi ist prima – da weißt du offensichtlich aus der einschlägigen Literatur«, er grinste, »wie du dich zu verhalten hast. Kann man den Kauf von Krimis eigentlich als Bulle von der Steuer absetzen? Aufwand für Weiterbildung oder so?«
Als der übliche Ouzo mit der Rechnung kam, war es bereits weit nach halb elf am Abend. Von unterwegs rief sie noch kurz bei Helga Erdmann an, die für ein langes Telefonat zu müde war. Die Beerdigung war vorbei und wie bei fast allen Trauerfällen, die Anke Dankelmann erlebt hatte, war der Tag der Beisetzung so eine Art Ventil: Hatte man die Beerdigung hinter sich, hatte man das Schlimmste hinter sich – zumindest vom augenblicklichen Eindruck her. Jetzt konnte man beginnen, ohne den Stress einer bevorstehenden Trauerfeier allein zu trauern – und so ging es auch Helga Erdmann. Eine Zentnerlast war von ihr gefallen, sie war todmüde, und die beiden verabredeten sich fürs Wochenende für einen Spaziergang. Zur Beerdigung von Maurer am nächsten Tag wollte sie nicht kommen. Anke Dankelmann ging sofort zu Bett. Keine SMS von Willimowski – vermutlich traf der die Tasten schon nicht mehr.
Nachts brummte das Handy.
Sie schreckte aus dem Schlaf hoch, es war drei Uhr. Die Nummer auf dem Display war die von Willimowski. Sie grinste. »Hallo?« meldete sie sich mit betont verschlafener Stimme. Der Mann am anderen Ende hatte erhebliche Sprachstörungen und versuchte ihr trotzdem mitzuteilen, wie sehr er sie vermisse.
Sie legte das Telefon auf den Nachttisch, stellte es auf laut, schaltete das Licht aus und hörte mit einem Kribbeln im Herzen der ersten Liebeserklärung eines Betrunkenen zu, die ihr eine Freude machte. Als Willimowski »Schlaf schön« ins Telefon genuschelt und aufgelegt hatte, da ging sie ins Wohnzimmer, holte den Ku-

schelhund aus ihrer Kindheit vom Sofa und nahm den mit ins Bett. Das musste jetzt sein. Sie hatte doch gewusst, dass sie das Tier noch mal brauchen würde.

56

Am Morgen im Präsidium hatte Plassek zwei Neuigkeiten. Zum einen hatte man Peter Hermann noch einmal operiert – und die Prognosen waren jetzt viel besser als vorher. Er würde es wohl schaffen, die Kollegen wirkten erleichtert. Ein Toter war schon einer zu viel. Aus Stuttgart hatte man zudem einen groben Zeitplan bekommen, wann man mit konkreten Ergebnissen würde rechnen können. Man ging von September aus – aber eigentlich hatte man auch nichts anderes erwartet. Diese unendlichen Datenmengen komplett zu sichten, war einfach eine undankbare endlose Arbeit. Um 9 Uhr erschien Rummel, und sie gingen die Unterlagen durch. Mit der Konsequenz, dass sie bei der Durchsicht der Namen feststellte, dass ihr Filippo eigentlich Francesco hieß. Es war ihr recht, eigentlich klang Filippo auch zu niedlich. Erneut führte sie sich die Vorgänge an diesem Karfreitag 1945 vor Augen und entwickelte einen in ihr hochkriechenden Hass gegen diese Nazi-Killer. »Sagen Sie mal, Herr Rummel, was ist aus diesem Wacker weiter geworden? Hatte der auch Familie oder so?«
»Das könnten Sie doch wohl am besten feststellen, ich habe über ihn nie geforscht, aber er ist ja nach dem Krieg nie groß in der Öffentlichkeit aufgetreten und hat seinen Laden irgendwann verkauft, oder?« Sie nickte und schaute auf die Uhr. »Ich muss zur Trauerfeier für Maurer, ich halte Sie auf dem Laufenden, okay?« Rummel gab ihr die Hand. »Wenn mir noch was in die Hand fallen sollte, dann melde ich mich auch. Viel Erfolg!« Der Historiker war kaum draußen, da rannte sie in ihr Büro und redete auf Stengel ein. Der versprach, sich nach den Daten von Wacker und seiner möglichen Familie zu kümmern. Ein unbestimmtes Gefühl der Erregung, das sie ihren Jagdtrieb nannte, machte sich bemerkbar.

Auch Stengel kannte diese Auftritte seiner Kollegin und wusste nur zu gut, dass man ihren Instinkt ernstnehmen musste. Auf ihrem Handy war eine Mitteilung angekommen. »Aspirin!!!« stand da mit drei Ausrufezeichen. Damit war alles gesagt. Tja, sagte sie sich, Liebe bedeutet manchmal auch Leiden.

Die Trauerfeier für Maurer war von völlig anderer Art als die für Erdmann. Standesgemäß hatte man die Martinskirche, den Kasseler Dom, ausgewählt. Der Bischof, mit dem Maurer eng befreundet gewesen war, hatte eigentlich die Predigt halten sollen, war aber erkrankt. Dekan Feigel, ein hagerer Mittvierziger mit schütterem Haar, dem man den Pfarrerberuf auf Meilen Entfernung ansah, predigte mit näselnder Stimme. Die Kirche war prallgefüllt, es mochten gut 800 Menschen sein, die bei der Trauerfeier zur Einäscherung dem Ermordeten die letzte Ehre erweisen wollten. Werner Maurer war halt eine bedeutende Person in dieser Stadt gewesen. Inge Maurer war erst eine Minute vor 11 Uhr mit den Kindern in die Kirche gekommen. Sie trug ein schwarzes Kostüm, schwarze Pumps und einen Hut mit schwarzem Schleier. Stefan Maurer saß im Rollstuhl und wurde von seinem Bruder geschoben. Während der Predigt schweiften Anke Dankelmanns Gedanken wieder ab. Sie malte sich die Szenen aus, die sich über 60 Jahre vorher am Bahnhof Wilhelmshöhe abgespielt haben könnten. Francescos letzte Stunden ...

57

Es war bitterkalt, als Francesco Capellani und seine Mitgefangenen in ihrem Waggon erwachten. Francesco linste aus einem Spalt in Richtung Bahnhof. Es war sieben Uhr – und das war besonders ungewöhnlich, weil sie eigentlich um diese Zeit längst hätten geweckt werden sollen. Er öffnete die Schiebetür ein wenig und schaute heraus. Er sah weit und breit kein Wachpersonal, es war seltsam ruhig. Aus der Entfernung hörte man gelegentlich ein dumpfes Grollen, der Krieg kannte keine Feiertagsruhe. Es war Karfreitag, gestern Abend hatten sie noch flüsternd darüber ge-

sprochen. Und alles war überlagert gewesen von der Hoffnung, dass der Krieg bald vorbei sein würde. Dass man Ostern wieder daheim unter dem blauen Himmel Italiens verbringen würde. Mit Familie, Freunden. Bei einem ausgiebigen Ostermahl. Man würde lachen, singen, Wein trinken. Und man würde keine Angst mehr haben. Und vielleicht würde man auch wieder lieben können. Francesco hatte zum tausendsten Mal an seine Schwester Gabriella gedacht, zum tausendsten Mal leise in seine Decke geweint. Jetzt rief er den anderen Männern zu »Es sind keine Wachen da!« Allmählich krochen alle aus ihren Nachtlagern, Ernesto, ein kleiner Sizilianer, war der erste, der sich traute, aus dem Wagen zu klettern. Niemand war zu sehen. »Die Deutschen sind abgehauen!« behauptete Ernesto. Er ging an die Büsche und schlug dort erst einmal sein Wasser ab. Wenig später hatten es ihm die anderen nachgemacht. Der Pulk der Kriegsgefangenen stand unschlüssig herum. Es war regnerisch und kalt, ein typischer deutscher Märzmorgen, das wussten sie nun nach all den Jahren. Sie beschlossen, sich in kleine Gruppen aufzuteilen und auf dem Bahnhofsgelände nach Menschen zu suchen, die ihnen sagen konnten, was nun mit ihnen passieren sollte. Sie hatten Hunger und Durst, aber auch das kannten sie zur Genüge. Francesco, Ernesto, Pasquale, ein früher einmal dicker Bäcker aus Padua, und fünf andere machten sich vorsichtig auf den Weg in Richtung der regulären Bahnsteige. Es war kein Mensch zu sehen. Man hätte prima fliehen können – aber wohin und in welches Schicksal? Sie hatten das eben kurz besprochen, und Franco, ein Rechtsanwalt aus Perugia, den alle nur den cosiglione nannten, hatte gewarnt. »Wir rennen doch nur in irgendeine Frontlinie hinein. Das kann nicht gutgehen. Die Amerikaner sind in drei, vier Tagen hier – und die werden uns befreien.« Man hatte auf ihn gehört, wenn Kassel von den Amis eingekreist war, dann gab es sicher kein Entkommen, und die Wahrscheinlichkeit, von irgendwelchen deutschen Truppen erschossen zu werden, war groß. Man würde Geduld haben müssen – und was waren vier, fünf Tage schon gemessen an den hunderten von Tagen, die sie bisher gelitten hatten?

58

Orgelspiel beendete Anke Dankelmanns Denken an Francesco. Kurze Zeit später war der Gottesdienst vorbei, sie saß weit hinten und schummelte sich schnell aus dem Haupteingang von St. Martin. Peter Erdmanns Beerdigung war ihr nähergegangen, aber auch jetzt musste sie sich innerlich kurz schütteln, um den Blick frei zu bekommen für die nächsten Aufgaben. Klutschs Besuch drohte ihnen – und sie hatte das unbestimmte Gefühl, beim Gespräch mit dem Anwalt mal wieder Zeit zu verschwenden. Sie machte ihr Handy wieder an, las grinsend eine SMS von Willimowski »Aspirin! Kreislauftropfen! Wiederbelebung! Ich brauche dich! Bin heute Abend wieder in Kassel. Empfang mich bitte mit Fachinger in Körpertemperatur und mit Heringssalat.«

Na also, er lebte wieder.

Im Büro telefonierte Stengel gerade und hantierte mit der freien Hand mit der Maus und schaute auf den Bildschirm des PC. »Na, hast du was rausgekriegt?« fragte sie ihn, als er aufgelegt hatte.

»Nicht viel mehr als das, was wir ohnehin wissen.« Er schob ihr drei Computer-Ausdrucke rüber und referierte kurz die Ergebnisse der Recherche. Demnach hatte Gisbert Wacker, was sie ja schon wussten, die Tochter des Firmengründers Eginhard Gottlöber geheiratet, Waltraud Gottlöber. Nach dem Tod des alten Gottlöber hatte Wacker die Firma weitergeführt, Geschäftsführerin war aber seine Frau als Erbin. Er tauchte nicht in irgendeiner Funktion auf. Seine Frau, Jahrgang 1914, und er hatten nur ein Kind: Sohn Wolfgang war 1954 in Kassel geboren worden. Der alte Wacker hatte nach der Geburt des Sohnes die Firma als Geschäftsführer geleitet, 1958 war die Frau gestorben, und Gisbert Wacker hatte die Firma geerbt. Und hatte sie 1965 an Maurer verkauft.

»Und jetzt kommt der Hammer, Anke: Gottlöber und Sohn hatten damals etwa 80 Angestellte, waren erfolgreich im Wiederaufbau der Stadt, es gab Aufträge ohne Ende – und Maurer hat für den ganzen Laden gerade einmal 25.000 DM bezahlt – also den Nenn-

wert der GmbH-Anteile. Komisch, dass die Kollegen das nicht schon mal vorgetragen haben, stammt nämlich aus unseren Unterlagen, die wir im Zusammenhang mit dem Mord an Maurer zusammengestellt haben. Naja, ist vielleicht niemandem aufgefallen. Das Unternehmen hatte eigene Grundstücke in Erschließungsgebieten, die ein Mehrfaches wert waren, die haben voll in Grund und Boden spekuliert. Dann gab es ein dickes Auftragsvolumen, eine Eigenkapitalquote von 25 Prozent – was für eine Baufirma einfach gigantisch ist. Wieso hat der nur so wenig zahlen müssen? Die Wackers, Vater und Sohn, sind dann aus Kassel weggezogen. Der Junge war ja erst 11 Jahre alt. Ihr Haus hat ebenfalls Maurer übernommen, es wurde der Firma einverleibt.« – »Hmm. Das ist wirklich merkwürdig. Gibt es denn den Sohn noch, dass man den mal befragen kann?«
»Mit dieser Frage habe ich natürlich gerechnet, mein lieber Holmes. Also: Unser lieber Wolfgang Wacker ist Verwaltungsangestellter in Böblingen. Arbeitet in der Kämmerei im Rathaus. Hat Mittlere Reife gemacht – auch in Böblingen. Der Vater ist ja 1976 in einer Suchtklinik in Schwenningen gestorben, ist aber vorher schon von seinem Sohn mal als vermisst gemeldet worden. Ist offenbar zuhause abgehauen und nach unseren Unterlagen mehrfach in Süddeutschland aufgegriffen worden. Jeweils als hilflose Person.« – »Mit anderen Worten: der war vom Bauunternehmer zum Penner geworden. Auch ein Schicksal.« – »Da sind die Kontaktdaten von Wolfgang Wacker. Der Mann ist alleinstehend, keine eigene Familie, weder verheiratet noch geschieden. Eine graue Maus, ein unbeschriebenes Blatt. Wohnt in Böblingen.« – »Tja, dann werde ich den nachher mal anrufen, aber erst einmal sollten wir uns auf den Klutsch vorbereiten.«
Sie verabredeten sich mit Bender in der Cafeteria für 13 Uhr. Anke Dankelmann rechnete damit, dass sie am Abend mit Willimowski noch etwas Ordentliches essen gehen würde und begnügte sich mit einem Baguette, die beiden Männer aßen jeweils einen Leberkäse. »Wie ist denn Hauer drauf nach der Abfuhr gestern?« Stengel

schaute Bender erwartungsvoll an. »Schräg, wie sonst?« Bender schob sich ein Stück triefenden Leberkäse in den Mund, kaute und spülte das Ganze mit einem Schluck Mineralwasser herunter. »Aber damit ihr wisst, wo ich stehe: Ich habe kein Problem damit, dass der Chef ihn gestern so vor allen anderen vorgeführt hat. Das wird immer schlimmer mit ihm: Der weiß grundsätzlich immer gleich, was alles nicht geht. Neidet jedem anderen Kollegen auch den kleinsten Erfolg und ist selbst nicht in der Lage, mal konstruktiv zu arbeiten. Andererseits finde ich es mal wieder erstaunlich, was ihr beide bisher so aus dem Nichts an neuen Fakten gezaubert habt. Deswegen freue ich mich, dass wir den Klutsch zu dritt verarzten und Hauer Frust schiebt. Der hätte im Zweifel nur Nebenkriegsschauplätze eröffnet.«

59

Als Klutsch kurz vor 14 Uhr eintraf, hatte Anke Dankelmann zumindest eine neue Erkenntnis: Ihr neuer Lover war auf dem Weg nach Kassel, würde hier kurz nach 17 Uhr eintreffen und sich dann frischmachen, wie er schrieb. Zähneputzen nicht vergessen, dachte sie sich, nicht dass ich da noch die Fahne von gestern zu riechen bekomme.

Klutsch stellte seinen Aktenkoffer aus braunem, glänzendem Leder ab, zog einen dünnen Ordner heraus und blickte in die Runde. »Meine Dame, meine Herren, ich mache es kurz. Es mag zwar etwas pietätlos erscheinen, aber ich bin von der Familie des Verstorbenen ermächtigt worden, den Verkauf der Firma Gottlöber und Sohn voranzutreiben. Der ältere Sohn hat kein Interesse, unter einem externen Geschäftsführer als Teilhaber der Firma zu arbeiten, Frau Maurer möchte gern in eine Großstadt ziehen und hat ebenfalls kein Interesse am Geschäft. Die Firma ist zwar gegenwärtig nicht besonders solvent, ich sehe aber gute Chancen, jemanden zu finden, der das Unternehmen kauft. Eigentlich, um präzise zu sein, gibt es einen Interessenten, übrigens nicht aus der Region, der bereit wäre, einen angemessenen Preis zu zahlen. Allerdings müsste die Sache innerhalb der nächsten drei Monate abgewickelt werden. Deshalb bitte ich Sie, Ihre Untersuchungen so schnell wie möglich zum Abschluss zu bringen.« Anke Dankelmann brodelte schon wieder innerlich, hielt aber den Mund und überließ Bender die Gesprächsführung. Der war in solchen Fällen einfach mehr im Thema und diplomatischer dazu.

»Herr Dr. Klutsch, auch Ihnen dürfte nicht entgangen sein, dass wir gestern mit Steuerfahndung und Kripo die Firma Scheuble in Stuttgart durchsucht haben. Dort wurden umfangreiche Daten sichergestellt, die ausgewertet werden müssen. Steuerhinterziehung und Geldwäsche – das sind die Verdachtsmomente, die sich im übrigen schon in den vergangenen 24 Stunden erhärtet haben. Nach den Schätzungen der Kollegen wird es einige Monate dauern, bis die Untersuchungen abgeschlossen sind. Und, wenn ich das mit meinem bescheidenen Kenntnissen hinzufügen dürfte: Gottlöber und Sohn wäre ohne die Überweisungen aus Stuttgart längst insolvent.«

Klutsch winkte gelangweilt ab. »Ist mir natürlich geläufig. Ich vergaß zu erwähnen, dass es hier nicht um eine Firmenübernahme geht. Natürlich werde ich noch morgen Insolvenz anmelden, das ist der Familie auch klar. Es gibt aber Interessenten für Teile der Firma, für die Immobilie, für den Maschinenpark, für das Auftragsvolumen, um ein paar Punkte zu nennen. Mit den Behörden werden wir uns sicherlich über das Thema Steuer einig, zumal wir bei Auflösung und Verkauf der Firma ja mehr erlösen, als möglicherweise an Steuern nachgefordert wird. Ich wollte Ihnen das nur mitteilen, wir wickeln die aktuellen Aufträge mit einer immer kleiner werdenden Mannschaft noch ab, andere Aufträge gehen dann an andere Firmen über, Sie wissen ja, wie das läuft. Das Humankapital von Gottlöber und Sohn muss leider freigesetzt werden.«

Humankapital – die Mitarbeiter also. Dankelmann und Stengel sahen sich an, sagten aber nichts. »Das wäre es fürs Erste, ich wollte Sie nur informieren, das alles läuft jetzt sehr zügig ab, Gottlöber und Sohn dürfte ja als Unternehmung nicht mit hohen Steuernachforderungen zu rechnen haben, da scheint sich ja wohl alles auf Scheuble zu konzentrieren. Und die handelnden Personen sind ja nun leider nicht mehr unter uns, so dass strafrechtlich wohl ebenso nichts zu erwarten ist. Ich werde mit der Finanzverwaltung Kontakt aufnehmen, mit Blick darauf, dass möglicherweise doch einige Arbeitsplätze erhalten werden können, werden wir uns sicherlich einigen. Wie weit sind denn ihre Ermittlungen gediehen?«

Anke Dankelmann hatte auf diese Frage gewartet. »Im Augenblick stehen wir am Anfang. Wenn wir Ihnen noch konkreter als bisher Ihre Beteiligung an den Machenschaften von Maurer und Erdmann nachweisen können, dann lassen wir es Sie wissen. Ich wünsche Ihnen, auch im Namen meiner Kollegen, einen schönen Nachmittag.« Sie stand auf und ging hinaus, im Augenwinkel sah sie Klutsch, der panikartig hinterherschaute.

Eine Viertelstunde später kam Stengel ins Büro. »Spinnst du eigentlich, wir haben doch gar nichts in der Hand gegen den?« – »Habe ich das etwa behauptet?« Anke Dankelmann grinste ihn an. »Dieser Arroganzling – ich musste ihn einfach mal, na, sagen wir: verwirren.« – »Ist dir gelungen, meine Liebe, das ist dir gelungen. Er hat Bender und mich 15 Minuten gelöchert mit Nachfragen, er will jetzt in die Ermittlungsakten einsehen – da es aber kein Ermittlungsverfahren gegen ihn gibt, haben wir auch keine Akte. Dem geht der Allerwerteste auf Grundeis.« – »Dann hat es sich doch schon mal gelohnt, oder?« Stengel nickte und grinste. Manchmal bewunderte er seine Kollegin für deren Fähigkeit, so ehrlich zu sein und ihre Unfähigkeit, sich in solchen Situationen taktisch klug zu verhalten.

Anke Dankelmann war ein stets authentischer Typ. Und deshalb ungeheuer glaubwürdig. Das machte sie so gefährlich, wenn sie bluffte – wie eben im Gespräch mit Klutsch. Man glaubte ihr – und eigentlich stünde ihr sicher eine große Karriere als Profi-Pokerspielerin bevor. Doch Anke Dankelmann spielte Doppelkopf.

60

Sie hinterließ eine Nachricht auf dem Anrufbeantworter von Wacker junior, versuchte es dann noch im Rathaus unter seiner Dienstnummer. Herr Wacker habe gerade Urlaub, hieß es, man wisse aber nicht, wo und wie man ihn erreichen könne. Ja, eine Handynummer habe sicher seine Kollegin im Geschäftszimmer, natürlich wolle man der Polizei helfen. Ja, man kenne die Geschichte der Firma seines Vaters, da habe Herr Wacker jetzt bestimmt großes Interesse zu erfahren, was da passiere. Irgendwann hatte Anke Dankelmann tatsächlich die Handynummer von Wolfgang Wacker und wenig später ihn direkt am Apparat. Er hatte eine angenehme Stimme und wie immer stellte sie sich vor, wie wohl die Person zu einer so sympathischen Stimme aussehen mag. In der Gewissheit, völlig daneben zu liegen.
»Wie? Sie sind zurzeit in Kassel? Wie kommt das denn?« Dankelmann war überrascht und schaute Stengel an, der aufgehört hatte, Notizzettel zu sortieren. »Können wir uns mal treffen? Ich habe im Zusammenhang mit dem Mord an Werner Maurer einige Fragen, die mit dem Verkauf der Firma durch Ihren Vater an Herrn Maurer zusammenhängen. Könnten Sie ins Präsidium kommen? Morgen früh? Neun Uhr?« Kurze Pause. »Okay. Zehn Uhr. Sie haben ja Urlaub. Bis morgen, Herr Wacker.« Sie legte auf. »Das wird ja immer putziger. Der besucht einen Onkel, den Bruder seiner Mutter, der hier in Kassel wohnt, muss uralt sein. Morgen kommt er. Und bevor du fragst: ich habe keine Ahnung, was ich von ihm will. Ich weiß auch nicht, was ich von dem Gespräch erwarte. Aber mich treibt diese Verkaufsgeschichte mittlerweile genauso um wie dieser Massenmord am Karfreitag. Ob der weiß, dass sein Vater ein Massenmörder war?« – »Willst du ihn genau das morgen fragen?« Stengel schaute sie kritisch an. »Keine Ahnung. Mal sehen, wie das Gespräch läuft. Willst du dabei sein?« Stengel schüttelte den Kopf. »Ich treffe mich morgen mit der Osterloh, die ein wenig von den ersten Ergebnissen in Sachen Scheuble be-

richten will.« Dankelmann grinste, Stengel errötete, zeigte ihr einen Vogel und ging hinaus. Komischer Fall, dachte sie. Dass wir uns beide gleichzeitig in jemanden verknallen – Gott sei Dank war es nicht dieselbe Person, kicherte sie in sich hinein.

61

Es war mittlerweile später Vormittag. Sie hatten ein wenig Wasser aus einer Regentonne geschöpft und davon getrunken und beobachteten jetzt den Auflauf von deutschen Zivilisten um die abgestellten Eisenbahnwaggons. Die Versorgungslage in der Stadt war katastrophal, seit Tagen schon – und offenkundig hatte der Zug Lebensmittel geladen. Die Waggons waren nicht gesichert und es kam, wie es kommen musste. Die Menschen brachen einen Waggon auf, kletterten hinein und stiegen, die Arme voll mit Essbarem, wieder aus dem Zug. Francesco dachte, dass die Deutschen da ein hohes Risiko eingingen. Würden sie erwischt, würden sie bestraft. Vielleicht sogar auf der Stelle erschossen, je nachdem, von wem sie erwischt wurden. Doch es passierte nichts. Irgendwann lief ein Deutscher an ihnen vorbei, warf ihnen einen dicken Kanten Brot zu und rief: »Mensch, ihr habt doch Hunger, holt euch doch auch was, ist doch keiner mehr da, der aufpasst.« Der Mann lief in Richtung Flüsseviertel davon, einer Gegend, die bisher von den Bombenangriffen weitgehend verschontgeblieben war und wo vorwiegend wohlhabendere Menschen wohnten. Aber auch die hatten in diesen Zeiten einfach nur Hunger. Irgendwann war es Ernesto, der aufstand, die Hände in die Taschen steckte und Richtung Zug schlenderte. Die Gefangenen hielten den Atem an. Viele der Deutschen hatten sich mittlerweile verzogen, aber es würde sich sicherlich herumsprechen, dass man hier an Lebensmittel kam. Ernesto wurde von niemandem aufgehalten, er stieg in den Zug und kam kurze Zeit später mit ausgebeulten Taschen wieder heraus. Die letzten Meter zur Gruppe der wartenden Gefangenen lief er, so schnell er konnte. Er breitete seine Schätze aus: Konserven, Kommissbrot. Wasser hatten sie noch, und sie machten sich gemeinschaftlich über die paar Lebensmittel her. »Warum eigentlich nicht?« sagte plötzlich der Consiglione. Stand auf und marschierte in Richtung des Eisenbahnwaggons davon. Viele standen auf und folgten ihm, die ganze Gruppe, knapp 80 Gefangene, setzte sich schließlich in Bewegung. Niemand begegnete ihnen feindselig, die Deutschen bedienten sich weiter von den Vorräten und sahen es offensichtlich als absolut selbstverständlich an, dass auch die Gefangenen vom großen Kuchen etwas abbekamen. Langsam legte sich die Furcht. Francesco nahm drei Konservendosen und ein Brot und stieg wieder aus dem Waggon. Der Himmel war nach wie vor grau, die Sonne würde heute nicht durchkommen, er kannte diese Art von Wetter in Nordhessen. Das Grollen der Geschütze war lauter geworden, die Amerikaner rückten näher. Und durch das Grollen hindurch vernahm er plötzlich das dumpfe Brummen von Lkw-Motoren.

62

Sie war immer wieder erstaunt, dass sie eine Parklücke vor ihrem Haus fand. So wenig Parkraum für so viele Menschen in dieser Straße. Manchen Dingen war halt nicht mit Logik beizukommen. Die Abendlage der Mordkommission war kurz gewesen. Sie hatte vorsichtshalber nichts von ihrem bevorstehenden Gespräch mit Wolfgang Wacker erzählt. Stengel hatte zwar ein bisschen komisch geguckt, als er merkte, dass sie es bei ihrem Vortrag verschweigen würde. Aber vermutlich hatte er eine Ahnung, warum sie sich so verhielt. Er war eigentlich der Mann in ihrem Leben, der sie am besten verstand. Und dennoch würde es nie etwas werden mit ihnen zusammen als Paar. Was der gute Bernd Stengel aber nun mit der Osterloh vorhatte? Eigentlich war er nicht der Typ, der seine Frau verließ oder betrog. Aber andererseits ...
Es war 19 Uhr und sie hatte immer noch nichts von Willimowski gehört. Sie fing an, sich zu ärgern. Seit Stunden freute sie sich und dann ließ der Kerl nichts von sich hören. Sie stieg die Treppen hinauf zu ihrer Wohnung, stutzte und brach in lautes Gelächter aus. Vor ihrer Tür auf dem Treppenabsatz saß Staatsanwalt Valentin Willimowski, in der einen Hand einen Strauß roter Rosen, in der

anderen Hand, besser gesagt im anderen Arm, eine Flasche Champagner und schlief tief und fest. Er schreckte hoch, blickte sich verwirrt um. »War es so schlimm gestern?« flüsterte sie, beugte sich zu ihm hinunter, legte ihm die Arme um den Hals und küsste ihn auf die Stirn. »Hmm. ich warte schon seit Ewigkeiten auf dich. Wie spät ist es denn?« – »Wenn der Herr Staatsanwalt mit so einleuchtender Logik zu plädieren belieben vor den Gerichten dieses Landes, dann sehe ich schwarz für die Durchsetzung des Rechtsstandpunktes der Anklage. Seit wann bist du denn hier?« – »Seit halb sieben.« – »Siehst du, dann dauert die Ewigkeit genau eine halbe Stunde. Und als wir das letzte Mal miteinander geschlafen haben, wieviel Ewigkeiten hat das dann gedauert?« – Er blickte sie irritiert an und rappelte sich auf. Zumindest versuchte er es. Sie hielt ihn auf der Treppe fest und zwang ihn zu einem langen Kuss. »Jetzt darf der Vertreter des Rechtsstaates die Wohnung der Exekutiven im Staat betreten.«

Als die Pulle Schampus leer war, erzählte er vom Vorabend. Valentin Willimowski hatte sich auf Anhieb mit einem Kollegen gut verstanden. Dann kam ein Mensch von der Steuerfahndung hinzu, der an diesem Tag Geburtstag hatte und noch auf ein Feierabendbier nach Hause eingeladen hatte. Diese nette Einladung zum kleinen Entre-Nous entpuppte sich als Einladung zu einer wahren Orgie. In einem Stuttgarter Vorort in einem Reihenhaus war die ganze Nachbarschaft versammelt, Zentner herrlichsten Fleisches wurden gegrillt, das Bier floss in Strömen und die Frau des Steuerfahnders hatte irgendwann angefangen, ungefragt selbstgemachten Schnaps in die Gläser zu füllen. Einen Aufgesetzten aus Kirsch, schmeckte herrlich und entpuppte sich als spätzündender Hirnvernichter. Der Rückweg zum Hotel – er war nur schemenhaft erinnerungsfähig. Vom Anruf wusste er nichts mehr. Nur noch von der Tortur am nächsten Morgen, als der Weckdienst anrief.

Er erzählte noch von der Durchsuchung, schilderte die Angst der Beschäftigten, den Auflauf der Medien, das Durcheinander bei der ersten Durchsicht der Unterlagen.

»Warum warst du eigentlich dabei? So richtig getan hast du ja nix, oder?« – »Stimmt. Aber unsere persönlichen Kontakte nach Stuttgart sind ausgeprägt überschaubar. Ich denke mal, es ist besser, wenn man sich kennt, dann kann man sich auch besser austauschen.« – »Genau. Austauschen würde ich mich jetzt auch ganz gern durch persönliche Kontakte.« Sie warf sich auf ihn. Dieser Mann musste erobert werden.

Nachts wachte sie auf, sah den tief schlafenden und ganz leise schnarchenden Valentin Willimowski neben sich und freute sich über das Mondlicht, das so hell und klar in ihr Schlafzimmer schien. Als Kind war sie mal mit ihrem Vater in einer Sommernacht nach einer Familienfeier mitten in der Nacht bei Vollmond zu einem Spaziergang aufgebrochen. Es war ihr besonderer kleiner Trick, lange aufzubleiben: Wenn ihr Vater sie ins Bett schicken wollte, sagte sie: »Aber ich will doch noch mit Senta und dir Gassi gehen.« Senta war der Schäferhund der Familie. Mit langhaarigem Fell. Sie hatte Senta abgöttisch geliebt und Senta das kleine Töchterchen ebenfalls. Sie hatte eine Erinnerung an ein besonderes Ereignis, ganz verschwommen, da saß sie im Garten bei ihren Eltern mit ihrem Bruder, und ein Mann kam an den Gartenzaun und sprach sie an. Senta hatte neben ihnen gelegen und war plötzlich explodiert. Sie hatte sich am Gartenzaun aufgebaut, die Eckzähne gezeigt, laut gebellt und machte Anstalten, über den Zaun zu springen und anzugreifen. Der Mann war abgehauen – ihre Eltern hatten nach Senta nie wieder einen Hund gehabt. Heute erinnerte sie sich an den Spaziergang im Mondlicht bis ins kleinste Detail. Das Licht war so intensiv gewesen wie heute. Sie streichelte Willimowski über die Brust und war zum x-ten Mal erstaunt darüber, wie intensiv sie Gefühle für diesen Mann entwickelte, den sie eigentlich kaum kannte. Sie hatte plötzlich eine Idee, dachte aus irgendwelchen Gründen an einen Werbespot. Sie ging zum Kühlschrank und holte eine Flasche Hütt Naturtrüb, öffnete den Bügelverschluss, ließ ein paar Tropfen in Willimowskis Bauchnabel tropfen und machte sich emsig daran, dass Bier nicht verkommen zu lassen. Willimowski schlug die Augen auf, brauchte zwei, drei Sekunden um zu begreifen, was da gerade passierte. Aber zum Glück war er ein Schnellmerker.

63

Die Morgenlage im Präsidium machte nur deutlich, dass sie keinen Schritt weitergekommen waren. Sie berichteten noch einmal vom Gespräch mit Klutsch, zum Glück war Kollege Hauer nicht anwesend, der das Ganze garantiert hämisch kommentiert hätte. Anke Dankelmanns Gedanken schweiften ab. Am Morgen hatten sie in ihrem Bett gelegen, Arm in Arm, und Willimowski hatte ihr ein wenig aus seiner Kindheit und Jugend erzählt. Er hatte keine Geschwister, aber auch als Einzelkind konnte man es schwerhaben. Er hatte ihr ganz zum Schluss gesagt, dass er niemals im Leben eigene Kinder haben wolle, weil man mit Kindern in der Erziehung nur Fehler machen könne. Da ihre eigene biologische Uhr erbarmungslos tickte, hatte sie sich ohnehin damit abgefunden, keinen Nachwuchs zu bekommen. Aber einen Stich ins Herz hatte ihr die Aussage dennoch versetzt.

Nach der Morgenlage rief sie, einer inneren Eingebung folgend, Vitali Schewtsow an. Sie bedankte sich für die Hilfe am Tag zuvor. Er war zunächst mürrisch am Telefon, taute dann auf.

»Weißt du eigentlich, dass Valentin ein bisschen eifersüchtig auf dich ist?«

»Wieso denn das?«

»Er sagt, dass du sonst nicht so schnell so freundlich und zuvorkommend mit fremden Menschen bist.« – »Und da denkt er gleich ...« Schewtsow lachte laut auf. »Das macht der viele Wodka, den er bei uns schon trinken musste. Aber im Ernst: Wenn ich dich nicht mögen würde, würdest du es merken. Anke, ich muss Schluss machen, wenn du Hilfe brauchst, weißt du, wie du mich erreichen kannst, grüß Valentin.« Er wartete die Antwort nicht ab und legte auf. Sie würde auf das Angebot zurückkommen, ganz sicher.

Wolfgang Wacker war eine unscheinbare Gestalt. Hätte man seinen Beruf erraten müssen, dann wäre man automatisch von einem Job als Beamter ausgegangen. Cordhose, Hemd, Pullunder – so sahen Verwaltungsmenschen aus. Oder Lehrer. Anke Dankelmann freute sich, dass ihre Vorurteile immer wieder bestätigt wurden. Er hatte volles, leicht gewelltes graues Haar. Und natürlich passte die Stimme nicht ganz zu ihm. Sie plauderten ein wenig über den Onkel, der zehn Jahre jünger gewesen war als die Mutter Wackers und mit seinen mittlerweile 80 Jahren ein rüstiger Schwerenöter war. Er wohnte im Altenheim am Sängelsrain im Stadtteil Harleshausen – am Rand des Habichtswaldes, eigentlich eine schöne Lage, aber wenn man im Alter schwer zu Fuß war, hatte man in dieser Hanglage nichts zu lachen. Der Onkel, erzählte Wacker, pirschte sich an alle alleinstehenden Frauen im Heim ran. Nur so aus Jux, um sich die Zeit zu vertreiben, denn so richtig laufen tat da nix mehr. »Wissen Sie, was er neulich zu mir gesagt hat: Früher stand er im Weg, heute hängt er im Weg.« Wacker schüttelte sich vor Lachen. Anke Dankelmann kannte den Spruch, einer ihrer Doppelkopfkumpels bemühte ihn gelegentlich erbarmungslos. »Dabei ist er heilfroh, keine Partnerin zu haben. Der alte Knabe war sein ganzes Leben lang Junggeselle. Ich bin sein einziger lebender Verwandter. Was soll ich machen? Ich finde ihn lustig und besuche ihn zwei-, drei Mal im Jahr.« Und dann wirst du ihn auch beerben, oder? Dachte sich die Kommissarin.

»Lassen Sie uns bitte mal über meinen Fall reden. Kennen Sie eigentlich Werner Maurer?«

Wacker blickte erstaunt auf. »Nur aus den Erzählungen meines Vaters. Und die wurden ja im Laufe der Jahre, je mehr er soff, immer diffuser.«

»Was hat Ihnen denn Ihr Vater erzählt?« »Ich war ja ziemlich jung, als er die Firma verkauft hat. Als wir von Kassel weggingen, da hat er das immer damit begründet, dass er in eine andere Stadt ziehen müsse, weil er den Tod meiner Mutter nicht verkraftet habe und ihn alles in Kassel an sie erinnere. Ich habe das geglaubt.

Schließlich stand immer ein Bild von ihr neben seinem Bett. Irgendwann hat er dann angefangen, regelmäßig Unmengen zu trinken, da war ich aber schon älter, und da hat er dann irgendwann immer angefangen, über Maurer herzuziehen. Das sei ein Schwein, ein Verbrecher, irgendwann werde er sich rächen, dass der ihn gelinkt habe. Aber ich habe da nie mehr herausbekommen, habe auch gedacht, der phantasiert, so betrunken, wie er dann jeweils war.« »Gelinkt? Womit denn?« – »Das kann ich Ihnen nicht sagen, Frau Kommissarin.« Wacker nahm einen Schluck Wasser und stellte das Glas exakt auf den feuchten Ring, den es auf dem Tisch hinterlassen hatte. Korrekter Beamter, dachte sich Anke Dankelmann. »Hat es Sie denn nie interessiert? Ich meine, da ging es doch um viel Geld, im Endeffekt ja auch um Ihr Geld.« – »Als Vater tot war, da war ich irgendwie auch erleichtert. Meine Beziehungen zu Kassel waren gleich null, mit elf Jahren baut man nicht die Dauerfreundschaften auf. Mein Onkel war noch da – aber mehr nicht. Ich war ja irgendwie auch froh, dass sich das mit meinem Vater erledigt hatte, ehrlich. Meinen Sie, es macht Spaß, ständig den Alten aus Ausnüchterungszellen abzuholen? Oder ihm Geld für Schnaps zuzustecken?« – »Von was hat er denn eigentlich gelebt?« – »Tja, gute Frage. Wie ich nach seinem Tod anhand der Kontoauszüge feststellen konnte, hat er eine monatliche Überweisung von Gottlöber und Sohn bekommen. Er hat also einen Verkaufspreis und so etwas wie eine Rente erhalten. Das hat aber hinterher für die ganze Sauferei vorne und hinten nicht gereicht. Ist ja klar: Der wohnte in seiner miesen Bude in Stuttgart und fuhr dann mal mit dem Taxi zum Saufen nach Ludwigsburg. Und war dann schnell pleite. Im Monat.« – »Aber Sie mussten dann doch der Firma Gottlöber mitteilen, dass sie nicht mehr zahlen mussten, oder?« – »Ganz ehrlich? Das habe ich erst mit zwei Jahren Verspätung gemacht. Anfangs habe ich die Kohle eingestrichen, ich fand da auch nichts dabei. Ich hatte mir meinen Reim drauf gemacht: Mein Vater hatte wegen des Verkaufs der Firma mit dem Alkohol angefangen. Ich hatte den ganzen Ärger. Und dann empfand ich das als Ausgleich für meine

Mühe, meinen Ärger, meinen Stress. Aber ich wäre ja kein korrekter deutscher Beamter, wenn mich nicht irgendwann das Gewissen geplagt hätte. Da habe ich dann der Firma mitgeteilt, dass Vater gestorben sei. Die haben nicht groß nachgefragt, haben aber sofort aufgehört zu zahlen.«

»Wie lange sind Sie denn schon in Kassel, Herr Wacker?«

»Seit knapp zwei Wochen. Ich wohne im Papen Änne in Harleshausen, das ist nicht weit weg vom Altenheim, und ich genieße die Tage, ich wandere, gehe ins Buga-Gelände, sitze gern am Blauen See und lese ein wenig. Man glaubt es ja als Durchreisender kaum, wie schön diese Stadt ist.« Anke Dankelmann kannte den Blauen See. Ein kleiner Tümpel, mitten im Wald, in einer Senke. Werktags im Sommer ziemlich verlassen und ein traumhafter Ort zum entspannen. »Können Sie meine Frage etwas genauer beantworten? Seit wann sind Sie in Kassel?« – »Verstehe ich Sie richtig? Sie wollen für Ihren Fall wissen, wann ich möglicherweise zur Tatzeit des Mordes an Maurer war?« – »Reine Routine, Herr Wacker. Jeder Kollege hier würde Sie das fragen.« – »Ich bin Samstag vor einer Woche gekommen, Sie können das bei Papen Änne nachprüfen, da habe ich am frühen Nachmittag eingecheckt.« – »Sind Sie mit dem Auto hier?« – »Ja klar, ich will ja auch ein bisschen mobil sein…« Sie stellte noch ein paar belanglose Fragen und holte dann zum nächsten Schlag aus. »Wussten Sie eigentlich, dass Ihr Vater verantwortlich war für die Erschießung …« – »Ja ja, jetzt kommt die Geschichte«, unterbrach er sie. Seine Stimme war laut und aggressiv geworden. »Ich kann es nicht mehr hören. Mein Vater war ein Kriegsverbrecher, ja. Ich habe jahrelang nichts davon gewusst. Er hat mir irgendwann davon erzählt, und ich konnte es nicht glauben. Er hat mir Details erzählt, und ich habe die nachgeprüft – alles stimmte, bis in die kleinste Nuance. Wissen Sie, wie das ist, wenn man plötzlich in seinem Vater ein Monster sieht? Er war aber ein ganz normaler Mensch. Bis seine Krankheit begann, war er ein toller Vater. Er ist nun schon so lange tot, und ich habe meinen Frieden mit ihm immer noch nicht gemacht. Ich weiß, dass da am

Bahnhof ein Gedenkstein steht, aber ich war noch nie da. Ich will die Namen nicht lesen. Ich habe in meiner Phantasie häufig genug gesehen, wie das alles abgelaufen sein könnte. Ich will mich nicht mehr damit beschäftigen. Ich verurteile die Taten meines Vaters – aber er ist immer noch mein Vater, verstehen Sie?« Wacker war aufgesprungen. Dankelmann griff in den Umschlag, den sie mitgebracht hatte, und zog ein Bild hervor. »Schauen Sie sich das mal an. Nach unseren Erkenntnissen ist das ein Bild, das am Tag der Erschießungen aufgenommen wurde und das Ihren Vater beim Schießbefehl zeigt. Kann das sein?«

Wacker nahm das Bild, schaute es sich lange an und nickte dann. »Das ist Papa, definitiv.« – »Er hat das gleiche Bild in seiner Nachttischschublade gehabt. Irgendwann, als er meinte, ich sei alt genug, als er es offensichtlich nicht mehr aushielt, für seinen Sohn den Saubermann darzustellen, da holte er das Bild und erzählte mir die Geschichte. Seitdem weiß ich es.« – »Haben Sie das Bild noch?« Wacker nickte. »Ich habe es sogar dabei, es ist im Hotelzimmer.« Er wischte sich übers Gesicht, das Gespräch nahm ihn mit. »Können wir mal hinfahren und vergleichen?« Anke Dankelmann hatte nicht die leiseste Ahnung, warum sie ihn zum Hotel begleiten wollte und was der Bildvergleich bringen könnte. Auch Stengel schaute irritiert. »Ja, okay. Ich brauche jetzt eine Pause. Ich dachte, das wird so ein kurzes Gespräch, und dann geht das in so viele Bereiche hinein, die mir immer noch zu schaffen machen. Wie machen wir das, fahren wir mit zwei Autos?« Dankelmann nickte.

Auf dem Weg nach Harleshausen arbeitete es in ihrem Hirn, und sie hatte keine Ahnung, was ihren Kopf sich so zermartern ließ. Irgend etwas war, irgend etwas hatte sie gesehen, irgend etwas hatten sie übersehen... Im »Papen Änne«, einem kleinen Hotel in der Wolfhager Straße, das so ein typisches Vorstadthotel mit Gastronomie war, wo gern Vertreter abstiegen und von hier aus ihre Verkaufstouren in Nordhessen unternahmen, wartete sie auf dem Parkplatz hinter dem Haus. Wacker kam nach wenigen Minuten herunter, und sie verglichen die Bilder. Sie waren identisch, der Ab-

zug aus dem Safe von Maurer schien ein wenig besser erhalten zu sein. Wackers Exemplar wirkte mehr benutzt, abgegriffener. Sie verabschiedete sich, Wacker verschwand im Haus und sie schaute sich noch einmal um. Ein herrlicher Biergarten lag hinter dem Haus, wahrscheinlich hatte jede Stadt so kleine Spezialecken, Expertentipps für Ausflügler oder Kneipenbummler, zu bieten. Aber der hier war besonders schön. Er erinnerte sie ein wenig an die »Backstube« und damit an Valentin Willimowski. Der hatte sich noch nicht gemeldet, sie sich aber auch nicht bei ihm. Das würde sich schon ergeben im Laufe des Abends.
Dieses drückende Gefühl ließ sie auch weiter nicht los. Sie berichtete Stengel von dem Vergleich, der sie mit fragenden Augen anschaute. Er begriff die Aktion nicht – und sie eigentlich auch nicht. Das einzige Ergebnis des spontanen Besuchs: die Frage, warum Wacker eigentlich dieses Bild von seinem Vater mit in den Urlaub nahm. Diese Frage würde man ihm noch stellen müssen.
Beide verabredeten, bei der Abendlage das Thema Wacker unerwähnt zu lassen. Es hätte, wie sich zeigte, auch nur zur Verwirrung beigetragen. Die Faktenlage war weiter mau, die Durchsuchungsergebnisse und die Verhöre in Stuttgart bestätigten sie in ihrem Verdacht – mehr aber auch nicht. Das Kommissariat für Wirtschaftsdelikte kam voran, die Mordkommission trat auf der Stelle.

64

Am Abend verabredete sie sich mit Willimowski im »Bootshaus«, einer Kneipe am Fuldaufer, dem Auedamm. Hier lag ein Bootshaus der Rudervereine neben dem anderen, überall waren noch Ruderer auf dem Wasser. Sie saßen im Schatten und aßen einen Salat. Zwischendurch griff er über den Tisch, nahm ihre Hand und sah sie leicht verträumt an. Dann wurde er wieder sachlich. »Wir kommen mit der Ukraine nicht weiter, und bei den ersten Ermittlungen deutet alles darauf hin, dass die beiden einzigen, die uns bei Scheuble beziehungsweise Gottlöber weiterbringen könnten, tot sind. Maurer und Erdmann.« – »Und was ist mit Klutsch?« – »Leiser!« flüsterte er ihr zu. »Der sitzt da drüben.« – »Und dann hältst du trotzdem meine Hand? Du wirst ja mutig ...« Die Antwort bestand aus einem langen Kuss auf ihren Handrücken. »Klutsch ist aus jetziger Sicht nichts nachzuweisen. Alle notariellen Arbeiten waren ohne zweifelhaften Inhalt. Aber warten wir es mal ab. Du bist doch nicht etwa voreingenommen?«

Der Abend endete bei ihm daheim. Sie schaute sich in der Wohnung in dieser Betonburg um. Er hatte sie geschmackvoll eingerichtet. Nicht hypermodern, sondern sehr warm, sehr gemütlich. Und er hatte aufgeräumt. »Ich wohne hier seit vier Jahren. Du bist die erste Frau, die meine Wohnung sieht.« Sagte er und umarmte sie. »Und erst einmal die letzte«, flüsterte sie ihm ins Ohr.

Sie stand morgens vor ihm auf, wanderte durch die Zimmer, barfuss. Er hatte ein kleines Arbeitszimmer mit einer Schlafcouch drin. An der Wand hing ein Bilderrahmen mit einer Reihe von kleineren Fotos älteren Datums. Irgendwelche Jugendgruppen, die vor langen Jahren offenbar gemeinsam einen Ausflug oder eine Freizeit miteinander verbracht hatten. Sie würde ihn fragen. Draußen schien die Sonne, von der Wilhelmshöher Allee drang ein leichtes Brummen herüber, der morgendliche Pendlerverkehr. Tausende von Autos wälzten sich durch den wunderschönen Bergpark aus dem Landkreis in die Stadt. Es war schon komisch in dieser Stadt: Es fanden sich immer wieder politische Seilschaften, die die abstrusesten Pläne durchsetzen wollten und dies teilweise auch schafften – und die nahe liegenden Probleme wurden so lange diskutiert, bis eine Lösung nicht mehr machbar war. Längst hätte man den Verkehr aus dem Bergpark verbannen können – etwa durch eine Westtangente. Nach gefühlten 50 Jahren intensiver Diskussion stellte sich heraus, dass mittlerweile die dafür erforderlichen Grundstücke nicht mehr verfügbar waren. Nun ging es um Ersatzlösungen, und man durfte sicher sein, dass auch daraus nichts werden würde. Sie öffnete die Tür zum Balkon, dort stand eine Liege, und sie setzte sich darauf. Die Morgensonne erreichte diesen Teil des Gebäudes nicht, doch sah sie von hier aus das gigantische Dach des Bahnhofs Wilhelmshöhe. Die Gedanken schweiften fast unweigerlich ab. Sie erinnerte sich an die Bilder vom alten Bahnhof, die sie im Stadtarchiv gesehen hatte. Es war unglaublich, was aus diesem schäbigen Bahnhof geworden war. Und dennoch lag der Schlüssel zu diesem Fall, das wurde ihr gefühlsmäßig immer klarer, Jahrzehnte zurück.

65

Das Brummen der Lkw-Motoren war verstummt, Francesco und seine Mitgefangenen atmeten durch. Zu häufig hatten sie dieses Geräusch gehört. Erst brummten die Motoren, dann quietschten die Bremsen, dann folgten laute Kommandos, dann hörte man Schritte von schweren Stiefeln – und stets hatte dies für Kriegsgefangene nichts Gutes zur Folge. Viele Deutsche standen nun ebenfalls am Bahnhof herum. Plötzlich kam Bewegung in das Bahnhofsareal. Ordnungspolizei und Luftschutzpolizei fingen an, das Gelände abzusperren. Francesco wurde unruhig. Was hatte das zu bedeuten? Die Gefangenen tuschelten untereinander. Manche warfen die Lebensmittel, die sie in den Taschen hatten, einfach weg. Andere hatten sie im Waggon versteckt, doch zu dem kamen sie jetzt nicht mehr zurück. Die Minuten vergingen zäh, die Ungewissheit, was diese Situation zu bedeuten hatte, lähmte die Gefangenen. Es war etwa eine halbe Stunde vergangen, da kam ein Trupp von knapp einem Dutzend Männer mit Waffen die Allee herauf, an der Spitze ein Mann in Uniform. Sie passierten die Absperrung und gingen auf die Gefangenen zu. Am Baum stand ein russischer Zivilarbeiter, er hatte einen anderen Status als die italienischen Kriegsgefangenen. Er fühlte sich absolut sicher, hielt in der Hand ein Stück gestohlene Butter. Der Mann in Uniform sah den Russen, ging auf ihn zu, hob seine Maschinenpistole. Der Russe blickte entsetzt auf, ließ die Butter fallen, wollte die Hände heben und öffnete den Mund, um etwas zu sagen. Der Uniformierte drückte den Abzug. Eine kurze Garbe in den Brustkorb streckte den Russen nieder, augenblicklich bildete sich eine Blutlache unter seinem Körper. Die Butter lag in Sekun-

den in einem Meer von Blut. Einige der Italiener hatten aufgeschrien, auch die Deutschen waren verängstigt. Francesco hatte das merkwürdige Gefühl, jetzt sofort beten zu müssen. Das hatte er lange nicht mehr getan. Eine seltsame Anspannung machte sich breit.

66

Die Tür zum Balkon knirschte ein wenig, als Valentin Willimowski nach draußen kam. Er setze sich wortlos neben Anke Dankelmann und streichelte ihre nackten Beine. »Erzähl mir von dir«, forderte sie ihn auf. Als Antwort vergrub er sein Gesicht zwischen ihren Brüsten, sie grinste und schob ihn weg. »Herr Staatsanwalt, ich bitte Sie!« Er schaute wie ein Dackel, dem man sein Leckerli gestohlen hatte. »Nun erzähl schon.« – Er nickte und fing an. Die Eltern waren beide tot, Kontakt zu Verwandten hatte er kaum. Mittelmäßiger Schüler, in sicheren, wenn auch nicht begüterten Verhältnissen aufgewachsen. Er hatte als Jugendlicher Fußball gespielt, jetzt joggte er gelegentlich, ging in die Muckibude und kickte gelegentlich mit Kumpels in der Soccer-Halle in Zwehren. Er las gern Kriminalliteratur, liebte Asterix, ging gern ins Kino, trank gern Bier, konnte kein Doppelkopf, war ein lausiger Theatergänger, liebte klassische Musik. »Und bis vor kurzem habe ich die Frau fürs Leben gesucht.« Er blickte sie an. Sie drückte ihm einen Kuss auf die Stirn, irritiert über dieses Kompliment, das größer nicht hätte ausfallen können. Sie wollte wieder in das Appartement gehen, als ihr an der Balkontür einige Fingerspuren auffielen. Sie stutzte. Und fasste einen Plan, den sie noch nicht einmal Bernd Stengel mitteilen wollte. Geschweige denn ihrem Staatsanwalt, der sie vermutlich nur getadelt hätte. Willimowski hatte aber gemerkt, wie sie kurz innegehalten hatte. »Was ist mit dir?« fragte er und legte den Arm um ihre Schultern. Sie zögerte kurz und gab dann den unkritischen Teil ihrer Gedanken preis. »Wir haben aus Maurers Auto jede Menge Fingerabdrücke und wir haben von der Flasche und über Textilreste auch DNA-Spuren – aber noch niemanden, der dazu passt. Wir setzen auf die Karte Russenmafia, was ja auch nicht dumm ist. Aber wir haben bisher noch nicht ernsthaft versucht, im Umfeld der beiden Toten einen Abgleich zu machen. Wir wissen, dass ein Teil der Spuren von Maurers Frau stammt. Wir wissen auch, dass andere von den Söhnen stammen. Aber haben wir mal gecheckt, ob möglicherweise Helga Erdmann oder eines der Erdmann-Kinder im Wagen gesessen hat? Vielleicht ist das ein Racheakt, vielleicht hat der Vater doch mehr erzählt und sie haben sich für den Selbstmord sofort gerächt. Wenn das Ganze auch zeitlich eng wäre, ich meine vom Tatablauf her.« – Willimowski schwieg nachdenklich. »Ich glaube zwar nicht, dass wir da unseren Mörder finden – aber glauben hilft in unserem Job nicht weiter. Außerdem habe ich viel von deinem Instinkt gehört. Und der hat dich ja auch zu mir geführt.« Er wollte sie in den Arm nehmen, aber ihr Borkener Charme und das Jagdfieber ließen jetzt keine schmusigen Schwächen zu. »Sorry, aber ich muss jetzt irgend etwas unternehmen. Lass uns das für heute Abend aufheben.« Willimowski druckste rum. »Was ist?« fragte ihn Anke Dankelmann und hatte einige Dackelfalten auf der Stirn. »Ich bin heute Abend zum Fußball verabredet. Wir treffen uns um 19 Uhr.« – »Wie? Dann ist es doch bald dunkel. Habt ihr alle Grubenlampen auf dem Kopf?« – »Nein«, Willimowski lachte. »Wir treffen uns in der Soccer-Halle vom Mirko Dickhaut in Zwehren. Und wer ist überhaupt wir?« Anke Dankelmann schaute ihn fragend an. »Gnädigste, ich hatte, bevor ich dich kennenlernte, auch schon ein Privatleben. Wir – das sind ein paar Kumpels, die seit ewigen Zeiten was zusammenmachen. Vitali gehört auch dazu.« Dankelmann nahm ihn kurz in den Arm. »Ist doch okay, viel Spaß und melde dich zwischendurch mal.«

Im Auto reihte sie sich in diese Blechlawine Richtung Innenstadt ein. Zur Morgenlage würde sie es pünktlich schaffen. Sie fuhr beinahe mechanisch durch die Stadt, ihre Gedanken kreisten immer wieder um die Sache mit den Fingerabdrücken. Im Präsidium informierte sie Richard Plassek darüber, dass Peter Hermann, der schwer verletzte Deutsche, jetzt erstmals vernehmungsfähig sei. Stengel wollte das übernehmen, gemeinsam mit Sabine Mockelmann. Die Kollegen von der Wirtschaft meinten, es gebe jetzt erstmals einen Verdacht, dass Rechtsanwalt Klutsch möglicherweise hinter der Konstruktion des Geldwäschesystems stehe. Man habe auf einer Festplatte der Firma Scheuble einen Email-Austausch zwischen Maurer und Klutsch gefunden, der dies nahelege. Darin teile Klutsch Maurer mit, dass in der Angelegenheit die Mehrwertsteuerproblematik noch im Detail betrachtet werden müsse. Die riesige Diskrepanz zwischen der in den Rechnungen ausgewiesenen Mehrwertsteuer und den Vorsteueraufwendungen beispielsweise für den Materialeinsatz müsse dringend kaschiert werden. Anke Dankelmann verstand nur Bahnhof, freute sich aber auf ein Wiedersehen mit dem glitschigen Klutsch. Und scharrte innerlich mit den Hufen, denn sie wollte ihren Verdachtsmomenten nachgehen. Aus dem Büro rief sie Helga Erdmann an, die einverstanden war, noch am selben Vormittag einen Kaffee mit ihr zu trinken.

Sie wollte der Witwe reinen Wein einschenken, das war sie ihr schuldig. Auf der Fahrt nach Kirchditmold fiel ihr Blick auf den Beifahrersitz und auf den Umschlag mit dem Bild vom Bahnhof Wilhelmshöhe. Sie würde es Helga Erdmann zeigen, hatte aber wenig Hoffnung, dass die damit was anfangen konnte. Von jetzt an aber wollte sie stets an das Unmögliche denken.

67

Die Männer des deutschen Kommandos begannen, die verängstigten Italiener einzeln zu durchsuchen. Es gab einen Dolmetscher, dessen Italienisch aber schlecht war, manche der Kriegsgefangenen versuchten, sich selbst mit den paar Brocken Deutsch, die sie gelernt hatten, zu artikulieren. Francesco hatte den Eindruck, dass, abgesehen von dem Mann, der den Russen erschossen hatte, der Rest des Kommandos ziemlich unsicher war, was man nun mit den vielen Kriegsgefangenen anstellen sollte. Die wurden allerdings penibel befragt, wo denn die Lebensmittel herkamen, die sie bei sich trugen. Danach ging es zu den Unterkunftswaggons. Die wurden durchsucht, jede Menge gestohlener Lebensmittel wurden entdeckt. Francesco, dessen Befragung noch nicht einmal eine Minute gedauert hatte, schaute sich um. Es gab einige Schaulustige, aber viele der Deutschen, die vorher noch da gewesen waren – sie hatten sich verdrückt. Das Grollen der Geschütze drang unvermindert in die Stadt hinein. Es war eine gespenstische Situation. Der Himmel zog sich mit Wolken zu, es war kalt in Kassel an diesem Karfreitag, dem 31. März 1945. Als die Waggons durchsucht waren, wurden die Italiener, bei denen Plünderungsgut gefunden worden war, von den Deutschen zu zwei leerstehenden Eisenbahnwaggons getrieben. Sie kletterten auf Befehl hinein, die Türen schlossen sich. Draußen standen ein paar Landsleute, bei denen man nichts gefunden hatte, und schauten ihren Kameraden verängstigt hinterher. Neben der Ungewissheit und der Angst und der Kälte kam jetzt die Dunkelheit hinzu. Zunächst redeten sie noch leise miteinander. Irgendwann legte sich eine eisige Stille auf die Waggons. 78 italienische Kriegsgefangene, eingesperrt wie Osterlämmer. Francesco dachte an den toten Russen am Baum. Und an das Stück Butter im Blut. Heutzutage waren ein paar Gramm Butter offensichtlich mehr wert als ein Menschenleben.

68

Helga Erdmann empfing Anke Dankelmann ausgesprochen herzlich. Sie setzten sich auf die Terrasse, Erdmann hatte Kaffee gekocht. »Wie wirst du denn jetzt finanziell zurechtkommen?« fragte Anke Dankelmann. – »Peter hat offenbar schon vor diesen windigen Transaktionen einiges angespart, wovon ich nichts wusste. Mit den Lebensversicherungen muss ich noch reden, ich habe keine Ahnung, wie das bei Selbstmord geregelt ist. Die Witwenrente wird gering sein, es gibt aber, schon aus frühen Zeiten, eine ziemlich beachtliche Betriebsrente. Und ich will natürlich selbst wieder etwas tun. Ich bin ja eigentlich Grundschullehrerin, habe mich halt viele Jahre beurlauben lassen. Und jetzt suchen sie ja wieder Personal an den Schulen. Das wird schon klappen.« Sie trank vorsichtig einen kleinen Schluck von dem dampfenden Kaffee. »Irgendwie machst du einen sehr offiziellen Eindruck, Anke,« sie schaute die Kommissarin mit neugierigen Augen an. – »Ehrlich gesagt: Ich habe auch ein dienstliches Anliegen. Ich muss dich etwas fragen. Aber wenn ich es nicht tue, dann macht es jemand anderes.« Sie druckste herum. »Wo warst du denn in der Nacht, als Werner Maurer ermordet wurde? Ich muss es fragen, wir müssen einfach unsere Liste abarbeiten und jeden ausschließen, der auch nur halbwegs für die Tat in Frage käme.« Helga Erdmann reagierte zur ihrer Überraschung ausgesprochen gelassen. »Kann ich mir vorstellen«, sagte sie und schaute Anke Dankelmann erneut an. »Ich war hier zuhause, Sven könnte das bezeugen, und Marianne ist an dem Tag ja auch nach Hause gekommen.« – »Und die beiden waren auch die ganze Nacht hier?« – »Ja, aber wie kommst du darauf, dass einer von uns überhaupt ein Motiv gehabt hätte?« – »Das Motiv, warum Werner Maurer ermordet worden ist, ist uns ja sowieso noch nicht klar. Deshalb müssen wir doch trotzdem die Fahndung nach dem Täter fortsetzen. Ich habe noch eine Bitte – und in Wahrheit würde es mich sehr erleichtern, wenn wir euch als mögliche Verdächtige ausschließen könnten. Helga, du weißt, dass das nichts mit meinen persönlichen Vermutungen zu tun hat. Ich bin absolut sicher, dass ihr es nicht wart ...« – »Weiß ich Anke, du musst dich nicht entschuldigen, wirklich nicht. Welche Bitte denn?« – »Wie?« – »Du hast eben von einer Bitte gesprochen.« – »Ja, ach so. Mein Gott, die Situation ist mir so unangenehm, dass ich mich gar nicht richtig konzentrieren kann. Also: Wir haben im Wagen von Maurer Fingerabdrücke und DNA-fähige Spuren gefunden. Unter anderem eine Flasche mit Schnaps. Auf der waren die Fingerabdrücke von Maurer und die des Täters. Zumindest glauben wir das. Und diese Fingerabdrücke haben wir nicht in der Kartei. Hast du irgend etwas, worauf die Fingerabdrücke von euch dreien sind?« – »Naja, wir könnten in den Zimmern der Kinder suchen,

und ich könnte dir die Tasse hier mitgeben – aber halt, gestern Abend haben wir hier zusammengesessen und Wein getrunken, die Gläser stehen noch in der Küche. Kommst du mit?«
In der absolut aufgeräumten Küche standen neben der Spüle ein paar Weingläser. »Aber das sind ja vier«, sagte Anke Dankelmann. »Stimmt, hatte ich ganz vergessen. Wir hatten gestern Abend noch völlig überraschenden Besuch. Kennst du Wolfgang Wacker?«
Anke Dankelmann hatte das Gefühl, als würde ihr aus Überraschung die Kinnlade nach unten klappen. »Klar kenne ich den. Und woher kennst du ihn?« – »Tja, ich kannte ihn ja gar nicht, bis gestern. Peter hatte früher mal gelegentlich ein bisschen aus der Firmengeschichte erzählt. Dass dieser Wacker der Vorbesitzer war und die Firma an Maurer verkauft hatte. Und dass dieser Wacker einen Sohn hatte, das wusste ich. Ich war natürlich völlig baff, als der gestern Nachmittag anrief und fragte, ob er mal vorbeikommen könnte.«
»Und was wollte er dann?« Die Neugier machte sie völlig unruhig. »Er sagte, er sei in Kassel, habe dieses Drama mitbekommen und wollte einfach mal ein wenig plauschen. Ich hatte nichts dagegen, und dann kam er so um acht Uhr hier an.« Helga Erdmann wollte die Gläser gerade in die Hand nehmen, doch Anke Dankelmann schritt ein. »Tja, wem gehörte nun welches Glas?« Ein wenig ratlos standen die Frauen vor den Gläsern. »Diese beiden da, aus denen haben wir Weißwein getrunken, Marianne und ich. Und den Rotwein haben die Männer getrunken. Aber welches Glas von wem benutzt wurde – keine Ahnung.« – »Okay. Besser als nichts. Sollten irgendwelche Abdrücke in Frage kommen, müssen wir halt noch mal loslegen.« Sie nahm einen Plastikhandschuh, streifte ihn über und packte die Gläser in einen Jutebeutel, der an der Tür zur Speisekammer hing. »Nun spann mich nicht so auf die Folter, was hat er denn so erzählt, der Wacker?« – »Naja, er wollte wissen, wie es mit der Firma gelaufen sei, dass sein Vater den Verkauf immer bedauert habe und er eigentlich auch ganz gern im Baugeschäft tätig gewesen wäre. Und nach dem dritten, vierten Glas Wein,

Sven und Marianne waren da aus dem Kino zurück und tranken auch einen Schluck mit, da hat er furchtbar auf Maurer geschimpft, dass der seinen Vater betrogen habe.« – »Aha, hat er da was Genaueres gesagt?« – »Zum Schluss meinte er, Maurer habe seinen Vater erpresst und der habe das sein Leben lang nicht verwunden und sich zu Tode gesoffen.« – »Letzteres scheint zu stimmen. Aber wie hat er ihn denn erpresst?« – »Angeblich mit irgendwelchen Kriegsverbrechen. Und dann hat er noch gesagt, sein Vater könne jetzt in Frieden ruhen, weil mit Maurer Gerechtigkeit passiert sei. Genau so komisch hat er das ausgedrückt.« – »Diese vier Gläser stammen also von euch – und Wackers Glas ist auch dabei.« Helga Erdmann nickte.
In Anke Dankelmann rumorte es, sie musste jetzt dringend ins Präsidium. Doch zunächst gingen sie noch einmal zurück und tranken den Kaffee aus. »Weißt du, Anke, so sehr mich auch der Tod von Peter getroffen hat. Ich glaube, dass es für mich, nicht für die Kinder, die vermissen ihren Vater unendlich, aber dass es für mich so beinahe leichter ist, mit der Situation fertigzuwerden. Emotional war da ja nicht mehr allzu viel. Aber ich stelle mir manchmal vor, was gewesen wäre, wenn ich monatelang, jahrelang damit hätte leben müssen, dass Peter möglicherweise kriminell geworden ist. Wenn er ins Gefängnis gemusst hätte. Die Leute hätten ewige Zeiten auf uns gezeigt. Das wäre schlimm gewesen. Ist das böse, wenn ich so denke?«
»Nein, Helga. Du bist halt nur ein pragmatisch denkender Mensch. Und genau das hilft dir jetzt. Das machst du richtig – und ich mache mich jetzt los. Ich danke dir, dass du mir so hilfst.« »Sagst du mir Bescheid, wenn wir unschuldig sind,« sagte Helga Erdmann kurze Zeit später an der Eingangstür. Anke Dankelmann grinste, nickte und spurtete zu ihrem Auto.

69

Im Präsidium saß Stengel am Schreibtisch und strahlte sie an. »Wir kommen im Bandenkrieg wirklich weiter. Der gute Peter Hermann hat die Angaben der Russen weitgehend bestätigt. Er ist sehr kooperativ und scheint kapiert zu haben, dass ihn dieser Mist fast das Leben gekostet hätte.« – »Naja, zumindest in der Sache scheint sich ja dann alles zusammenzufügen.« – »Und du, hast du für euren gemeinsamen Hausstand was eingekauft? Natürlich Weingläser, damit beginnt man ja auch die Ausstattung einer Wohnung.« – »du bist ein Blödkopp. Hier sind die Fingerabdrücke der Erdmanns drauf.« – »Aha. Vier – da hat der Geist von Peter Erdmann wohl mitgesoffen?« Sie bewarf ihn mit einem Plastikkugelschreiber. »Nein. Aber weißt du, wer gestern Abend bei Erdmanns zu Besuch war und wer auch ein Glas Wein getrunken hat?« Stengel machte eine fragende Miene. »Wolfgang Wacker. Und da Helga Erdmann nicht mehr wusste, wer aus welchem Glas getrunken hat, habe ich alle mitgenommen. Helga Erdmann und ihre Tochter haben Weißwein getrunken, das sind diese beiden Gläser hier. Und die Männer Rotwein. Und das gebe ich jetzt den Kollegen im Labor. Und wenn du brav einen Kaffee kochst, dann erzähle ich dir den Rest!«

Auf dem Rückweg vom Labor ging sie noch schnell auf die Toilette. Ihr war irgendwie unwohl, es war kein Schlechtsein im eigentlichen Sinn, es war jenes Gefühl, das sie stets hatte, wenn sie dringend mal wieder Ruhe brauchte. Morgen früh würde sie mal wieder eine Runde Walken gehen, auf ihrer Lieblingsbank in der Goetheanlage eine Pause einlegen und einfach nur in einen hoffentlich blauen Himmel schauen. Ihre Beziehung zu Valentin Willimowski machte sie zwar glücklich, füllte ihren Tag aber auch noch weiter aus. Und irgendwie mit zunehmendem Alter wurde es auch schwerer, neue Beziehungen zu knüpfen. Sich an einen neuen Menschen zu gewöhnen, seine Eigenarten zu akzeptieren. Aber diese hier, die wollte sie nicht nur knüpfen. Die wollte sie pflegen.

Sie klatschte sich ein wenig Wasser ins Gesicht und trocknete sich mit einem groben Papierhandtuch ab: dass diese Dinger immer so muffig riechen mussten. Und dann entdeckte sie den Grund für ihr mulmiges Gefühl. Sie hatten ganz am Anfang der Ermittlungen einmal den zweiten Schritt vor dem ersten gemacht. Sie würde mit Stengel darüber reden. Jetzt gleich.

Zurück im Büro stand eine Tasse Kaffee auf ihrem Schreibtisch. »Ich erzähle dir gleich, was Wacker bei Erdmanns so alles von sich gegeben hat. Aber wir müssen, glaube ich, dringend noch einmal zwei Dinge überdenken, die wir schon lange wissen, die wir aber irgendwie noch nicht richtig bewertet haben.« – »Wie meinen, Sherlock Holmes?« – »Ich weiß. Das sind die Situationen, in denen ich dich gnadenlos nerve, weil ich Dinge, die wir längst zu den Akten gelegt haben, immer noch mal durchkaue. Aber zwei Dinge machen mich nervös. Erstens: Der Täter hinterlässt nach unseren Vermutungen klare Spuren im Auto. Fingerabdrücke, Speichel, Fasern. Eine komplettere Visitenkarte kann es doch eigentlich gar nicht geben. Das kann bedeuten, dass er genau weiß, dass er nicht in unserer Kartei ist. Wenn es irgendein russischer Killer war, der danach sofort wieder nach Kasachstan, Usbekistan, Aserbaidshan oder Tadshikistan oder nach Weiß-der-Himmel-stan verschwunden ist, dann heißt das, dass dieser Typ nie wieder irgendwo in Westeuropa so einen Job übernehmen kann, weil er kinderleicht überführt werden könnte. Können Sie mir bis dahin folgen, Dr. Watson?« – Stengel nickte mit gelangweilter Miene. »Aber wenn wir die Russen-Killer-Theorie mal loslassen. Und da spricht ja unter anderem dafür, dass Werner Maurer seinen Mörder ja offensichtlich ins Auto gelassen hat, weil er ihn kannte oder ihm vertraute. Einen Russenkiller hätte er nicht ins Auto gelassen.« – »Es sei denn, seine Geschäftspartner aus der Ukraine haben selbst Hand angelegt.« – »Na. Mit Verlaub. Die Herren lassen killen und machen sich nicht selbst die Hände schmutzig. Und hinterlassen solche Spuren. Also weiter. Wenn es ein Bekannter von Maurer ist, dann muss der doch auch wissen, welche Visitenkarte er da auf der

Flasche und im Auto hinterlässt. Er wischt aber nichts weg. Im Gegenteil: es sieht so aus, als wolle er, dass wir all diese Spuren finden. Weißt du, das wirkt, als wolle er, dass wir ihn finden. Damit er erlöst ist. Damit er Ruhe hat. Wir müssen nur noch wissen, wer es ist.« – »Aha. Bleibt also nur noch eine Kleinigkeit. Aber du hast recht. Könnte sein, dass der Täter alles daran setzt, dass man ihn finden kann. Stellen wird er sich nicht selbst. Aber er hat nichts dagegen, entlarvt zu werden.«

Anke Dankelmann erzählte ihm dann von dem Auftritt Wackers bei Familie Erdmann, Stengel runzelte die Stirn. »Erpressung? Wie soll denn das gelaufen sein?« – »Keine Ahnung. Am besten fragen wir den Herrn mal direkt, oder?« Sie wählte die Handynummer von Wolfgang Wacker, der nach ein paar Klingeltönen auch an den Apparat ging. Sie erzählte ihm von der Aussage Helga Erdmanns und fragte ihn direkt, wie und womit Maurer seinen Vater erpresst habe. Er könne sich persönlich nicht erinnern, weil er noch zu klein gewesen sei, erzählte Wacker. Aber sein Vater habe ihm viel später die Geschichte erzählt. Eines Tages sei Werner Maurer im Baugeschäft Gottlöber aufgetaucht, habe nach dem Geschäftsführer gefragt. Wacker senior wollte eigentlich nicht mit ihm reden, aber Maurer habe gesagt, es gehe um den 31. März 1945. Im Büro, unter vier Augen, habe er dann das Bild von der Erschießung hervorgezogen und seinem Vater direkt gesagt, was er damit vorhabe, wenn er ihm nicht die Baufirma verkaufe. Er wolle die komplette nordhessische Öffentlichkeit informieren, ihn ruinieren und persönlich ein für alle Mal ins gesellschaftliche Abseits stellen. Wacker senior habe irgendwann keinen Ausweg mehr gesehen und die Firma verkauft. Im Gegenzug erhielt er das Bild – aber offenbar hatte Maurer vorgesorgt und mehrere Abzüge, möglicherweise sogar das Negativ besessen.

Nach dem Telefonat wirkten die beiden Kommissare sehr nachdenklich. »Werner Maurer war ein Schwein. Ein richtiges Schwein, oder?« Stengel nickte. »Aber um keinen Deut besser als dieser Nazi Wacker. Was ist nach dem Krieg eigentlich mit diesem

Mördergesindel passiert?« Stengel wusste nichts, und sie rief sofort bei Historiker Rummel an. »Das ist ein Skandal, mit Worten kaum zu beschreiben. Die standen zwar alle vor Gericht, soweit man ihrer habhaft werden konnte. Es gab aber keine Strafen, weil man sagte, sie hätten auf Befehl gehandelt.« – »Und dieser Wacker, der war als Person doch auch mit Namen bekannt, oder? Und in Kassel musste man doch davon wissen ...« – »Ja klar. Aber das Gerichtsverfahren war 1949. Alle Angeklagten behaupteten, zum Volkssturm gehört zu haben. Was nie nachweisbar gewesen ist und vermutlich auch nicht stimmte. Aber das Gericht glaubte ihnen das unbesehen, und somit galt Militärstrafrecht. Demzufolge war der Vorgesetzte, dieser Franz Marmon, allein verantwortlich. Aber den hat man ja ein paar Jahre später auch quasi freigesprochen. Die Angeklagten hatten nach 1945 einige Zeit in Lagern gesessen, aus denen sie freigelassen wurden, nachdem ein von den Amis angestrengtes Verfahren ohne Angabe von Gründen eingestellt worden war. So war das damals. Da wurden diese Dinge gern unter den Tisch gekehrt. Der Justiz war das recht so, der Politik und der Gesellschaft sowieso. Das hat sich dann in den 60er Jahren geändert, wer da als Naziverbrecher aufflog, der hatte seinen Ruf verspielt. Aber 1949? Da hatten die Leute andere Sorgen, und die Öffentlichkeit interessierte sich nicht für solche Prozesse. Und die Herrschaften konnten, wie gesagt, hinterher unbescholten leben.« Dankelmann bedankte sich und beendete das Gespräch. »Glaubt man das, da lässt einer fast 80 Menschen vier Tage vor Kriegsende erschießen, und das ist alles rechtens. Wie in einer Bananenrepublik. Überleg mal: keine 100 Stunden bis zum Waffenstillstand. Und dann dieses Massaker.« Anke Dankelmann überfiel ein Gefühl von Übelkeit.

70

Über eine Stunde war vergangen. Irgendwann öffnete sich die Tür zum Nachbarwaggon. Francesco hörte, wie der schlecht italienisch sprechende Dolmetscher sagte, acht Männer sollten aus den Waggons kommen. Dann schlossen sich die Türen wieder. Wenige Minuten später hörte man eine Reihe von Schüssen, ein paar Schreie. Dann kamen die Schritte wieder näher. Francesco hatte Angst. Hatte man die Kameraden eben erschossen? Für was denn? Weil sie Hunger hatten und wie die Deutschen ein wenig Butter und Konserven aus dem anderen Zug gestohlen hatten? Wieder marschierte eine Gruppe unter lautem Gebrüll der Deutschen vom Zug weg, wieder Schüsse, wieder Schreie. Irgendwann war der Waggon, in dem Francesco mit seinen Kameraden wartete, an der Reihe. Sechs von ihnen mussten als erste raus, danach waren acht an der Reihe, darunter Francesco. Sie marschierten zu einem Kleingartengelände neben dem Bahnhof, das von Bombenkratern übersät war. Einige andere Italiener, bei denen kein Diebesgut gefunden worden war, standen abseits, mit Schaufeln in der Hand. Einige der Bombentrichter waren frisch zugeschüttet, von den anderen Kameraden nichts zu sehen. Francesco war unfähig zu agieren, zu denken, zu sprechen. Er faltete die Hände, blickte in den grauen Himmel und betete für seine Familie und vor allem seine geliebte kleine Schwester.

Auch die anderen waren erstaunlich ruhig, von Widerstand, von Aufbäumen gegen das Schicksal keine Spur. Sie stiegen in einen Bombentrichter, stellten sich in einer Reihe auf. Die Deutschen hoben die Gewehre. Der Mann, der den Russen erschossen hatte, stand ein wenig abseits und hob den Arm. Francesco sah, wie weiter hinten ein anderer Mann einen Fotoapparat hob und unbemerkt die Szene fotografierte. Er hörte den Befehl »Feuer!«, hörte den Knall und spürte den brennenden Schmerz in seinem Bauch, der ihm die Sinne raubte. Er brach zusammen, krümmte sich vor Schmerzen, er konnte keinen klaren Gedanken mehr fassen, er spürte, wie das warme Blut in Strömen über seine Hände rann, die er vor den Bauch gepresst hatte. Als er die Augen öffnete, sah er genau vor seinem Gesicht ein paar schwarze Stiefel. Dann spürte er den kalten Lauf einer Pistole an seinem Kopf. Den Knall des Schusses hörte er nicht mehr. Der Mann mit dem Fotoapparat verschwand blitzschnell vom Bahnhofsgelände. Was er mit dem Foto anfangen wollte, wusste er noch nicht. Irgendwann würde der Tag kommen, da würde er Verwendung dafür haben.

71

Sie hatte mal wieder das Essen vergessen. Und wieder einmal stürmte sie über den Bahnhofsvorplatz und holte sich bei Burger King einen Salat und eine Cola Light. Sie schlang das karge Mahl runter und rief dann Willimowski an. Der hörte ihrer Geschichte ohne Zwischenfrage zu. »Ich denke, ich kümmere mich mal um die Familie Wacker«, sagte er dann. »Mal schauen, was wir so über die haben. Ich melde mich wieder. Soll ich dir was sagen?« – »Was denn?« – »Selbst wenn ich wollte – ich könnte dich niemals verlassen. Du mit deinem Spürsinn würdest mich überall finden.« – »Ja. Aber nur, wenn ich wollte. Und wieso bist du dir da so sicher«? – »Du hast neulich im Schlaf geredet.« – »Und was habe ich gesagt?« – »Das bleibt mein Geheimnis. Ich melde mich dann noch einmal und spätestens nach dem Fußball, okay?«

Sie hastete ins Präsidium zurück, als sie die Bürotür aufmachte, schlug ihr ein vielstimmiges »Bingo!« entgegen. »Wir haben ihn!« Markus Wimmel, der Chef der Spurensicherung, hielt ihr die Computerausdrücke von Fingerabdrücken entgegen. »Eigentlich muss ich sagen: du hast ihn.« – »Welcher ist es denn nun?« Anke Dankelmann hatte das Jagdfieber voll gepackt. »Einer von den Rotweintrinkern. Da am Glas auch Speichel war, checken wir gerade noch die DNA, aber die Fingerabdrücke reichen ja erst einmal.« – »Stellt sich halt nur die Frage, welcher der beiden Herren es ist.« Dankelmann erklärte die Sachlage und griff gleichzeitig zum Telefon. Sie bat Helga Erdmann, so schnell wie möglich mit Sven vorbeizukommen, sie war sich sicher, dass der Junge nicht in Frage kam. Dann rief sie bei »Papen Änne« in Harleshausen an.

Wacker allerdings war eine Stunde vorher ausgecheckt. »Scheiße!« entfuhr es ihr. »Aber wenn Sie die Kommissarin sind, dann hat er einen Brief an Sie hinterlassen.« Anke Dankelmann hatte das Telefon auf Lautsprecher gestellt, die Kollegen schauten sich fragend an. »Ich lasse ihn von einem Streifenwagen abholen, ist in ein paar Minuten da.« Sie legte auf, Stengel war bereits dabei, einen Wagen in Harleshausen vorbeizuschicken. Ihr Handy brummte – Willimowski. Sie erzählte ihm von der Spurensicherung und hörte dann zu. Zum Schluss drückte sie nur auf das Handy, um das Gespräch zu beenden. »Was war das denn jetzt? Keine Zeit für eine standesgemäße Verabschiedung?« – »Bernd, hör auf jetzt. Valentin hat die Familie Wacker mal gecheckt. Haben wir ja auch noch nicht gemacht, gab ja auch keinen triftigen Grund dazu. Der alte Wacker hat trotz dieses 80fachen Mordes nichts in seinem Strafregister und wurde nach dem Krieg nie wieder auffällig. Wacker junior, unser Wolfi, der hat allerdings als Jugendlicher an einigen NPD-Demos teilgenommen, ist zweimal wegen Schlägereien mit Gegendemonstranten verhaftet worden. Aber, wie gesagt, als Jugendlicher. Er wurde aber zweimal freigesprochen, so dass es für den Staatsdienst reichte. Aber der Apfel fiel politisch nicht weit vom Stamm.« »Dann könnte das Motiv also späte Rache für den Vater gewesen sein, oder?« Markus Wimmel schaute in die Runde. »Klingt nicht besonders stark und überzeugend, aber wenn der im tiefsten Inneren seines Herzens immer noch ein glühender Nazi ist, dann würde das passen. Maurer stirbt, weil er dem Vater die Existenz genommen und ihn in den Tod getrieben hat.« Sie gaben die Fahndung nach Wackers Auto raus, mehr war im Augenblick nicht drin. Als Helga Erdmann und ihr Sohn kurze Zeit später eintrafen, war schnell klar, dass Sven Erdmanns Fingerabdrücke nicht mit denen im Auto identisch waren. Sie wussten nun: Wolfgang Wacker hatte in der Mordnacht im Auto gesessen und mit Maurer zusammen aus der Schnapspulle getrunken. Da die DNA-Spuren auf der Flasche und auf der Drahtschlinge, mit der Maurer umgebracht wurde, identisch waren, würde der Abgleich mit dem Weinglas vermutlich zeigen, dass Wacker der Täter war. Minuten später lag der Brief auf Anke Dankelmanns Schreibtisch. Sie öffnete ihn behutsam und las laut vor:

»Liebe Frau Kommissarin, Sie werden es ja irgendwann herausgefunden haben. Ich habe das getan, wozu mich mein Vater vor Jahrzehnten aufgefordert hat. Ich habe die skandalöse Existenz Werner Maurers beendet. Der meinen Vater mit etwas erpresste, was in dieser ach so demokratischen Gesellschaft offenbar als Verbrechen angesehen wird. Mein Vater war kein Verbrecher, er hat dieses italienische Gesindel von der Landkarte radiert, hat einem Befehl seines Vorgesetzten gehorcht. Mein Vater war kein Kriegsverbrecher, wie auch Sie glauben. Mein Vater war ein Deutscher mit aufrechtester und aufrichtigster Gesinnung. Ein dem Vaterland und dem Führer treu ergebener Soldat. Diese Generation stirbt aus – und sehen Sie, was aus diesem Land wird. Ich bin stolz auf meinen Vater. Und jetzt kann ich auch stolz auf mich sein.

Mit deutschem Gruß

Wolfgang Wacker.

P.S.: Sie werden mich so schnell nicht finden. Es gibt Wege in dieser Stadt, die haben selbst die Amis nicht entdeckt, als sie meinen Vater und seine Kameraden suchten.«

72

Kurz vor der Abendlage saß sie allein in ihrem Büro. Der DNA-Vergleich hatte ergeben: die Spuren waren identisch. Anke Dankelmann schaute aus dem Fenster. Vor ihr lag der Bahnhofsvorplatz, und sie dachte über das Postskriptum Wackers nach. Wie waren die Kriegsverbrecher damals entkommen? Auch dieser Marmon war ja spurlos verschwunden. Eigentlich kaum vorstellbar: Die Stadt von amerikanischen Truppen eingekesselt – und die schlimmsten Verbrecher waren nicht zu fassen. Sie griff noch einmal zum Telefon und sprach mit Rummel. Sie wollte wissen, ob es denn Erkenntnisse gebe, wie die Nazis entkommen konnten. »Das ist eigentlich niemals hundertprozentig geklärt worden. Aber man nimmt allgemein an, dass die sich in den zahlreichen Katakomben an der Schönen Aussicht ohnehin schon ein Lager mit Nahrungsmitteln angelegt hatten. Dort haben sie dann die ersten Tage verbracht, und als das Leben sich normalisiert hat, da sind sie einfach wieder an die Oberfläche und davonspaziert. Die Verbrecher vom Bahnhof hat man dann ja aber trotzdem gekriegt.« – »Weiß man denn, wo das in der Schönen Aussicht war?« – »Nein, da ist ja vieles zerstört worden und beim Wiederaufbau sind viele Spuren einfach verwischt worden. Es gibt aber sicher noch Gänge, nur halt keine Pläne.«

73

In seinem Fotostudio im Stadtteil Kirchditmold wollte Erwin Wollweber gleich die Tür abschließen. Es war mal wieder so ein Tag ohne nennenswerte Umsätze gewesen. Immer mehr Leute fotografierten digital – selten, dass jemand Abzüge wollte oder sich im Studio ein großes Porträt anfertigen ließ. Er betrieb das Geschäft aber ohnehin nur, um die Tage besser rumzukriegen. Er war jetzt 80 Jahre alt – und das bisschen Arbeit vertrieb ihm die Zeit und verkürzte das Warten auf den Tod. Die Tür ging plötzlich auf und herein kam ein Mann, den er nicht kannte. Der drehte sich um, verriegelte die Tür, und Wollweber hatte plötzlich Angst. Der Mann holte eine Pistole aus der Tasche. »Wenn du schreist, knalle ich dich ab.« Er drängte ihn in die hinteren Räume, in denen er wohnte, schubste ihn in einen Sessel und steckte die Waffe weg. »Warum hast du damals dieses Foto gemacht?« Der Mann holte die alte schwarz-weiße Fotografie heraus. Der Massenmord am Bahnhof! Die Gedanken schossen ihm durch den Kopf. Die grausige Szene am Bahnhof, als der Anführer des Erschießungskommandos immer wieder den Schießbefehl erteilte. Als der Mann, nachdem er das Foto gemacht hatte, persönlich einem, der wohl noch nicht tot war, eine Kugel in den Kopf gejagt hatte. An das Gespräch viele Jahre später, als er diesem Massenmörder persönlich begegnet war. Als er, weil sein Geschäft nicht lief, das Foto gegen viel Geld verkaufen wollte. »Wer sind Sie?« stammelte Wollweber. »Gestatten: Wacker!« Wollweber erschauderte, der Mann hatte einen irren Blick. War das der Sohn von Gisbert Wacker? Er versuchte, Zeit zu gewinnen.

»Ich war damals zufällig am Bahnhof. Mein Gott, ich war 20, war an der Ostfront verwundet worden und hatte mich gerade so ein wenig erholt. Granatsplitter im Bein, von einer Stalinorgel. Ich hatte gehört, dass es am Bahnhof Essbares gab – und nahm, wie immer, meinen Fotoapparat mit. Warum ich draufgedrückt habe – Fotografen-Instinkt, Fotografen-Reflex.« – »Und hast dann versucht, meinen Vater zu erpressen.« Tatsächlich, Wackers Sohn. Was hatte er vor? »Ich, ich habe versucht, das Bild zu verkaufen. Ihr Herr Vater wollte aber nicht.« Er erinnerte sich an die Szene vorne im Atelier. Nach Ladenschluss hatte Wacker geklopft, er hatte geöffnet, und Wacker hatte ihn angeschrien. Er hatte sich benommen wie ein Gestapo-Scherge – was er irgendwie ja auch war. Komisch, dachte er sich, immer wenn ich an diese Zeit denke, sehe ich die Bilder nicht farbig, sondern in schwarz-weiß. Laut lachend war Wacker damals abgezogen, hatte ihm Prügel angedroht und noch mehr ...

»Und warum hast du das Bild dann Maurer verkauft?« Wacker beugte sich mit hasserfüllten Augen über den Sessel. Wollweber schaute zur Seite. Was sollte er sagen? Er schwieg, eine merkwürdige innere Ruhe kehrte in ihm ein. Was sollte ihm schon passieren?

»Du bist ein Verräter, ein Erpresser. Komm mit, ich will, dass die ganze Öffentlichkeit erfährt, was für ein Spiel hier Jahrzehnte gespielt wurde. Meinen Vater haben sie in den Tod getrieben, ich bin um mein Erbe gebracht worden. Ich will, dass alles herauskommt. Ich will das alles jetzt zu Ende bringen. Das Schwein Maurer ist tot.

Jetzt kommt das nächste Kapitel. Das letzte.« Er schob Wollweber aus der Hintertür heraus und bugsierte ihn ins Auto. Die Tür war offen, alles war vorbereitet. Wollweber war unfähig, etwas zu tun. Der Motor startete, und Wacker steuerte den Wagen in Richtung Bahnhof. Wollweber wurde langsam alles klar. Von Maurers Tod hatte er in der Zeitung gelesen. Jetzt hatte er eine Ahnung, warum der Mann gestorben war. Und ihm war völlig bewusst, wer ihn umgebracht hatte. Der Mörder saß neben ihm, der Sohn des Massenmörders.

74

In der Abendlage geriet der wirschaftskriminelle Teil des Falles ein wenig ins Abseits. Das war auch nicht schlimm, hier bestand nirgendwo eine zusätzliche Gefahr. Lediglich die Sache mit Anwalt Klutsch hatte noch so etwas wie eine innere Spannung. Aber da war es noch zu früh, und die Faktenlage war zu grob, als dass man den hätte an den Haken hängen können. Der Fall würde, da waren sich die Kollegen sicher, noch Monate dauern. Alle konzentrierten sich auf die Fahndung nach Wacker. Als Anke Dankelmann in den Feierabend ging, hatte sie ihr Handy auf volle Lautstärke gestellt. Sie wollte auf jeden Fall erfahren, wenn etwas passierte. Sie stieg in ihren Golf und steuerte das Auto, ohne es selbst zu registrieren, nicht in Richtung Kirchweg, sondern zur Schönen Aussicht. Sie fand einen Parkplatz, direkt vor der Kneipe »Bolero«, gegenüber dem Palais Bellevue, und spazierte ein wenig die Straße auf und ab. Kaum zu glauben, dass es hier unterirdische Gänge geben sollte. Aber wo könnten die enden? Das gesamte Gelände war zugepflastert mit Justizgebäuden. Wenn es da mal so etwas wie Katakomben gegeben haben sollte, dann waren die jetzt für immer zugebaut. Der Krieg hatte die wunderschöne Bausubstanz zerstört – bis auf das Palais Bellevue, das das Brüder-Grimm-Museum beherbergte. Hier hatten die Grimms gelebt, und hier mühte man sich, alles aus dem Leben und vom Wirken der berühmten Brüder zusammenzutragen. Allerdings war das Museum, das normalerweise hunderttausende von Besuchern anlocken müsste, alles andere als eine attraktive Ausstellung. Man fragte sich, wer hier mehr verstaubt war: die Ausstellungsgegenstände oder die Ausstellungsmacher.

Es war 19 Uhr, Valentin Willimowski war jetzt beim Fußball, ihn konnte sie nicht erreichen. Bernd Stengels Handy war dauerbesetzt. Sie ging zum Palais Bellevue – um diese Zeit war das Museum geschlossen. Sie umrundete das Gebäude, sah sich in dem hübschen kleinen Park auf der Seite zur Frankfurter Straße hin um. Die hintere Tür war unverschlossen. Sie wunderte sich. Normalerweise wäre sie davon ausgegangen, dass im Museum eine Alarmanlage installiert sein müsste. Sie drückte die Klinke noch einmal nach unten und drückte die Tür auf. Nichts passierte. Hatte man vergessen, die Alarmanlage einzuschalten? Hatte sie jemand außer Betrieb gesetzt?

Sie ging in den Flur, der uralte Holzboden knarzte. Ihre Dienstwaffe hatte sie dabei, in der Handtasche befand sich zudem eine kleine Taschenlampe. Noch brauchte sie diese nicht, es war noch hell genug. Sie steckte die Lampe in die Jeans und deponierte die Handtasche unter dem Tresen am Empfang. Sie ging durch die Räume im Erdgeschoss. Kein Mensch zu sehen. Eigentlich hasste sie solche Alleingänge, viel zu gefährlich. Aber sie war neugierig. Sie tastete auf der Außenseite ihrer Jeans. Das Handy hatte sie natürlich im Auto gelassen. In diesem Haus konnte man sich nicht geräuschlos bewegen, überall knirschte es im Gebälk, jeder Schritt hinterließ ein Geräusch. Wenn jemand hier drin war, dann wusste er längst, dass Besuch im Haus war. Alle Türen waren unverschlossen, sie entdeckte eine Tür, hinter der eine Treppe in den Keller führte. Anke Dankelmann atmete drei Mal tief durch und stieg vorsichtig hinab, die Waffe im Anschlag. Auch hier unten gab es mehrere Räume, einer war offenbar früher als Luftschutzraum genutzt worden. Toller Bunker, dachte sie sich. Eine Bombe aufs Dach und alles ist hin. Der Keller war leer. Sollte sie sich doch ge-

irrt haben? Noch einmal ging sie langsam durch das Erdgeschoss. Sie öffnete die Tür zu einer Toilette und stutzte. Eine große Bodenplatte war verrutscht, nein, verschoben. Sie drückte mit dem Fuß gegen eine Seite, und die Platte verschob sich weiter. Dort ging, ohne Stufen, ein Weg in den Untergrund der Schönen Aussicht. Sie horchte. Kein Geräusch. Und im Schacht war es stockduster. Sie steckte irgendwie in der Klemme. Ihr Handy konnte sie nicht holen, um jemanden vom Team zu benachrichtigen – wenn sich jemand im Haus aufhielt, könnte er genau in den zwei Minuten fliehen. Da bleiben und auf die Nacht warten, ergab auch keinen Sinn. Sie müsste durchhalten bis zum nächsten Morgen, wenn das Personal kam. Vom Hintereingang aus einen Passanten ansprechen, um an ein Telefon zu gelangen, war ebenfalls unmöglich. Allein in den Schacht hinabsteigen, wäre der blanke Irrsinn – die Chance, dass sie, falls sie überwältigt, verwundet oder getötet wurde, überhaupt jemand fand, war nach menschlichem Ermessen gleich null.
Sie schob die Platte zurück auf den Eingang zum Schacht und suchte ein Telefon im Haus. An der Rezeption war eines – aber es gab, gleich welchen Knopf sie auch drückte, keine Amtsleitung. Sie fand ein weiteres Büro mit demselben Ergebnis – und in den oberen Stockwerken wollte sie nicht nachschauen. Sie musste hier bleiben, hier im Erdgeschoss. Anke Dankelmann schaute auf die Uhr. Sie war nun schon eineinhalb Stunden im Grimm-Museum, draußen setzte die Abenddämmerung ein. Sie hockte sich auf die Treppe, immer noch die Waffe in der Hand. Nichts rührte sich im Haus. Plötzlich hörte sie ein Scharren vom Hintereingang. Die Tür öffnete sich einen Spalt, Stimmen flüsterten. Sie suchte Deckung hinter der nächsten Mauer, spähte um die Ecke.

75

Die Tür ging auf, und herein schlich Bernd Stengel, die Waffe im Anschlag. Dahinter Sabine Mockelmann. Und dann Valentin Willimowski. »Hier bin ich!« flüsterte sie laut in den Flur. Die drei drehten sich zu ihr, aus dem Garten schwärmte eine Handvoll SEK-Kollegen in ihren Einsatzanzügen ins Haus.

»Sag mal: Spinnst du eigentlich? Was soll denn diese Solonummer?« Bernd Stengel war außer sich vor Ärger, Sabine Mockelmann machte ein mürrisches Gesicht und atmete tief durch. Valentin Willimowski blickte sie so an, als sei eben eine Zentnerlast von ihm gefallen. »Ich hatte plötzlich die Idee, dass eigentlich ein Einstieg in die Katakomben nur von hier aus möglich sein kann. Es ist die einzige Ecke, die seit dem Krieg beinahe unverändert ist, alles andere ist zugebaut. Ich habe den Schacht auch schon gefunden, bin aber nicht rein. Ich habe mein Handy im Auto liegenlassen, sonst hätte ich mich gemeldet. Reg dich nicht so auf!«

Sie zeigte ihnen den Einstieg, und der Plan war schnell besprochen. Die SEK-Leute sollten vorgehen, sie würden mit Abstand folgen. Der Einstieg war steiler, als sie gedacht hatten, der Schacht führte bergab, ein gerader Tunnel durch den Fels getrieben, ohne Stützen. Ihr war mulmig, sie dachte an ihren Vater, der lange Jahre Bergmann gewesen war und an seinen Zwillingsbruder, ihren Onkel. Sie spürte den kalten Schweiß auf ihrer Stirn und blieb stehen. Willimowski kam zu ihr:

»Was ist los«

»Ich weiß auch nicht. Ich fühle mich nicht wohl hier unten. Und musste an meinen Onkel denken. Ich hab dir doch von dem Grubenunglück erzählt.«

»Willst du lieber wieder nach oben?«

Sie schüttelte den Kopf, nahm ihn bei der Hand und schlich vorwärts. Weiter vorn hörten sie laute Rufe. Der Tunnel wurde breiter und führte in eine kleine Höhle. Dort lagen auf einem großen Stein das Foto von der Erschießung und ein Zettel. Am anderen

Ende der Höhle ging der Tunnel weiter, ein SEK-Mann kam zurück und sagte: »Da ist Ende. Zugemauert. Kommt keine Maus durch.« Anke Dankelmann las den Zettel:

»Liebe Frau Kommissarin,
wenn Sie wissen wollten, wie mein Vater das Kriegsende erlebt hat – in diesen Gemäuern, mit seinen Kameraden. Sie haben zusammengehalten wie Pech und Schwefel. Diese Kameradschaft findet man heute nicht mehr. Ach so, ich hoffe, Sie sind rechtzeitig hier angekommen, damit sie, falls Sie die Botschaften richtig verstehen, auch das Ende persönlich miterleben können. Maurer ist tot – doch er hätte ohne den Verräter niemals zum Erpresser werden können. Der Verräter lebt – doch er wird büßen. Dort, wo der Verrat stattgefunden hat. Mit deutschem Gruß!«

»Lasst uns hier erstmal raus, das ist ja unheimlich!« Willimowski wollte Anke Dankelmann helfen, aber auch den anderen war es mehr als recht, dieses Gefängnis zu verlassen. Als sie zurückkamen, stand der Museumsleiter neben dem Polizisten, der den Eingang bewachte. »Können Sie mir diesen Einsatz erklaren? Warum ist die Alarmanlage nicht angegangen? Warum wurde ich nicht vorher informiert? Warum ist die Tür aufgebrochen worden?« – »Sie sind Dr. Fröschl, der Museumsleiter, stimmt's?« Willimowski baute sich vor dem gedrungenen Wissenschaftler auf. Der nickte. Der Staatsanwalt stellte die Mannschaft vor und erklärte in dürren Worten, worum es ging. Dann schickte er den Mann in Begleitung eines Beamten nach draußen. Der war so verdattert, dass er kein Wort herausbrachte.
Das Team gruppierte sich um Anke Dankelmann, die den Zettel in der Hand hielt. »Was kann der im Schilde führen. Was meint er mit Verräter?« Sie schwiegen sich an. Dachten nach. Anke Dankelmann schaute auf das Bild von der Erschießung. »Der Fotograf!« rief sie plötzlich aus. »Na klar! Ohne den Fotografen hätte es nie ein Bild gegeben, mit dem Wacker senior hätte erpresst wer-

den können. Wahrscheinlich lebt der noch, und Wacker junior weiß, wer es ist. Und schleppt den alten Mann, der muss ja mindestens 75 Jahre alt sein, jetzt zum Bahnhof. Dort, wo das Massaker stattgefunden hat.« – »Aber da stehen doch heute Häuser!« meinte Stengel.

»Wollen wir wetten, dass Wacker das sogar lieb ist? Seine Show vor Publikum abzuziehen ...« Sie stürmten zu ihren Autos, fuhren mit Blaulicht und Martinshorn los. Stengel informierte per Funk MK-Chef Plassek, der sich ebenfalls in Marsch setzte. Es war wenig Verkehr auf den Straßen, lediglich auf der Rathauskreuzung und wenig später am Kirchweg verursachte ihr Konvoi ein wenig Chaos bei den anderen. Ein Wagen fuhr auf den Bahnhofsparkplatz, das Parkdeck oberhalb der Bahngleise, die anderen parkten sternförmig verstreut in den Nebenstraßen. Die Teams bewegten sich langsam auf den kleinen Platz zu, wo der Gedenkstein stand. Und tatsächlich: Auf der Bank unter dem Baum, dessen Geäst das Denkmal überdachte, kauerte ein alter Mann, der leise vor sich hin wimmerte. Neben ihm stand Wacker, in der rechten Hand eine Pistole, die er jetzt, als er die Polizisten kommen sah, dem Mann an die Schläfe hielt. »Hallo, Frau Kommissarin. Hätte nicht gedacht, dass sie so schnell die Botschaften verstehen.« – »Glauben Sie im Ernst, dass sei ein Problem gewesen? So schlau sind Sie auch nicht!« rief Anke Dankelmann ihm zu. Mittlerweile waren weitere Einsatzfahrzeuge mit Polizisten angekommen. Die riegelten die Straßen ab, blockierten die Hauseingänge. Ein paar hatten mit ihren Waffen den Killer im Visier. Aber man konnte nicht schießen, die Gefahr, dass Wacker im Reflex noch abdrücken und den alten Mann töten würde, war zu groß.

»Wissen Sie, vor 60 Jahren, da war mein Vater hier so etwas wie ein Held. Er hatte nie an der Richtigkeit des Befehls von Marmon gezweifelt. Ein Befehl war für ihn ein Befehl. Seine Leute wollten ihm erst nicht gehorchen, sie wollten die Italiener sogar freilassen. Können Sie sich das vorstellen? Dieses Diebesgesindel klaut – und kommt ungestraft davon? Das wäre ja wie im heutigen Rechtssy-

stem. Hier wird gestohlen, betrogen, geklaut – und dann gibt es ein bisschen auf Bewährung. Und dann geht alles von vorne los. Das war früher anders. Da wurde nicht lange gefackelt. Und es wurde gehorcht. Mein Vater hatte einen Befehl – und er hat ihn ausgeführt. Er war ein großer Soldat. Nur dieser alte Sack hier musste aufkreuzen und das Foto machen. Und es dann irgendwann dem Maurer erzählen. Hätte mein Vater damals mitbekommen, dass dieser Verräter Bilder gemacht hat – er hätte ihn sofort erschossen. Aber das Schicksal hat gewollt, dass er bis heute lebt. Und heute wird er bestraft. Hast du gehört, alter Mann?« Der alte Mann zitterte am ganzen Leib, ein dunkler Fleck auf seiner Hose wurde größer. Die Polizei hatte mittlerweile Strahler eingesetzt – was Wacker offensichtlich nichts ausmachte. »Ich habe dich was gefragt, alter Mann!« brüllte Wacker den Fotografen an. Der nickte und murmelte etwas. Anke Dankelmann hatte sich ein paar Schritte in Richtung der beiden Männer bewegt. Wollte den Versuch unternehmen, Wacker zur Aufgabe zu überreden. Der sah, dass sie nähergekommen war und rief nur: »Stopp, keinen Schritt weiter!« Dankelmann blieb stehen. Wacker grinste sie an: »Sie wollen doch nicht im Kino in der ersten Reihe sitzen, wenn es spannend wird, oder?«
Plötzlich drückte er ab, der Schädel des alten Mannes barst, er sackte in sich zusammen. Wacker drehte sich mit der Waffe in Richtung Dankelmann, doch zum Schuss kam er nicht mehr. Die Scharfschützen des SEK hatten ihn mit gezielten Schüssen kampfunfähig gemacht. Schwer verletzt lag er am Boden, die Einsatzkräfte liefen herbei, Sanitäter kümmerten sich um Wacker und schauten nach dem alten Mann. Stengel kam herüber und hielt einen Personalausweis in der Hand. »Erwin Wollweber« sagte er. »Nie gehört.«
Valentin Willimowski nahm Anke Dankelmann in den Arm. Sie schaute ihn an. Sie wollte diesen Mord von eben nicht lange wirken lassen. Nicht im Moment jedenfalls. »Wieso habt ihr mich eigentlich im Grimm-Museum gefunden? Und du spielst doch jetzt

Fußball?« fragte sie. »Na, du machst Gedankensprünge. Als du im Präsidium gegangen warst, rief Rummel noch einmal an. Er hat Stengel erzählt, dass seines Wissens der Eingang zu den Katakomben im Grimm-Museum sei. Der hat dann versucht, dich anzurufen, weil du es vorher mehrfach bei ihm versucht hast. Als er dich nicht kriegte, hat er in der Fußball-Halle auf meinem Handy angerufen, weil er sich Sorgen machte. Ich hatte die Tasche am Spielfeldrand stehen und hab es zum Glück gehört. Wir haben dann dein Handy geortet – und siehe da – es lag im Auto vor dem Grimm-Museum. Den Rest kennst du ja.« Sie legte ihren Kopf an seine Schulter, schaute sich die gespenstische Szene am Gedenkstein an, wo immer mehr Schaulustige auftauchten. Wacker hatten sie abtransportiert. Wenn es ihm besser ging, würde man ihn verhören können.

76

Wenige Tage später erwachte Anke Dankelmann vom Kaffeeduft in ihrer Wohnung. Sie erschrak. Sie war allein nach Hause gekommen gestern Abend, es war mal wieder Doppelkopfabend gewesen. Sie hatte um Mitternacht im Lohmann noch einen ausgegeben, schließlich war heute der 16. Juni, ihr Geburtstag. Willimowski war noch einmal in Stuttgart bei Scheuble unterwegs, und sie hatte sich den heutigen Tag freigenommen. In der Hoffnung, dass er irgendwann auftauchen würde. Und nun roch es nach Kaffee in ihrer Wohnung. Einbrecher würden es nicht sein, die kochten selten Kaffee am frühen Morgen. Sie schlich auf Zehenspitzen aus ihrem Schlafzimmer. Mitten im Flur stand ein riesiger Strauß bunter Blumen. Gott sei Dank, keine Rosen, dachte sie, diese Verliebten-Romantik hasste sie. In der Küche baute Valentin Willimowski gerade einen opulenten Frühstückstisch auf. »Wie bist du hereingekommen?« fragte sie und gähnte. »Mit dem Schlüssel! Habe ich dir letzte Woche geklaut. Hängt jetzt aber wieder am Schlüsselbrett.« Mein Gott, so einfach war es, eine Kommissarin hereinzulegen. Er kam auf sie zu, hauchte ein »Herzlichen Glückwunsch zum Geburtstag, alles Liebe und Gute«, küsste sie und drückte sie, dass die Luft wegblieb. Die Überraschung war gelungen.

»Mein Geburtstagsgeschenk: du darfst dir heute was wünschen, egal was – und das machen wir. Wenn du willst, dass wir nach Paris fliegen, dann machen wir das. Wenn du den Tag im Hallenbad Ost verbringen willst – das kriege ich hin. Auch im Sommer.« Sie freute sich darüber, wenn er ihr Schmuck geschenkt hätte, wäre sie sich so verheiratet vorgekommen. Dieses Geschenk hatte etwas Jungenhaftes. Und das passte besser zu ihr. Und zu ihnen.

»Lass uns frühstücken – und dann gehen wir Blumen kaufen.« Willimowski schaute irritiert, sagte aber nichts. Sie kauften zwei dicke Sträuße Blumen, und Anke Dankelmann fuhr zum Bahnhof Wilhelmshöhe. Sie stellten den Wagen ab und gingen zum Gedenkstein. »Ich hab den Fall nicht abgeschlossen«, sagte sie zu ihrem Staatsanwalt. Natürlich hatten sie das Puzzle, bis auf die kaum noch zu ermittelnden Teile, die sich irgendwo in Osteuropa verbargen, komplett zusammen. Wackers Vernehmung war immer wieder unterbrochen worden, weil er sie mit Nazi-Parolen anschrie. Immerhin wussten sie jetzt, wie er mit Maurer zusammen getroffen war. Er hatte ihn angerufen, genauso, wie er Helga Erdmann angerufen hatte. Hatte ihm erzählt, sein Vater habe in einem Teil des Nachlasses, den er jetzt erst in einem Bankschließfach gefunden habe, noch ein Vermächtnis für Maurer, unter anderem gab es Urkunden über Eigentumsrechte an einigen Grundstücken, die heute zum ICE-Bahnhof gehörten. Maurer hatte wohl sofort Dollarzeichen in den Augen gehabt und sich mit Wacker in Stuttgart getroffen. Das erste Treffen habe dem Kennenlernen gegolten, so Wacker. Danach habe er Maurer mit den Urkunden, die er selbst gefälscht hatte, in Kassel besuchen wollen. Das hatten sie auch gemacht, sie hatten sich in der »Tankstelle«, einer kleinen Kneipe unweit des Bahnhofs, getroffen. Wacker war mit dem Taxi gekommen und hatte so getan, als sei er eben mit dem Zug in Kas-

sel angekommen. Maurer hatte den Betrug nicht gemerkt, wollte das Ganze aber am nächsten Tag prüfen lassen. Warum er nicht selbst Anspruch auf die Grundstücke erhoben habe, wollte Maurer von Wacker wissen. Aber die Urkunden waren doch auf Gottlöber und Sohn ausgestellt gewesen. Maurer versprach ihm einen 25-prozentigen Anteil am Geld, das die Bahn wohl würde zahlen müssen. Und hinterher war Maurer ziemlich besoffen gewesen, hatte darauf bestanden, noch zu einem Appartement mit Luxusprostituierten zu fahren. Unterwegs hatten sie dann am Jungfernkopf gehalten, Wacker hatte gesagt, er müsse pinkeln. Dann war er hinten eingestiegen und hatte Maurer getötet. Anschließend war er einfach zu seinem Auto gelaufen, das er auf dem großen Parkplatz am Schwimmbad Harleshausen abgestellt hatte. War ja nur wenige hundert Meter Luftlinie entfernt. Reue zeigte der Mann nicht, er fühlte sich als Held. Sie wollte gar nicht an die Gerichtsverhandlung denken. Wahrscheinlich würden psychiatrische Gutachter dem Mann helfen. Der hatte eiskalt zwei Menschen umgebracht – Willimowski war der Ansicht, dass er möglicherweise jetzt einen Schaden hatte, aber zumindest beim ersten Mord voll zurechnungsfähig gewesen sei. Das würde für »lebenslang« reichen.
Der Fotograf Erwin Wollweber hatte allein in einem winzigen Atelier im Souterrain eines Hauses in Kirchditmold gelebt. In den hinteren beiden Räumen wohnte er, vorn hatte er sein Atelier. Eigentlich mehr ein Archiv. Er hatte keinerlei Verwandte, das Stadtarchiv interessierte sich sehr für die Fotobestände. Seine Rücklagen von seiner kleinen Rente hatten für ein kleines Begräbnis gereicht, zur Trauerfeier waren ein paar Kripobeamte und ein paar Nachbarn gekommen. Anke Dankelmann hatte drei Schaufeln trockene Erde auf den Sarg geworfen. Das dumpfe Geräusch hatte plötzlich Mitleid in ihr geweckt. Mitleid mit einem alten Mann, der niemanden hatte und von dem niemand etwas wusste. Und der ungewollt eine Hauptrolle in einer winzigen Sekunde der Geschichte gespielt hatte. Warum – er hatte die Antwort mit ins Grab genommen. Als sie vom Grab weggingen, drehte sie sich

noch einmal um. Die Totengräber räumten bereits auf. Erwin Wollweber war nach dem Ende seines Lebens zu einem Produkt für Fließbandarbeiter geworden. Die nächste Leiche wartete.
Anke Dankelmann und Valentin Willimowski gingen noch einmal zum Gedenkstein. Sie legten zwei Sträuße hin – einen für die getöteten Kriegsgefangenen und einen für den Fotografen. »Das macht alles nicht ungeschehen, Filippo«, sagte Anke Dankelmann. »Freu dich im Himmel zumindest an den Blumen.« Valentin Willimowski schaute sie an und lächelte. Diese Frau steckte immer wieder voller Überraschungen. »Und jetzt fahren wir nach Borken. Meine Eltern wollen mir zum Geburtstag gratulieren. Und du kommst mit.« Willimowski nickte. Da war sie, die nächste Überraschung.

Nachwort des Autors

Diese Geschichte ist eine Mischung aus realem Geschehen und Fiktion. Natürlich sind die Personen und die Handlung frei erfunden. Die historischen Bezüge jedoch sind echt.

Den Massenmord am Bahnhof Wilhelmshöhe am 31. März 1945 hat es gegeben. Der Anführer der Mörder hieß jedoch nicht Wacker, obwohl sein Name nach den Recherchen lokaler Historiker mit W beginnt. Wahr ist auch, dass die Mörder weitgehend ungestraft davonkamen. Die Mitglieder des Erschießungskommandos standen 1949 vor Gericht und wurden freigesprochen. Sie hätten nicht erkennen können, dass diese Erschießungen ein Verbrechen gewesen sei, hieß es unter anderem. Hätten sie den Befehl verweigert, hätten sie möglicherweise ihr eigenes Leben riskiert. Gestapochef Franz Marmon, den es unter diesem Namen gab, lebte lange als unbescholtener Bürger im Werra-Meißner-Kreis, bevor er sich vor Gericht verantworten musste. Er verließ den Gerichtssaal als freier Mann, weil ihm seine U-Haft angerechnet wurde. Alle ehemaligen Kripo- und Gestapomitarbeiter hatten zu seinen Gunsten ausgesagt – im Jahr 1952 ausreichend für das Gericht. Ein halbes Jahr Haft wurde ihm sogar erlassen.

Den Gedenkstein gibt es wirklich (Ecke Wilhelm-Schmidt-Straße / Backmeisterweg), auf ihm sind die Namen der Opfer zu lesen. Von einigen konnten allerdings nie persönliche Daten ermittelt werden. Von manchen ist nur der Name bekannt, von manchen auch der Herkunftsort oder andere persönliche Dinge. Francesco Capellani hat es als Person so nie gegeben. Seine Sicht der Dinge ist also Fiktion.

Mein besonderer Dank gilt:

Bernd – Testleser, Fußballkumpel, Lieblings-Polizist
und guter Freund
Nico – der Wirtschaftsexperte für den Wirtschaftskrimi
Tine – Anke-Fan und Mitglied der jungen Zielgruppe
Claudia – wohlwollende Kritikerin
Emil – treuer Wegbegleiter
Manfred – eine Danke-Rose für den Staatsanwalt
Biene – der eigentlich alle Bücher gewidmet sind
Anna und Claudio – und allen, die ich möglicherweise
vergessen habe

1. Auflage 2008

Satz: B&S SIEBENHAAR VERLAG
Druck und Bindung: Druckhaus Dresden GmbH
Umschlaggestaltung: Martina Eul

ISBN 978-3-936962-66-6
Printed in Germany

www.siebenhaar-verlag.de